L'ÉTÉ SILENCIEUX

Sophie Vannier

« Un voyage personnel surprenant
et intergénérationnel émouvant »

laplumevoyageusedesophie@gmail.com

Note de l'autrice

Les poumons de ce roman, ce sont les rencontres, et son cœur, l'amour des mots et des autres. Mais pour rencontrer, il faut d'abord oser. Je choisis donc d'oser partager cette histoire avec vous. Elle rend hommage aux rencontres qui nous surprennent, nous déstabilisent parfois, mais nous apportent tellement ; à ces enfants qui nous font voyager et grandir, nous, les adultes ; et à ces parents qui portent, seuls, souvent plus qu'ils ne le devraient, se sentant coupables de ne pas toujours avoir la force attendue.

Bien qu'inspirée de thèmes réels, cette histoire est une fiction. Le lecteur découvrira cependant des productions d'enfants authentiques, recueillies, certaines auprès de ma fille, d'enfants d'amis, de patients, d'autres issues de témoignages de parents sur internet. Il était important pour moi que ces mots d'enfants, utilisés dans ce livre, soient vrais, parce qu'ils devaient refléter leur imaginaire et leur propre réalité.

Cette histoire est une odyssée vers des essentiels.

- L'enfance est l'expression du plus bel art naïf,
dont nous avons tous été, un jour, des artistes à part entière. -

À ma fille chérie et mon Amour,
À ma précieuse famille grandie et mes amis en cœur,
Vous avoir est une chance !

A mes patients et leur famille,
Souvent vous doutez et pourtant, vous êtes extraordinaires !

A mes formidables collègues et aux professionnels,
qui donnent du sens à ce qu'ils font, merci !

Aux enfants d'aujourd'hui et à ceux que nous étions hier,
Que votre magie continue d'illuminer la Vie !

Prologue

Je vais vous raconter une histoire, celle d'un bruit. Mais pas n'importe lequel ! Vous savez ce bruit d'escalier, oui, ce détestable grincement de marches. Ce bruit, beaucoup le craignent, parce qu'au fond, il chuchote les vieilles histoires d'une maison qu'on croit connaître. Et pourtant on ne peut s'empêcher de l'attendre et de le guetter, parce qu'on sait qu'il est inévitable. Chaque nuit, il survient, perturbant des sommeils et s'appropriant des songes. Par peur de ce ces craquelures du passé, j'ai longtemps préféré errer.

Et c'est ce que j'ai fait toute ma vie, suspendue entre le monde d'un homme, qui n'était qu'un rêve mort et mon monde, à moi, réel, mais vide. Pendant des années, j'ai juste erré, véritable somnambule dans le couloir de la Vie... Jusqu'à ce jour, où une personne a gravi avec courage cet escalier chargé d'histoires, tendant l'oreille aux murmures sculptés par les rencontres et les souvenirs, me révélant ainsi le secret de tous ces bruits entendus et si souvent redoutés la nuit, me conduisant aujourd'hui à une incroyable quête.

Si je n'ai pas choisi cette histoire à laquelle ma vie est liée, j'ai envie de vous la raconter. Elle parle d'un homme. Je l'aime et il ne le sait pas. Je l'aime et il ne me connaît pas.... C'est son histoire, c'est mon histoire.

PARTIE 1

Une histoire commence rarement
Par un simple point de départ,
Mais débute souvent par une intersection.

Octobre 1998
Un automne espiègle

Théo a quatre ans, des yeux olive à grignoter et un regard à malice. Ses petites joues potelées se souviennent encore de ses premières années de bébé. Ses oreilles légèrement décollées traversent ses cheveux en bataille. Son petit nez retroussé semble vouloir humer toutes les odeurs qui l'entourent. La fossette de son menton a malencontreusement rencontré le coin d'un banc à l'école et en garde une cicatrice, qui paraît rire de ce souvenir. Petit garçon espiègle, il aime se cacher dans des endroits saugrenus avec toujours cette petite crainte quand même qu'on ne le retrouve pas et qu'il ne parvienne pas à en sortir. Il adore enfiler les lunettes de son grand-père, parce que Papi, il sait tout grâce à ses lunettes. Théo fredonne souvent les mélodies de sa grand-mère, comme s'il l'invitait timidement et tendrement à danser. Il aime mettre les mains sur les yeux de sa maman en lui demandant *Qui est-ce ?* Ou peut-être aime-t-il juste la toucher, la sentir ? C'est si doux, une maman. Par ses doigts, il sait qu'elle existe. Et il adore son papa, parce que, vraiment, il est *Super Papa !* Il aime sa famille *méga*ordinaire ! Parce qu'avoir une famille *méga*ordinaire, c'est bien plus super qu'une famille extraordinaire ! À quatre ans, son monde à lui et celui des autres ne sont pas encore les mêmes. Ils sont parfois même très différents, mais suffisamment proches pour qu'il y ait des moments de rencontre. À quatre ans, sa chambre est un bazar, pourtant il sait bien où se trouve chaque jouet et hors de question de les ranger au risque de ne plus les retrouver. À quatre ans, il a une bande de doudous : des durs à cuire, mais un seul mot de sa bouche suffit à les faire tous taire ! À quatre ans, il a déjà été pompier, médecin, vendeur, couturier, livreur, vétérinaire, garagiste, boulanger, architecte, archéologue... et il endosse chaque carrière avec passion dans son imaginaire. Tous les métiers que Théo exerce, les adultes s'en amusent. Mais il y en a un, pourtant essentiel, qu'ils ne reconnaissent jamais. C'est le plus important de tous. Théo est un *chercheur-ingénieur* émérite. Et ce métier-là, comme tous les enfants, il le fait à plein temps depuis qu'il est né. Certes, beaucoup de ses recherches ont démarré par un accident. Un jour, alors qu'il n'était qu'un bébé de dix mois installé dans sa chaise haute, il avait lâché maladroitement ce qu'il avait dans la main, un bout de pomme que sa maman lui avait donné pour patienter et faire ses dents. D'abord surpris, il le refit ensuite exprès avec ce qu'il avait sous la main. Comme tout bon chercheur, il se questionna : *Pourquoi ce bout de pomme, comme tout ce qu'il lâchait allait-il donc toujours vers le bas ?* Il n'avait pas encore un an que ses recherches portaient déjà sur la théorie gravitationnelle. Prodigieusement énervant pour ses parents, qui avaient oublié qu'ils avaient été, eux aussi, des *bébés Newton*. Passant d'une expérience à l'autre, Théo avait ensuite découvert une autre loi physique se résumant par *si je ne fais rien, il ne se passe rien*. Et en bon chercheur, il l'expérimenta sans relâche. Tirer trois fois d'affilée la chasse d'eau, dérouler tout le papier toilette, vider les placards, sauter dans les flaques d'eau, mettre ses mains sales sur des vitres propres, gribouiller sur toute surface y compris le canapé, le mur de la chambre et le chat ou encore faire entrer ce même chat dans la machine à laver. Comment savoir s'il peut entrer, sinon ? Il faut bien essayer ! Au fond, les grands, ça les énerve parce qu'ils connaissent déjà le résultat de ces expériences, pardon, de ces *bêtises* qu'ils ont faites quand ils étaient petits. Théo est donc un *chercheur*, mais aussi un *ingénieur*. Il faut beaucoup d'imagination pour résoudre les problèmes du quotidien. *Ça ne s'allume pas quand j'appuie sur ce gros bouton pour faire sortir les croquettes du chat... allez je tente de le tourner. Ah ça y est !* Expérimenter, concevoir, réaliser et résoudre. A quatre ans Théo continue d'explorer les propriétés du monde. Il n'apprend pas parce qu'on lui dit d'apprendre. Il apprend parce que c'est un enfant et c'est son carburant dans la vie.

C'était le mois d'octobre 1998. La mère de Théo était déjà en bas en train de préparer le petit déjeuner, mais Théo savait que son père dormait encore. En arrivant dans la chambre de ses parents, il hésita un court instant, puis alluma l'interrupteur. Un vif éclair transperça aussitôt la pièce. Aucun bruit. Aucun mouvement. Théo se rapprocha du lit, souleva la couette pour flairer dessous. Ça sentait drôlement fort. Il observa cette masse chaude et l'entendit ronronner.

Le petit garçon chuchota alors d'une douce voix :

— *Papa ?... Pa-pa ?*

Aucune réaction. Théo commença à scander :

— *Allez Papa ! Allez Papa ! On ouvre les yeux Papa ! Allez Papa !*

Le père sourcilla et lâcha un *Mmm*... bref. Très bref. Trop bref.

Théo se redressa et agita la couette à l'aide de ses petits bras. Les vaguelettes prenaient de la hauteur, la houle était de plus en plus forte. La tempête grondait. Daniel hésitait à sortir. Il risquait l'insupportable torture des interrogatoires des *Pourquoi Papa ?* Trop douloureuse au réveil. Finalement Théo se pencha sur son papa, il ne posa aucune question à son père, mais expliqua :

— Papa, tu sais, cette nuit, j'ai encore rêvé du monstre méchant. Mais là, bah, j'ai pas eu peur, parce que je le connaissais déjà. C'est la première fois que j'ai pas peur de lui.

Daniel se leva enfin. Debout face à son fils, le regard niais, la lanterne vacillante, finalement il s'assit, se rappelant que Pythagore avait dit qu'un homme n'est jamais si grand que lorsqu'il se met à hauteur d'enfant. Il finit par dire en souriant, à moitié endormi :

— Bravo mon chéri ! C'est bien ça. Allez, tu me laisses m'habiller et on va prendre le petit-déj ensemble.

— Tu sais papa, c'est la première fois...

— Et oui, mon écureuil, tu grandis.

La phrase était dite ! Au regard de son fils, Daniel comprit que c'est tout ce qu'il attendait qu'on lui dise, qu'il grandissait. *Ouf !* soupira Daniel intérieurement.

Théo descendit l'escalier, heureux et un peu plus grand. Théo était un petit garçon enthousiaste, comme si une part de lui avait, malgré son très jeune âge, déjà compris la magie de la vie. Pourtant son corps, lui, portait une toute autre histoire, une histoire compliquée. Ses jambes étaient inflexibles, ses muscles rigides, asservis par la raideur et une douleur qu'ils connaissaient par cœur, si bien que Théo n'avait plus envie de l'écouter et que sa douleur n'osait presque plus lui parler. Il vivait depuis tout petit avec un corps en partie tout dur qui ne se détendait pas, à cause du syndrome de Little, dont il souffrait. Si son visage grimaçait, ses yeux étaient, eux, animés quotidiennement par la joie, beaucoup de joie. Peut-être était-ce sa résilience ?

Les odeurs matinales interpellaient Daniel. Après s'être habillé et rasé, il rejoignit son fils et sa femme dans la cuisine. Hélène pointait l'horloge. Daniel inclina le regard, il était très en retard pour leur rituel du jeudi matin. Le jeudi, dans cette famille, était un jour très spécial, on se réveillait tôt pour déjeuner tous ensemble. Hélène y tenait. C'était important, une manière pour elle de ne pas oublier.

— Encore du lait pour mon corps ! Toute son *arrose*[1] lui donne soif ! s'exclama Théo, en citant affectueusement sa douce mamie.

— Tu pourras aller chercher Théo après le boulot ? lança Hélène à l'adresse de son mari, qui était déjà sur le départ, trois tartines de confiture et une omelette noyées dans son estomac par un grand bol de café.

---

[1] *arrose = arthrose*

Daniel acquiesça d'un rapide mouvement de tête. Puis, avec un regard farceur, il s'approcha de son fils, qui faisait virevolter les éclats de céréales encore croustillants dans son bol de lait. Il lui donna une pichenette avant de s'enfuir avec sa sacoche en s'écriant *« C'est toi le chat ! »* et d'ajouter *« À ce soir mes amours ! »*. Théo, d'abord surpris, attrapa vite la queue, qui tournoyait sous la table. Biscotte, le chat, attendait une chute inopinée avec sa langue granuleuse. Le jeune garçon renchérit la bouche pleine de céréales et de rires :

— Et bah non, c'est toi le chat !

Théo se délecta de sa blague qu'il estimait très drôle, faisant surgir un geyser de pétales de céréales tout ramollis, certains pétales s'égarant en route sur son pantalon. Il les épousseta discrètement, les faisant tomber par terre. Biscotte en miaula de bonheur.

Au fur et à mesure que Daniel s'éloignait de la maison, un bruit imposant jaillissait. C'était le vacarme motorisé de la route nationale, située à une centaine de mètres. Le chant des oiseaux était désormais détrôné par le bruit massacrant de voitures bombant leur capot, ces fauves urbains rugissaient avec klaxomonie. Sur sa droite, une femme aux talons acérés assénait des coups de baïonnette au bitume, comme si elle voulait le voir défaillir sous l'assurance de ses pas. Instinctivement, Daniel se retourna et regarda en arrière. À l'instar de sa femme, il avait lui aussi son rituel, mais seul et à distance. Chaque matin, à chaque départ, il s'arrêtait et faisait face à cette maison. Et chaque matin, il se demandait si elle partirait enfin. Mais sa peur était toujours là, ancrée et l'habitait. Cela faisait pourtant près de cinq ans maintenant.

Le 25 décembre 2001
La compagne de l'hiver

Trois ans plus tard, le jour de Noël 2001, huit heures à peine.

S'habiller... déjeuner... retourner au lit... Les pensées de Sam étaient pareilles à son café, noires et insipides. Et pareilles à sa cuillère, elles ne savaient pas comment tourner. L'esprit de Sam était aussi aride, que son corps sec. Restés plusieurs années enfermés, ses bras étaient devenus deux os impudiques, à peine couverts par une peau blafarde. Sam vivait dans un appartement, qui semblait inoccupé. Il se réveillait tous les jours avec une seule et unique envie : une envie de *Rien*. Ses dîners étaient sans saveur. Cette envie de rien était devenue si familière, qu'elle semblait partager la couche funèbre de son ennui. Sam errait, comme les ombres errent sur le sol sans que personne ne les remarquent jamais. Qui aurait pu imaginer en voyant les deux lèvres scellées de cet homme, devenues une serrure inviolable, qu'avant il riait de bon cœur ? Qui aurait pu imaginer qu'il ait pu même être un blagueur et un bon vivant ?

Sam se leva de sa chaise, ouvrit le frigo en saisissant cette poignée froide et assista au même spectacle que d'habitude : des étagères nues, dans une boîte à consommation vide de sens, un simulacre de bonheur. *Quel plaisir lui procurerait un aliment dans sa bouche de toute façon ?* Il referma ce réfrigérateur d'un geste aussi automatisé, que répété. Ce 25 décembre 2001 fut un jour de plus pour Sam, un jour comme les autres, complètement insipide.

Octobre 1998
Les séquelles de l'automne

Dans les premiers instants, le système de thermorégulation n'est pas mature, la température s'effondre alors. Cette hypothermie a des conséquences métaboliques redoutables pour le nouveau-né. Le nourrisson est installé dans une couveuse avec une température supérieure à 30°C, afin qu'il puisse réguler sa température progressivement.

Ce même matin de 1998, alors que Daniel regardait derrière lui, en direction de sa maison, il se souvint de la première rencontre avec son fils, au travers d'un pauvre Plexiglas, celui de sa couveuse. Théo était alors un minuscule bébé d'à peine 1,8 kg. Daniel avait tant jalousé cette boîte au début. Elle s'était occupé de son fils, alors que, lui, son père ne pouvait le faire. Il avait bien vu qu'il y avait d'autres boîtes comme celle de son fils, qu'elles accueillaient aussi d'autres bébés, qu'au fond, il n'était pas le seul. Mais lui ne voyait que celle qui le privait du bonheur d'être père.

Et puis un jour, son regard avait changé. Ou peut-être pas. Peut-être que quelque chose qui l'entourait l'avait changé lui, à l'intérieur. Il y eut ce premier sourire de bébé durant son sommeil. Fugace, il reflétait l'exaltation retenue de parents, encore trop inquiets. Un poil brun, en haut de la cuisse droite hissé semblait prêt à se battre. Un grain de beauté blotti dans le creux de son oreille, semblable à une tache de chocolat, paraissait lui chuchoter les délicieuses douceurs de la vie qui l'attendaient. Les rides plissées sur ce petit cou fragile, aussi réelles qu'éventuelles, traçaient les lignes d'une musique, composée et rythmée par le souffle et le battement d'un cœur réguliers. Une berceuse rapide encore indécise, mais si douce et généreuse, une berceuse qui fredonnait des paroles simples : *Je suis ton fils. Et tu es mon papa.* Ce fut le jour où la chair de son enfant prit vie. Tout était devenu réel. Oui, il y avait de la vie dans cette boîte plastique incolore et impartiale. Le doute devint évidence. Daniel veillerait sur cette vie-là. Il en prendrait le plus grand soin. Mais aussitôt, ce sentiment heureux se brisa pour Daniel. Un autre souvenir venait de rejaillir, celui d'un médecin avenant : *« C'est difficile à entendre, mais il faut que vous vous prépariez à cette idée. L'état de votre fils reste très fragile. On ne sait pas s'il va survivre. Il va falloir qu'il s'accroche. Et sachez que, même s'il survit, il y a de grands risques que son développement pâtisse de sa souffrance néonatale, qu'il porte des séquelles à vie. »*

Depuis ces mots de médecin, la Peur de perdre Théo les premiers jours, jusque-là restée flottante pour Daniel, entre doutes et espoir, s'était soudainement accrochée au plus profond de son être. Depuis ce jour, elle n'avait plus voulu partir. Elle était devenue cette tique fixée au creux de sa poitrine, mordant sa chair, une affection grandissante, nourrie par l'amour pour son fils. Enfin, Théo était sorti de l'hôpital, un jeudi. Assurément, ce fut la période la plus difficile qu'ils aient eue à traverser et la plus intense. La peur de perdre leur fils avait créé un lien singulier. Avec Hélène, ils avaient exploré ce monde de l'incertitude. Ils avaient appris à lâcher prise et à profiter de chaque instant. Ils avaient aussi appris à faire face ensemble, à comprendre leurs peurs respectives et à les écouter. Traumatisés, cela les avait aussi ancrés dans la vie. Daniel en était sûr, cette histoire était devenue leur force. Désormais, Théo était bien vivant.

Le rituel quotidien, de poser son regard en partant de chez lui sur tout ce qu'il avait, offrait à Daniel le temps d'apprécier cette chance. Mais c'était également un temps offert pour la laisser s'en aller. Devenue vaine, il espérait que cette tique comprendrait enfin et partirait. Mais sa peur restait là, vorace, à se nourrir et à grandir.

Le 3 janvier 2002
L'inconnu de l'hiver

Le soleil s'accouplait avec l'horizon, pour enfanter une nouvelle journée d'hiver en ce début d'année 2002, lorsque Sam entendit l'interphone sonner avec impatience. Étrange. Aucun livreur ne devait passer. Sans parler d'une éventuelle visite. Que l'idée d'une visite puisse lui avoir traversé l'esprit aurait presque pu le faire sourire. Sam ne se souvenait plus quand, pour la dernière fois, une personne était venue pour le voir, lui. Peut-être Mme Dumont, sa voisine. Un matin, elle avait voulu partager, avec son voisin de palier, les malheurs causés par un syndicat de copropriété incompétent. Mais elle avait rapidement ravalé ses revendications, lorsqu'elle avait vu le visage apathique, qui la fixait, l'esprit vagabond, regardant à travers elle comme à travers une vitre, sans intérêt.

Sam appuya sur l'interphone qui se démembrait avant d'ouvrir la porte de son appartement. Ouvrir une porte n'était pas un acte insignifiant pour lui. Il les préférait fermées. Scellées. Il aurait aimé ne jamais avoir à en rouvrir une et pouvoir rester enfermé jusqu'à la fin de sa vie. Ses yeux s'arrêtèrent sur la tache, qui lui faisait face sur le palier. Sam y vit la forme d'une crevette à deux têtes ou d'un utérus fatigué. Rien de bien folichon. Une mouche vint se poser dessus. Elle pivota sur elle-même dans un sens puis dans l'autre. Sam regardait la mouche danser sur la tache... *pour un repas ou un coït,* tenta Sam. Cet insecte suscitait une faible activité cérébrale chez Sam, qui devenait une véritable pitance pour un esprit en quête d'une quelconque nourriture. Des pas résonnèrent dans la cage d'escalier. Soudain une silhouette se dessina. Sam ne pouvait dire mot. Il ne parlait pas. La vie lui avait ôté ça aussi, en plus de sa liberté. Ce qui pouvait paraître un handicap pour certains était pour lui une indisposition qu'il chérissait. L'inconnu familier était désormais là, sur le pas de sa porte. À la vue de l'homme, une lettre, reçue quelques mois plus tôt, lui revint subitement en mémoire. Elle avait été envoyée par un homme que Sam avait bien connu, Robert. Son contenu l'avait secoué. Il n'avait pas trouvé la force d'y répondre et l'avait simplement enterrée dans sa mémoire hadale. Son silence avait sans doute mené à l'envoi de l'objet, dont parlait cette lettre, par pli recommandé. Et donc cette venue. Un mètre soixante, songea Sam, voilà probablement quelle était la taille de l'homme qui portait un si lourd tribut ! Le facteur, quant à lui, arborait un sourire, certainement heureux de pouvoir enfin mettre un visage sur celui qui habitait l'appartement B du sixième étage, le dernier. Il attendit une invitation à converser, peut-être même à entrer. Après tout, c'était d'usage. Dans cet immeuble, il était toujours accueilli par un sourire et ces quelques mots *« Bonjour. Merci bien. Bonne journée ! »* constituant l'assurance d'un travail dûment rempli. Mais Sam portait toute son attention sur les six boutons jalonnant la veste du facteur. Le sixième risquait à tout moment de tomber de haut et de sombrer dans le vide. Sa vie était, semblait-il, raccordée à un fil, trop lâche. Perdant tout lien, toute attache, il s'abandonnait à son sort. Sam imagina rapidement son visage encollé sur ce bouton en sursis. Sa main droite accueillit le pli tendu, tandis que sa main gauche signa le papier présenté. Il n'y eut rien. Aucune chorégraphie sur ses lèvres figées, son visage s'exprimait dans un parfait mutisme. Le facteur repartit penaud. Sam observa l'enveloppe. Grande et blanche, elle semblait candide, presque innocente. *Merde Robert. Qu'est-ce qui vous a pris ? Pourquoi ? Pourquoi avoir fait ça ?* Les doigts de Sam se refermèrent et écrasèrent ce qu'il y avait à l'intérieur. Un geste assourdissant qui aurait voulu donner à Sam la force de hurler. Mais ses lèvres se crispèrent, son cou se raidit et sa langue se pétrifia. Sam ravala toute cette acidité qui remontait. Son émotion était étouffée. Pourtant en sentant ce qu'il y avait là, à l'intérieur, son corps tempêtait.

Il n'avait plus le choix. Il était temps.

Cette nuit-là, sueur et nausée s'invitèrent dans un sommeil inquiet. Sam ne fit que se retourner, chaque nouvelle position amenait une sensation d'inconfort. Son esprit, à l'instar de son corps, ne trouva pas le repos et continua de tourmenter Sam jusqu'à l'aurore. Dès lors que cet inconnu avait pénétré dans cet espace clos pour lui remettre le pli, Sam sut que cette lettre ouverte, c'était une porte qu'il ne pourrait plus jamais refermer. *Mais était-il seulement capable de le faire ? Et même d'y aller ?*

Octobre 1998
Le rouge-à-rêves de l'automne

— Maman tu es trop jolie ! J'aime bien quand tu mets du *rouge-à-rêves !*

Théo, à la délicieuse manière des enfants de son âge, naviguait sur la langue française avec une étonnante voile métaphorique.

— Et moi, j'adore quand tu me dis ces belles choses.

Hélène prit la tête de son enfant au creux de ses mains et l'embrassa bruyamment sur le haut de sa joue. Le volume sonore du baiser lui valut aussitôt une réprimande de son fils. Au même moment, Daniel entra. L'allure vive de ses pas et le sourire chatouillant ses oreilles attirèrent leur attention. Une maison. Cette maison, il en était sûr, plairait à Hélène. Ils avaient toujours rêvé de vivre dans un mas, au calme loin de la nationale, et, pour Daniel, avec quelques vignes à s'occuper. Ils l'avaient déjà entraperçue l'année dernière, lors d'une promenade à pied. Elle surmontait le lit du ruisseau de Sunas et ce charmant bois où ils avaient ramassé un plein panier de châtaignes. Aux dires d'Augusto, le boulanger à l'épi doré, qui savait Daniel amateur de vins, c'était une grande maison avec une cave immense dans laquelle, il pourrait se perdre. Le sachant en quête d'un mas possédant quelques pieds de vigne, c'était d'ailleurs lui, qui l'avait informé de cette probable vente. Augusto était un homme corpulent et jovial. Il animait la boulangerie avec sa voix de ténor aux accents italiens et par ses grandes palabres gestuelles. Augusto portait une petite singularité, que, sans doute, seul Daniel avait remarquée. Ce matin d'automne, en attendant son tour, Daniel avait fixé avec attention, comme toujours, l'élégante élévation du cheveu du boulanger, chatoyante de bon matin. Cette mèche dressée formait l'*épi d'or* de la boulangerie. Daniel avait attendu un mouvement, espéré un hochement. Mais l'*épi* sommeillait toujours sur la tête du boulanger. Un court instant, Daniel s'était intéressé à l'exposition des délicieuses viennoiseries présentées, chaussons aux pommes, brioches fourrées, chocolatines, mais il s'était vite ravisé et était revenu sur l'*épi dort*. Non qu'il ait eu peur de succomber à la tentation qu'offraient ces gourmandises. Simplement, il n'aurait pu manquer le spectacle. Il lui avait fallu rester vigilant au réveil. Hélas, Augusto était demeuré immobile sur le carrelage émaillé de vert et de jaune, seules ses mains s'étaient activées. Soudain... *Vedete ciò* ! Le signal avait été donné. Le maître-boulanger avait remué brusquement la tête, grommelant, mécontent de l'allure de ses croissants. Et l'*épi d'or* revitalisé, s'était réveillé. Debout, il ondulait d'un côté puis de l'autre. Daniel avait été heureux de voir à nouveau ce petit épi se trémousser sur la tête d'Augusto, chantant l'Italie. C'était à la fois fascinant et distrayant. Toute cette force à se mouvoir, pour revenir à la même position. Le soir venu, l'épi se coucherait épuisé par sa journée. L'élévation ne serait plus. Il faudrait un nouveau jour pour le voir renaître. Il n'y avait qu'en matinée, à la première heure, que Daniel pouvait assister à ce spectacle, qui, par cette simple récréation, égayait ses journées. Daniel avait fini par raccrocher les paroles d'Augusto qui, voyant son client ébahi devant ses cheveux, l'avait interpellé furieusement du regard. Monsieur Colin, le propriétaire du mas, un homme âgé, grand amateur de vin, avait de graves soucis de santé, avait expliqué le maître-boulanger. Ce dernier avait entendu sa fille dire qu'il rejoindrait prochainement une maison de soins. En vue de couvrir les frais d'un tel établissement, ses enfants étaient venus faire une estimation du mas. Daniel avait alors saisi le pain, salué rapidement la femme d'Augusto, et était remonté dans sa voiture garée en double file pour aller voir de plus près cette propriété, se disant que se trouvait là, sans doute, une chance. Il n'était assurément pas aisé de trouver une maison en vente dans ce coin, encore moins une qui correspondrait à leurs envies. Ça les rapprocherait aussi considérablement des grands-parents de Théo, qui habitaient Barnes, un village voisin de Sunas.

Daniel partagea ses premières impressions avec Hélène :

— Il est magnifique, tu verras. Il y a une allée de marronniers. La façade est recouverte d'une peinture à la chaux de couleur lin. Il y a une tonnelle et une trentaine de pieds de vigne bordent le mas. Avec les couleurs flamboyantes des vignes à l'automne, c'est tellement beau, s'enthousiasmait Daniel.

Il ajouta :

— Un peu plus loin, derrière, il y a un bois et la rivière par où nous étions passés. Peut-être à deux cents mètres à peine. Nous pourrions le louer pour l'habiter dans un premier temps puis l'acheter par la suite. Qu'est-ce que tu en penses ?

— Je pense que je suis prête pour une visite.

— Et toi, Théo ?

Le soir, des sourires se dessinèrent et des rêves grandirent.

Le 4 janvier 2002
L'hiver et son ombre

Au lendemain de la venue du facteur et de la remise du pli, pour la première fois depuis longtemps, il y avait de l'agitation dans l'appartement de Sam. Un pas amenait le suivant. Sam parcourut successivement les trois pièces de son appartement tout en ayant cette étrange impression que plus il mettait d'affaires dans sa valise, plus son esprit était rempli de questions et de doutes. Il était déjà l'heure. Le taxi commandé sur Internet l'attendait sans doute. Il plaça l'enveloppe reçue dans le fond de sa valise et la referma, puis il se dirigea vers la porte. Après avoir traversé le long couloir qui séparait l'appartement en deux, Sam s'approcha du petit buffet de l'entrée pour en saisir deux blocs de post-it, une pièce d'identité, des médicaments, quelques liasses de billets, un chéquier et une carte bleue. Regrouper tous ces objets le troubla. Ils lui rappelaient le passé. Son nom figurait dessus, lui qui n'avait plus d'identité désormais. Ce nom était associé à un crime, dont il était coupable. Sam aurait préféré rester dans sa prison, il méritait cette réclusion. Quand il poussa le tiroir du buffet, son regard se porta sur le miroir au-dessus. Il ne reflétait qu'une image falote, l'ombre de ce qui fut un homme, un homme comme les autres. Au moment de partir, Sam attrapa d'un geste vif la poignée de la porte de son appartement. Le geste assuré et décidé de sa main gauche, lorsqu'elle clôtura cette page de six centimètres d'épaisseur avec certitude, le surprit. Sa main s'émancipait, elle semblait plus confiante qu'il ne l'était lui-même, sûre que oui, c'était le moment. Il examina cette porte refermée. Elle présentait un autre profil, vue du couloir, vue de l'extérieur. Son bois écorché par l'épreuve des années avait du caractère. Sa couleur blanchie et ses rides creusées, des effets du temps, trahissaient son âge avancé. C'était comme si Sam la découvrait pour la première fois. De l'autre côté, à l'intérieur, elle était pourtant si lisse, si quelconque. En l'observant encore, il distingua une égratignure plus profonde, une sorte d'entaille, probablement le souvenir pénétrant d'un amant que cette porte avait, un jour, éconduit. Sam retourna à ses pas, il se confia à eux, ils sauraient parfaitement où l'emmener. Il descendit les six étages et sortit de l'immeuble. Il faisait nuit et froid dehors. La ruelle, sa ruelle, était vide. Les habitations en bordure semblaient toutes endormies. Aucun chuchotement, juste le bruit du silence et les pensées hésitantes d'un matin brumeux.

Sam ne dit mot quand il vit le chauffeur de taxi. Il ne répondit pas au bonjour lancé par l'homme et lorsque ce dernier lui tendit la main, sans un regard, Sam déposa sur cette paume brandie un post-it avec une adresse et un itinéraire précis pour s'y rendre. Le lieu de sa destination était Sunas, à plus d'une heure de route. Le chauffeur pressentit que le trajet allait être long. En cette matinée d'hiver, il mit le chauffage et de la musique pour réchauffer l'atmosphère et décida de ne dire mot auusi. Sam n'entendait pas les haut-parleurs qui susurraient du néo-métal. Il espérait que le trajet durerait, il était fasciné par ce paysage qui défilait devant lui, éclairé par les premières lueurs matinales.

Soudain, son esprit, comme piégé par ce plaisir, changea de direction. Sa boussole le ramena le temps d'une traversée imaginaire, dans sa ville, dans son immeuble, dans son appartement, au cœur de cette terre stérile, au sein de cette aire murée et de cet air insipide. Il avait peur d'avancer. Il voulait écouter cette mélodie solitaire, elle était sa geôle, un havre exempt de tout contact, de toute souffrance. Pour lui, être enfermé était rassurant. Il vivait grâce à son ordinateur. Depuis qu'il avait emménagé dans cet appartement, cet objet était cette unique vraie fenêtre qui donnait vers l'extérieur, sans que personne ne puisse rentrer chez lui. Aucune visite ou presque. Il restait chez lui, immuable. Il avait exploré les étonnantes ressources d'une nouvelle société de plus en plus virtuelle, où faire ses courses, envoyer des courriers, s'habiller, travailler, payer et être payé pouvaient reposer en 2002 sur l'agilité à réaliser de simples clics. Deux personnes seulement avaient franchi le pas de sa porte. Tous les autres s'étaient contentés de rester sur le palier. Deux inconnus. Le premier avait été un électricien. À la suite d'une assemblée générale, le syndicat de copropriété avait souligné la vétusté de l'installation électrique de l'ensemble du bâtiment et la nécessité pour les propriétaires d'une mise en conformité. Et puis, consécutivement à un dégât des eaux provoqué par la corrosion d'une canalisation, un plombier était intervenu chez lui. Habituellement bricoleur, Sam n'avait pu réparer la fuite. Toucher une tuyauterie sous quelque forme que ce soit lui faisait désormais horreur. Pour ne pas avoir à rencontrer l'homme, il avait laissé des directives et un chèque sur la table.

Le chauffeur de taxi entrouvrit la fenêtre, l'air frais de ce mois d'hiver ramena aussitôt l'esprit de Sam dans la berline noire. En revenant, ses yeux lui montrèrent tout le chemin qu'il avait déjà parcouru depuis son appartement. Un courant d'air se glissa par la fenêtre pour lui souffler dans le cou une autre direction, celle de l'horizon, celle d'un ailleurs, celle d'un autrefois. Désormais, des collines dodues de leurs formes arborées se caressaient les unes aux autres, un vent taquin chatouillait leurs flancs. Le taxi traversa un village médiéval, le panneau à l'entrée indiquait que le visiteur entrait dans une commune fleurie. Ils passèrent à côté d'une église et d'une place, toutes deux sages. C'est alors que le corps de Sam se mit à frissonner, sa tête à tourner... Il était en train, lui, de se rappeler.

Novembre 1998
La douce mélodie de l'automne

Théo regardait mamie Mélodie avec attention.

— Qu'as-tu Théo ?

— Mamie, quand t'étais petite, y avait des dinosaures ?

Mamie Mélodie se redressa, quelque peu surprise par cette question avant de répondre avec son regard complice :

— Moi, non. Mais tu peux poser la question à Papi.

Daniel venait de se rappeler, avec tendresse, une des nombreuses scènes, auxquelles il avait eu le bonheur d'assister, même si aujourd'hui elle était teintée de tristesse.

Mamie Mélodie, la mère d'Hélène venait de mourir, accompagnée par le chant des dernières hirondelles, qui partaient, elles aussi, vers d'autres cieux en ce début de mois de novembre 1998. Il ne restait donc plus qu'un seul grand-parent à Théo : papi Météo, le père d'Hélène. Daniel, né d'une union lapidaire, n'avait jamais connu son père, parti quelques jours après sa naissance. Sa mère l'avait, quant à elle, accompagné durant toute sa vie, jusqu'il y a cinq ans, lorsqu'elle avait succombé à une rupture d'anévrisme. Hélène était alors enceinte de quatre mois. Daniel avait regretté que sa mère n'ait connu son petit-fils. Il aurait aimé partager avec elle ces moments si singuliers propres à la naissance d'un premier enfant, les questions qu'ils avaient eues et tous ces doutes durant les premières années. Daniel délaissa ses pensées pour se tourner vers Théo. Il lui expliqua qu'ils allaient chez papi Météo parce que mamie Mélodie était partie et que, aujourd'hui, toute sa famille et ses amis se réunissaient pour pleurer ce départ. Et, il le savait, ils seraient beaucoup. La mère d'Hélène était une femme aimée de toute une famille et de tout un village, ce même village qui l'avait d'ailleurs vue grandir.

Cet être, pour qui les souffrances n'étaient qu'une césure dans une harmonie, un accord mineur dans une symphonie majeure. Peut-être parce que dès son plus jeune âge, elle avait compris l'inconstance des êtres. Violoniste professionnelle, virtuose à douze ans, elle avait vécu le pire comme le meilleur. Comme ce soir du printemps 1943, où son père avait été emmené par une milice pour être interrogé. Deux hommes étaient alors restés avec elle et sa mère dans la cuisine. La petite fille âgée de huit ans s'était agrippée à sa maman de toutes ses forces. Mais rapidement, elle avait été conduite dans sa chambre. Elle avait eu tellement peur ce soir-là. Peur, peut-être, que sa mère trop inquiète ne fasse une bêtise, peur qu'en restant seule avec ces deux hommes, elle ne soit abîmée ou cassée à jamais. La petite fille avait d'abord pleuré. Abondamment pleuré, avant de s'emparer de son violon. Sans réfléchir, elle avait joué l'Été de Vivaldi, se souvenant que sa mère aimait le concerto n°2. Elle avait voulu jouer pour que sa mère entende ces notes qui sauraient lui dire qu'elle était là, avec elle, même si elle ne la voyait pas, qu'elle jouait cette musique-là pour elle. Elle avait joué pendant près de deux heures sans s'arrêter avant de s'effondrer en larmes et de s'endormir. Elle s'était sentie si soulagée lorsqu'elle avait vu sa mère au petit matin sortir de la cuisine, intacte. Son père était rentré trois jours plus tard. Lorsqu'elle avait aperçu son père dans l'encadrement de la porte en dévalant les escaliers, la toute première chose, qu'il avait faite, l'avait profondément marquée. Il avait souri. Ce fut comme une autre petite victoire. Leur victoire à eux. La famille n'avait plus jamais été inquiétée. Hélène tendit les manteaux aux garçons, ils allaient être en retard.

Arrivés dans le village, ils s'arrêtèrent devant une petite maison fébrile, recouverte de fissures s'entrecroisant, certaines plus profondes que d'autres. Hélène regarda avec beaucoup d'affection cette maison, elle caressa le mur à côté de la porte d'entrée. Elle appuya ensuite sur son ventre, comme pour écraser cette boule qui grossissait à l'intérieur et entra la clé dans la serrure.

— Papa, c'est nous !

Une voix mal assurée répondit :

— Je suis en haut.

Papi Météo avait quinze ans de plus que la mère d'Hélène. Il avait rencontré sa femme durant un concert de l'Orchestre Philharmonique de la Radiodiffusion française auquel elle appartenait. C'était au début des années soixante. Il était alors un machiniste d'une quarantaine d'années. Six ans après leur rencontre, lorsque mamie Mélodie était finalement tombée enceinte d'Hélène, ils avaient décidé ensemble de venir s'installer dans son village d'enfance. Papi Météo avait alors ouvert un garage automobile comme l'avait fait son père avant lui. Une belle affaire prospère qu'il avait ensuite su revendre pour leur assurer une confortable retraite.

Papi Météo était dans sa soixante-dix-neuvième année et se portait, selon les médecins, comme un charme. Pas de cholestérol, ni de diabète, ou encore d'arthrose se profilant à l'horizon. Papi Météo était un véritable phénomène pour les gens d'ici. Il était capable de donner le taux d'ensoleillement et d'humidité de la journée, de prévoir l'arrivée des changements climatiques des trois prochains jours. Il y a quelques années, ses prévisions étonnamment justes avaient d'ailleurs fait l'objet d'un article dans un journal local. Papi Météo était avant tout fasciné par le vent et il partageait aisément cette passion. Ce qui le fascinait, c'est l'invisibilité de cet élément omniprésent. *« Notre cher ami incline la pluie, gèle ton petit nez Théo. Il peut parfois faucher les fleurs. Mais il sait disperser les graines qui donneront les arbres, puis les fruits. Et il balaiera inlassablement les nuages. »*

Passionné, érudit du sujet et pourtant toujours étonné par l'existence de son *Grand Ami*, comme il l'appelait. Sa puissance ainsi que sa douceur le fascinaient.

« Le soleil, la pluie, la neige peuvent être acerbes, comme cléments, frustes et grossiers. Ils n'auront jamais la discrétion de notre Grand Ami. Tous ces éléments sont visibles, tangibles. À aucun moment, on ne voit notre Grand Ami, dont on oublie souvent le rôle. On ne peut pas le toucher et pourtant son contact fait frémir notre peau. Il n'a pas d'odeur, mais en transporte d'innombrables. Il est silence et pourtant sa présence peut faire fredonner un carillon et hurler une ruelle. » Beaucoup croient en Dieu pour une raison similaire. Papi Météo, plus cartésien, croyait au Vent. Et depuis sa rencontre avec son tendre amour, il y a presque quarante ans de cela, il aimait dire que son Ami parcourait la terre sur une douce Mélodie.

Daniel se retourna et s'accroupit pour se mettre à la hauteur de Théo :

— Tu vas voir, papi Météo est triste à cause du départ de Mamie. Elle est partie dans un lieu que l'on ne connaît pas. Mais on dit que c'est un endroit très bien où les gens sont bien accueillis.

— Mais Papa, si Mamie va à *l'endroit* sans nous, nous, on va rester à *l'envers* ?

Daniel considéra la justesse de cette remarque. Saisissant la main de sa femme, qu'il voyait émue, il précisa :

— Il n'y a que les personnes qui sont mortes, qui ont le droit d'y aller. Papi est triste, comme nous, mais il sait qu'elle ne souffre plus, là où elle est. On pense tous qu'elle y est bien. Tu comprends ? C'est pour ça qu'on se réunit tous. C'est pour lui dire au revoir.

— Oui, répondit doucement Théo, songeur.

Nourri de cette explication, il se dirigea vaillamment vers son grand-père, qui descendait les escaliers. Tout en enveloppant le genou de son papi, qui se présentait sur la dernière marche, ébranlé par le poids de la perte de sa femme, Théo clama, son regard pétillant d'affection :

— T'as de la chance toi ! T'es si vieux que tu vas bientôt mourir. Et tu seras le premier à la revoir !

Papi Météo d'abord surpris, observa :

— Tu as raison Théo, c'est ce que j'espère aussi. Mais elle m'en voudrait si je la rejoignais trop vite, ajouta-t-il en caressant les cheveux de son petit-fils.

Il se dirigea vers sa fille, l'embrassa. Ses bras l'enlacèrent. Un frisson traversa Hélène. Elle l'avait sentie. Elle avait perçu cette souffrance, ils la partageaient, pourtant il y avait autre chose.

Je l'ai perdue Hélène, j'ai perdu ta mère, j'ai perdu la femme que j'ai attendue, désirée et aimée, voilà ce que le corps de son père lui confia avec une indescriptible tristesse.

Le 4 janvier 2002
L'hiver et une corne de cuir

Il approchait trop vite ! Les mains de Sam tremblaient. Il indiqua au chauffeur de taxi de s'arrêter en tapant vivement sur son siège, ce qui ne manqua pas de faire sursauter ce dernier. Sam regarda le compteur, tendit des billets, attrapa sa valise et descendit. La voiture s'en alla, sans que Sam y portât attention. À cet instant, l'un des deux hommes était soulagé de voir une si longue route prendre fin, tandis que l'autre était terriblement inquiet à l'idée de la commencer.

Le bas-côté de la route était parsemé de graviers et de cailloux. Des projectiles agressifs, dérangés par cette intrusion, attaquaient déjà les chaussures citadines de Sam. Sa valise chancelait, titubait, ne sachant comment se défendre sur ce terrain hostile. Elle tenta quelques soubresauts et cabrioles, réalisa une volte-face avant de pencher dangereusement et de finir par plonger face contre terre. Face aux cris de lamentations de sa valise, Sam se résigna à l'abandonner derrière un arbre. Il reviendrait la chercher plus tard. Il reprit son chemin avec une impression étrange. Plus il avançait, plus ses pas s'étriquaient. Après avoir parcouru un peu moins de cent mètres, Sam arriva à un croisement. La route sur sa gauche menait à Lurèze, celle d'en face à Sunas et celle derrière lui à Barnes. Sam venait de comprendre qu'il n'y arriverait pas. C'était trop tôt. Il renonça. Une voiture passa. Il lui fit signe de s'arrêter. Il écrivit Lurèze sur un post-it, le seul village qui ne lui évoquait pas de souvenirs. Mais le chauffeur arrêté indiqua qu'il allait dans une autre direction. Sam retourna chercher sa valise et arrêta une autre voiture. Cette fois, le conducteur acquiesça en voyant le post-it marqué Lurèze et il monta. Sam descendit à l'entrée du village, saisit sa valise allongée sagement à l'arrière, les roues encore meurtries. Il claqua la portière et effectua un si bref mouvement de main à travers la vitre en guise de remerciement, que le conducteur ne le discerna pas. Il se dirigea ensuite vers le centre du village. Après quelques minutes, ne sachant trop où aller, il se posta à côté de deux chaussures, hésita, puis prit dans sa poche son bloc de post-it et y nota un mot, son regard toujours dirigé vers les chaussures devant lui. La chaussure droite avait une partie recourbée sur l'extérieur, une corne en cuir sur le haut, semblable à une page cartonnée abîmée. Sam tournoyait maladroitement et lentement son bras comme une pale d'hélice en direction de l'homme qui portait ces chaussures. Ce geste était grossier, mais eut le mérite d'attirer son attention. Le villageois, comprenant que l'homme cherchait à lui demander quelque chose, se rapprocha pour saisir le papier mouvant. Sam remarqua alors la curieuse manicure sur la main droite de l'homme. Tous les ongles étaient rognés sauf le pouce et l'index qui étaient excessivement longs. Bizarre, observa Sam. Il supposa que cet homme était facteur ou buraliste de métier. Ils lui servaient sans doute à trier. Pendant que l'esprit de Sam s'occupait, le villageois, qui venait de lire le mot marqué *Hôtel ?,* réfléchit. Il se demandait comment indiquer l'auberge du village à une personne, prostrée sur ses chaussures, qui pouvait être un gars étranger, ne causant pas le français ou juste un gars étrange. Il commença par pointer la première rue à droite. Il se lança ensuite dans l'exécution d'une série de gestes pour lui indiquer au mieux la direction. Mais le visage de Sam restait muet. L'homme s'interrompit. Quelque peu vexé par ce manque d'attention, il ôta sèchement le crayon de la main de Sam pour dessiner la direction à prendre. Il retourna le crayon à son propriétaire et s'en alla en bougonnant. Sam ne le savait pas encore, il venait de rencontrer Simon. Sam trouva facilement l'auberge, grâce au schéma. Sur la porte d'entrée, il lut l'inscription : *Bienvenue Aux Deux Amis, une auberge à la fois familiale et conviviale.* Le réceptionniste, M. Carquet, accueillit le visiteur par un large sourire. Sam était son premier client de la semaine et surtout la seule autre personne sous ce toit. Gérant de l'auberge, créée par son père et un ami, il y vivait seul. A son grand regret, à la mort des deux fondateurs, personne dans leur entourage n'avait voulu s'impliquer dans l'auberge familiale, préférant lui vociférer régulièrement un tas de critiques à chaque repas de famille, que de le soutenir. Un neveu ou une nièce donnait de temps en temps un coup de main en haute saison contre un peu d'argent de poche. Le reste du temps, M. Carquet faisait tout lui-même, la cuisine, le ménage, le repassage et l'accueil.

Sam saisit son crayon et nota : *Chambre ?*

L'homme comprit que son hôte ne pouvait parler. Sûrement un sourd-muet. Il demanda d'une articulation aussi démesurée que grotesque :

— Com-bien de nuits, sou-hai-te-riez-vous, res-ter ici, Monsieur ?

Il répéta aussitôt, en élevant la voix :

— Combien de nuits – Vous – Ici ?

Cette manière abêtissante de le questionner n'ébranla pas Sam, qui inscrivit en réponse sur un post-it : *1 semaine ou +*.

L'homme saisit une clé et le pria de l'accompagner d'un geste. Il montra à Sam sa plus belle chambre, celle qui donnait sur la place du marché. Évidemment, il vanta tout le charme de cette pièce proprette et spacieuse. Mais Sam ne s'intéressa ni à son volume ni à son agencement, encore moins à la vue donnant sur la place. L'hôte de ces lieux ne comprit que Sam prenait la chambre, que lorsque ce dernier commença à défaire sa valise.

Épuisé par sa première sortie et son arrivée à Lurèze, Sam s'allongea sur un lit, tout aussi fatigué que lui apparemment. Cette nuit du 4 janvier 2002, il se questionna longtemps. Ce que contenait la lettre, rien que d'y penser, il était complètement terrifié à l'idée de l'utiliser. *Était-ce bien de le faire ? Et en avait-il le droit ?*

Novembre 1998
Les ingrédients de l'automne

— Bonjour belle dame.

— Bonjour bel homme.

Trois semaines s'étaient écoulées depuis le décès de Mamie Mélodie au début du mois. Daniel aimait regarder Hélène préparer un repas. Elle, qui était très organisée, anticipant et préparant tout, était transportée lorsqu'elle cuisinait. Il aimait la voir prendre cet air malicieux en fouillant dans les placards pour y puiser l'inspiration. Tout ce qui se mangeait était un ingrédient potentiel, l'inconnu d'une parfaite équation, qu'elle saurait toujours résoudre. Le génie culinaire de sa femme semblait résider dans un humanisme transposé. Engagée, sa cuisine refusait les castes. Les ingrédients, qu'ils fussent populaires, grossiers, délicats, insignifiants, appétissants, démodés, distingués, abîmés, elle leur attribuait à tous cette incroyable vertu de délecter. Aucune discrimination, que des rencontres étonnantes, un lieu de jonction hors de la conjoncture du réfrigérateur, les aliments se rencontraient et se mélangeaient pour le plus grand bonheur des papilles. Daniel sourit. Il regardait sa femme, contemplant ses formes généreuses. Elle embellissait avec les années. Ils avaient traversé tellement de choses. Et elle, elle était si forte. Il l'admirait profondément. Daniel embrassa Hélène, avant de s'en aller pour cueillir des champignons avec un collègue, Alix. Ils espéraient rapporter quelques trompettes de la mort, plus tardives cette année. Daniel cuisinait peu. Sa spécialité, c'était les omelettes aux champignons, qu'il essayait d'agrémenter au fil des saisons, selon ses propres récoltes.

Théo profita malicieusement du départ de son père pour mettre son plan à exécution. Il avait tout planifié. Biscotte ferait diversion, pendant qu'il irait plonger sa main dans la boîte mystérieuse. Sur cette boîte, il y avait un arc-en-ciel, dans cette boîte, il y avait tous ces délicieux gâteaux. Pour lui, aucun doute, elle était spéciale. Elle était magique. Il se souvenait du jour où cette merveilleuse boîte était entrée dans sa vie. Un dimanche après-midi, Aurélien, Thomas et Léna étaient venus jouer à la maison. Lors du goûter, sa mère avait déposé sous leurs yeux émerveillés une boîte aux mille couleurs. Théo était tombé sous le charme de cette nouvelle boîte, sans doute parce qu'elle était belle, mais avant tout parce qu'elle était remplie vertueusement de ses gâteaux préférés. Ce contenu avait d'ailleurs généré une symphonie de « miam » et une vidange presque complète de la boîte. Théo s'était bien gardé alors de prendre les derniers biscuits, il ne savait ce qu'il adviendrait d'une telle gourmandise. Quelques jours après - quelle belle surprise ! - il avait été récompensé de cette retenue. La boîte était de nouveau pleine ! Et c'est bien cela qui était étrange. Il la vidait, elle se remplissait. Théo était persuadé que cette boîte arc-en-ciel était spéciale. Mais il avait cette crainte qu'un jour, elle ne se remplisse plus. Il s'était donné comme mission de comprendre le mystère de la boîte arc-en-ciel pour que ce malheur n'arrivât jamais. Il avait déjà quelques idées sur la question. *Des lutins arc-en-ciel.* Il imaginait une trappe au fond du placard, dans lequel la boîte était placée toujours au même endroit, derrière laquelle se trouvait une mini cuisine, dans laquelle s'affairait une ribambelle de lutins de toutes les couleurs. Mais comment parvenaient-ils à emporter les gâteaux jusqu'à la boîte ? Les lutins étaient trop petits. Ils devaient avoir des amis pour les aider, peut-être des animaux, *oui des... gatosaures !* qui joyeusement les avalaient dans la cuisine, avant de les recracher directement dans la boîte. *Beurk !* Mais elle était fermée en haut, ils ne pouvaient pas l'ouvrir, les gâteaux devaient rebondir sur le bouchon... *le truc qui ferme, c'est quoi déjà le nom ?* Bref, il en était sûr, cette boîte portait un secret et il fallait qu'il découvre lequel. En tant que chercheur et Théo-ricien de l'étrange, ce serait donc pour le bien de la science que cette enquête serait diligemment et minutieusement menée.

Théo prit délicatement un verre d'eau et en renversa un peu sur le tapis du salon. Il s'exclama d'un ton faussement surpris :

— Oh ! Biscotte !

D'un ton savamment outré, il ajouta :

— Viens ici, Biscotte ! Ne me miaule pas sur ce ton. T'as fait une bêtise. Et arrête de sortir les dents de tes pattes ! Oui, ces grosses griffes-là !

En entendant ces cris, Hélène apparut dans la pièce, laissant alors la cuisine et tout ce dont elle regorgeait comme délices, en particulier la précieuse boîte, sans aucune protection.

— Je vais chercher l'éponge Maman, pour pas que ça tache ! Il faut gronder le chat pour qu'i comprenne. Sinon i va recommencer. Il est parti par-là, expliqua Théo, en indiquant la direction du couloir à sa mère.

Théo avait placé le chat en lieu sûr. Il n'y avait aucun risque pour lui. En tant que complice, il aurait bien sûr une part du butin. Théo se reprit, c'était pour la science que sa main visiterait la boîte. Il devrait extraire bien sûr un peu de son contenu pour trouver des indices. Les placards les plus intéressants étaient toujours les plus inaccessibles, regretta Théo. Mais une chaise l'aiderait. Théo grimpa dessus, ce qui n'était pas évident pour lui avec ses tendons tout rétractés, il marcha sur le plan de travail et alla piocher dans le placard cible. Il lutta un peu pour ouvrir la boîte. *Ouf !* les gâteaux étaient bien là. Il plongea sa menotte et mit consciencieusement une partie de son contenu dans un sac pourvu à cet effet, sans y toucher. Bon allez, juste un. Qu'est-ce qu'il était bon ! Ensuite, il commença à examiner autour de la boîte. Hélas, il avait été trop gourmand. Lorsque Hélène revint avec le chat dans ses bras, trouvé enfermé dans la salle de bain, elle découvrit son fils debout, près de l'évier, le maillot recouvert de miettes :

— Théo, tu peux m'expliquer ?

Théo se sentit tout d'un coup débordé par un flot d'émotions, qui le submergea.

— Maman, tu peux me faire un câlin ? demanda Théo tout penaud. J'ai fait une bêtise.

Ses yeux commençaient à le piquer, il se les frotta.

— Je suis désolé Maman. Pardon d'avoir menti.

Le 5 janvier 2002
Les bras tendus de l'hiver

Sam sortit peu avant le lever du soleil. Il avait à peine dormi. Il marcha dans les rues encore inanimées du village et pénétra dans une ruelle si fine qu'il semblait possible de rejoindre le flanc des deux façades, juste en tendant ses bras. Lurèze l'avait, de ce fait, baptisée la *Rue des Bras Tendus*. Un premier rayon de soleil glissa sur son visage. Puis quelques gouttes de pluie tombèrent, faisant crépiter les feuilles mortes sur le sol. Le printemps semblait vouloir déjà se réveiller, impatient que l'hiver lui laisse le parvis. Sam passa près de la place du village. Un grand chêne vert faisait face à un majestueux chêne blanc, d'après son envergure son aîné peut-être d'une centaine d'années. Les branches, de leur bout, se saluaient respectueusement. À travers le murmure qui se glissait entre leurs ramures, Sam eut l'impression de les entendre converser. Il se tenait là, entre ces deux géants, et écoutait. Leurs échanges délicats étaient ponctués par le chant séraphique des mésanges et chardonnerets. La douceur exceptionnelle de cette journée hivernale trompait ces oiseaux trop pressés de parader. Sam entendait claquer. Le terrain de boules vibrait sous les pas des aînés. Les dentiers grinçaient, les mots chantaient, les boules s'effleuraient ou se giflaient, tandis que le cochonnet tressaillait. Il continua sa découverte de Lurèze, comme s'il n'était jamais venu auparavant. À l'orée du village, Sam remarqua la présence de grandes portes charretières. Majestueuses et rustres. Massives et dociles. Elles présentaient d'innombrables hématomes sur leur flanc. Assénées de coups portés au loin par les sulfateuses des vignes alentour, elles en gardaient chaque année une marque bleuie. Un généreux soleil réchauffait le sol humide. Les vapeurs matinales réveillaient la terre engourdie et libéraient de délicates fragrances disséminées habilement par le vent. Il y avait le parfum merveilleux du ciste, mélangé à celui de brins de thym sauvage. Très discret en cette saison, il suffisait pour évoquer à Sam la garrigue des chaleurs à venir. Sam décela une autre odeur, à la fois évidente et dissimulée, sans qu'il ne sache d'où elle provenait. *De la poussière mouillée,* conclut-il. Les grains de cette terre faite d'argile et de calcaire avaient eux aussi leur parfum. Sam continua d'avancer. Des fagots de sarments entassés, près d'un pont de pierres qui menait vers un vaste paysage ruiniforme, parsemé de dolomites, formaient des argousins semblant garder un passage interdit. En traversant le petit pont, Sam imagina les quelques sandres et perches parcourir ce ruisseau et flageller l'eau de leur vivace queue. Il posa sa main sur la dernière pierre du muret et ressentit la vigueur qu'elle renvoyait. Ses sens cherchaient leur nourriture. Ils se réjouissaient de ces bouchées. Ces dernières années, il avait été privé de ces bruits, ces couleurs et ces parfums. Ses pensées étaient tantôt exaltées, tantôt en émoi. C'était un banni. Même les traits de son visage s'étaient effacés depuis sa condamnation, de peur d'être regardés. Sam se faufilait discrètement dans cet univers et le scrutait. Comme une toile animée devant son regard, le monde s'animait, vivait, parlait. Spectateur anonyme regardant défiler les images d'un espace en mouvement que lui fixait, honteux. *Chut !* Des souvenirs revenaient. Sam voulut qu'ils se taisent vite. Heureusement, un cri lointain arrêta net ce début de mélancolie. Sam attendit qu'il se reproduise. Il les vit alors. Un couple de buses semblait étonnamment crier les louanges de sa venue. Un spectacle de la nature surgit alors. Sam aperçut un paysage flamboyant, qui témoignait d'un territoire paléolithique extraordinaire. C'est là que Sam s'arrêta. Il n'alla pas plus loin. C'était déjà trop. Toutes ces sensations devenaient indigestes. Il retourna au centre du village, terminant sa promenade au *Café de Patrice*, tel un cétacé égaré et épuisé, échouant sur la rive la plus proche. Ses sens s'étaient jetés sur toute cette nourriture avec déraison. Il n'avait pourtant marché qu'une trentaine de minutes. Il lui semblait en avoir vécu trois cents. Sam s'assit sur la terrasse, à la recherche d'une tranquillité. A côté de lui, une ardoise présentait le plat du jour : *Crevettes à l'ail.* Mais la dégustation de cette marche agréable avait été trop soudaine et copieuse. Après un si long jeûne, Sam avait la nausée.

Décembre 1998
L'automne en carton

Vite, la petite famille était en retard. Le jour du déménagement était arrivé, ils étaient déjà en décembre. Tout s'était déroulé si rapidement, songea Daniel. Comme l'avait prédit Augusto, le boulanger, le placement en maison de convalescence du propriétaire du Mas, avait précipité la vente. La maison étant inoccupée, en attendant la signature, les enfants de M. Colin avaient accepté de louer le Mas à Daniel et sa famille. Cela permettait aux enfants de couvrir les nombreux frais de santé de leur père. La possibilité de déménager rapidement avait réjoui Daniel, il était impatient de partir de leur maison et de vivre loin de la route nationale. Il espérait que ce nouveau lieu l'aiderait à tourner la page de souvenirs douloureux. Pendant qu'ils roulaient, les images du passé, insolentes agitatrices, infatigables, ravivèrent le jour précédant l'accouchement de Théo. Daniel revit cette scène usée, parce que maintes fois repassée. Ce moment où, dans un magasin de bricolage, au rayon des crémaillères, il ne se serait jamais douté de tout ce qui allait suivre :

— *Il nous en faut combien déjà ? Celles-là sont assez grandes. Qu'est-ce que t'en penses ?* demanda Daniel, en désignant des crémaillères.

Deux questions posées à sa femme enceinte, deux questions restées sans réponse depuis, comme deux crevasses qu'on ne peut franchir et dans lesquelles on retombe sans cesse, comme deux mortaises laissées sans tenon, qui s'écroulent irrémédiablement. Daniel s'en souvenait encore, trop bien, hélas. Comme elle ne lui répondait pas, il s'était retourné vers sa femme et l'avait vue si pâle, si fatiguée, qu'elle semblait avoir avalé trente sombres années, le temps de son silence. Et lui, tenant sa crémaillère d'un air décidé, n'avait pu retenir cet :

— *Alors ?*

Comme si les mots, trop impatients, ne pouvaient être juste délicats et garder une certaine retenue. Comme, s'ils devaient absolument être entendus. Déconcerté par le visage crispé de sa femme, il avait ajouté :

— *Qu'est-ce qui t'arrive ?*

S'il avait su. Si seulement, il avait su. Jamais il ne l'aurait emmenée dans ce magasin. Jamais, ils ne se seraient disputés à plusieurs reprises sur la hauteur et encore moins sur le nombre d'étagères. Jamais il ne l'aurait laissée porter ce carton de petits carreaux, qu'elle avait choisis pour décorer la salle de bain.

— *Je ne sais pas...,* lui avait-elle finalement répondu tout en portant sa main sur son ventre. *J'ai mal. Je crois que c'est des contractions.*

— *Mais il reste presque deux mois avant l'accouchement !*

— *Je sais. Il reste sept semaines. Daniel, ça me fait horriblement mal.*

Les yeux écarquillés d'Hélène avaient fini de marquer l'urgence de la situation. Et lui, ahuri, avait quand même réfléchi un instant avant de dire :

— *Ok. Le mieux c'est peut-être que je t'emmène à l'hôpital.*

La situation dépassait Daniel. Il n'arrivait pas à rassembler ses idées. On ne l'avait pas préparé à réagir à ça. Ils n'étaient absolument pas prêts. Ça ne pouvait pas être maintenant. Y avait tellement de choses encore à faire, à préparer avant que leur enfant naisse.

À leur arrivée à l'hôpital, l'équipe médicale avait pris la tension d'Hélène et soudainement tout le monde s'était affolé. Une échographie réalisée en urgence avait révélé la présence d'un hématome rétroplacentaire. Il mettait en danger la vie du bébé et de sa mère. Hélène et Daniel s'étaient sentis trahis. La grossesse s'était si bien déroulée. Une si belle grossesse n'aurait pu promettre qu'un grand jour heureux. Les jeunes parents n'avaient pas eu le temps de comprendre. Il y avait eut une césarienne et puis plus rien. Aucun cri. Le médecin avait accueilli le nouveau-né, il avait tenu presque entier dans ses mains. Daniel avait à peine eu le temps de l'entrapercevoir, que cet être sans voix avait été posé sur une table. Une femme s'en était vite approché et l'avait emmené aussitôt ailleurs. Hélène avait accouché, mais il n'y avait pas de bébé, pas de cri, comme si elle avait accouché d'un fantôme, dont seule l'odeur était perceptible. Quand Daniel avait pu enfin voir leur bébé, dans sa boîte transparente, après des heures d'attente, il avait remarqué que ce bébé avait d'abord gardé les yeux ouverts, comme s'il avait refusé de les fermer. Et lorsqu'il s'était endormi, Daniel avait attendu l'instant où ces yeux avec ces deux perles bleu-nacre s'ouvriraient de nouveau. Le moment redouté avait été celui, où il avait dû quitter cette pièce, qui gardait égoïstement cet être, pour rejoindre sa femme. Encore trop faible pour parler, elle n'avait eu de cesse de l'interroger du regard. Les heures et les jours suivant l'accouchement, Daniel avait guetté ces deux perles à chaque réveil, sans comprendre ce qu'il attendait. Puis il y avait eu cette première rencontre, *leur* première rencontre à tous les deux et cette berceuse rapide et encore indécise, dont les paroles avaient semblé s'écrire au fur et à mesure. Elle avait été rythmée par le souffle et les battements de cœur réguliers de son tout petit bébé, aidé par ses machines. Il avait entendu ce tout petit être lui dire à travers sa paroi : *Je suis ton fils. Tu es mon papa.* Et lui avait répondu *: Oui, tu es mon fils. Et je suis bien ton papa.* Il avait pleuré. Théo était resté sous assistance respiratoire pendant douze jours et sous surveillance médicale durant un mois. À leur sortie, Daniel avait ressenti cette impression étrange, leur fils était devenu si réel et restait pourtant si fragile ! Depuis, il regardait tous les matins en direction de leur maison, pour constater que leur fils était bien là. Il était aujourd'hui, si vrai et si fort ! Malgré les mots des médecins, son fils avait bien survécu. Chaque partie de son corps avait voulu se battre pour la Vie. Théo avait choisi de vivre. Son existence était irréversible, Daniel le savait, ce sont tous ces détails qui l'avaient ancré à jamais dans la vie. Il savait que cette tache de chocolat continuerait de lui chuchoter les douceurs de la vie. Mais pour Daniel, cette maison avait été le lieu terrible de sa solitude. Lorsque sa femme et son fils avaient été hospitalisés, lui était revenu y dormir tous les soirs, seul, se demandant si son fils serait bien vivant quand il retournerait à l'hôpital le lendemain. Cette maison était devenue comme un donjon et en partir, une délivrance.

Daniel roulait un peu trop vite, Hélène le ravisa. Ils seraient en retard de toute façon. Quelques minutes de plus n'y changeraient rien. Papi Météo et leurs amis les attendaient déjà. Mais Daniel était contrarié à l'idée de faire patienter toutes ces bonnes âmes qui étaient venues les aider, malgré le froid. Théo prit un air sérieux, à l'arrière de la voiture.

— Papa, fais attention. Si tu roules trop vite, la police, elle te donnera une grosse conversation ! Léna m'a expliqué que ça faisait mal aux oreilles. Son papa, il en a eu une et sa maman elle a beaucoup crié après. Léna, elle m'a dit que la grosse conversation des policiers, ça faisait mal aussi au portefeuille. Mais là, j'ai pas compris. Le feu rouge est vert Papa, tu peux y aller.

Quand la petite famille arriva avec le camion de déménagement à Sunas, elle retrouva un groupuscule d'amis en pleine procession devant la grille du Mas. Des bras s'élevaient vers papi Météo en adoration, dans un cérémonial jovial. Les mains étaient dressées vers le délicieux breuvage fortifiant détenu dans les deux Thermos du vénérable doyen, une décoction encore chaude qui les aidait à transcender le froid. En voyant la famille approcher, toutes les mains transies applaudirent. Après tout, ils n'avaient que vingt minutes de retard. Daniel fit une révérence, Théo, une courbette pour l'imiter. Hélène, elle, préféra se diriger vers son père pour rejoindre les fidèles et voir s'il restait un peu de café.

— Je le mets où ? demanda Julia.

— Tu peux le poser là, répondit Hélène.

Hélène prit une grande inspiration, puis entra dans la pièce avec le sourire. Cette pièce, ce serait son atelier. Elle sortit d'un des cartons une trousse en cuir, par un geste délicat, elle la déroula lentement. Elle en retira une petite massette et un ciseau gradiné et les déposa sur un plan de travail, comme si elle voulait graver ce moment. Elle allait se remettre enfin à sculpter.

— Je le mets où ? demanda Bruno

— Tu peux le poser là, répondit Daniel.

Daniel prit une grande inspiration, puis foula avec ses vieilles tennis blanches, le sol de la mezzanine. Enfin un espace ouvert. Il n'aurait plus à s'enfermer dans une minuscule pièce faiblement éclairée pour finir un projet. Tout ce bois, ce volume, cette lumière l'enchantaient.

— Je le mets où ? demanda papi Météo

— Tu mets là Papi, répondit Théo enthousiaste.

Théo prit une grande inspiration. Sa chambre était si grande. Une évidence envahit joyeusement cette pièce. Tous ces cartons ne suffiraient pas, il faudrait plus de jouets, beaucoup plus de jouets pour la remplir. La liste pour le père Noël serait bien longue cette année. Et puis, soudain, il serra très fort son immense papi. Sans doute une pensée pour sa mamie avait-elle traversé Théo.

— Et ça, je le pose où ?

Cet écho de questions rythmait allègrement le déménagement et les réponses emplissaient consciencieusement chaque recoin du mas. En deux heures, les lieux avaient été investis par canapés, tables, desserte, chaises, armoires, lits, bureaux, mais aussi par livres, bibelots, plantes, tableaux, vaisselle, matériel électronique, jeux, peluches…

Un legato d'approbations formait un accord parfait : *C'est sympa ici... vous y serez bien... j'adore le... on aime bien votre... elle est vraiment chouette cette maison…*

Tout le monde s'engouffra ensuite sur les canapés, il était temps de profiter des lieux et de se revigorer avec cafés, thés, jus de fruits et eaux-de-vie.

À la fin de la journée, marquant le départ de toutes les bonnes âmes, les trois nouveaux résidents, éreintés, allèrent se coucher. Lorsque tout à coup, un cri retentit :

— Maman ! Maaaa-maaan !

Théo insista sur une grande expiration :

— MamanMamanMamanMamanMaman…

Hélène apparut dans l'encadrement de la porte :

— Mais qu'est-ce que tu as à la fin mon chéri ?

— Maman ! Tu peux aller chercher Papa ?

— Théo !

— Mais regarde, là ! T'as vu l'étoile d'araignée… Elle est énorme !

— Une étoile d'araignée ? T'es incorrigible, mon chéri. Ce n'est qu'une araignée, qui vit sur sa toile. Avec son étoile, comme tu dis, la nuit elle te protège. Elles attrapent de méchants insectes, mais pas les petits enfants.

Le 16 janvier 2002
Les écailles de l'hiver

Cela faisait douze jours que Sam était arrivé à Lurèze. Il avait parcouru presque tout le village. Le temps continuait de s'écouler lentement pour lui. Le même chemin le menait irrémédiablement au Café de Patrice, son refuge qu'il retrouvait en fin de matinée. Cette nouvelle routine occupait ses journées. Au début, Sam s'était assis à l'une des tables inoccupées au fond de la salle. Il supposait que la plupart des gens préféreraient l'animation d'un comptoir à cette encoignure isolée. Tout le monde semblait s'être habitué à sa présence quotidienne. Les yeux de Sam, quant à eux, usaient le carrelage à force de le balayer. La première semaine, des fourmis avaient retenu son attention, une mafia, qui passait en contrebande des miettes de chips et de pain à l'insu de tous. Difficile de localiser leur repaire, l'itinéraire pris changeait d'un jour à l'autre. Sam s'était ensuite intéressé aux taches sur le sol, qui disparaissaient toujours le jour suivant, sauf une, sous sa chaise. Elle lui permettait de savoir que personne ne s'était assis à sa place entretemps. Il avait aussi inspecté les pieds de chaises. La plupart avait des écailles de bois donnant l'impression qu'ils muaient en vieillissant. Après quelques jours, Sam s'était lassé de cette première couche et s'était mis à examiner une strate au-dessus : les chevilles dénudées, les chaussettes frangées ou dépareillées et les bas de pantalon colorés, sobres, repliés, raccourcis ou esquintés. Les tenues changeaient bien sûr, mais il suffisait à Sam de regarder ces chaussettes et ces bas de pantalon pour savoir qui entrait. Il s'était ainsi familiarisé avec quelques noms de Lurèze.

Joris était celui qui portait des chaussettes de contention avec des mules. Lucas venait toujours à vélo. Il glissait le bas droit de son pantalon, dans une longue chaussette bariolée pour le protéger. Il oubliait chaque fois de le remettre par-dessus et arborait un joli mollet droit bombé et bigarré. Julian et Siane étaient frère et sœur. Ils avaient d'interminables discussions et charriaient cette ambition vulgaire de refaire le monde. Julian avait des pantalons serrés, ajustés au corps, ce qui lui donnait des jambes efféminées, alors que les pantalons de sa sœur, Siane, flottaient à l'envi. René, lui, semblait n'avoir que deux pantalons. Six jours par semaine, c'était le vieux pantalon noir, usé et couvert de poussière. Et le lundi, apparemment, c'était le bleu clair toujours propre et soigné pour cette seule journée. Cet étrange contraste avait intrigué Sam. *Ce René, était-il avare ou fétichiste ?* Sam pensait avoir compris la raison de cette distinction vestimentaire. Le noir paraphait les interminables parties de boules. Tandis que le bleu clair louait le jour de repos du Seigneur du boulodrome, le lundi.

Les personnes, qui croisaient Sam chaque jour, auraient pu dire que son visage semblait commencer à s'exprimer. En réalité, il ne faisait que se décoller du sol. Il ne pouvait empêcher ses sens de redécouvrir tout ce qui l'entourait. Mais il se gardait bien de croiser des regards et d'inciter à la conversation. Il savait qu'il intriguait les habitués. Il avait intercepté quelques commentaires qui se voulaient probablement discrets. Il y demeurait indifférent. Il ne savait pas comment entrer en contact avec les gens, mais n'en portait pas l'envie. Il s'en gardait bien. C'est comme si l'autre était juste autre. Il était sorti du cadre social depuis si longtemps qu'il ne savait plus comment tout cela fonctionnait de toute façon. Quand on reste emprisonné pendant plusieurs années, sans voir la lumière du jour, il n'est guère facile de taper la causette avec le premier venu. D'ailleurs, depuis la veille, malgré la fraîcheur hivernale, il choisissait de s'asseoir seul sur la terrasse. Il n'aurait pu se l'avouer, mais il commençait à apprécier ses sorties en semi-liberté. Alors qu'il fixait alternativement l'asphalte et la boîte aux lettres du village, sa chaussure droite et sa chaussure gauche, Sam écoutait les anciens du village jouer aux boules. Ces dernières se rossaient infatigablement aujourd'hui. Sam but sa dernière gorgée de café, posa l'appoint, saisit sa veste et se leva.

— Adiu ! lança un vieil homme, à l'attention de Sam.

Adiu ! répéta-t-il, insistant.

C'était René, l'homme aux deux pantalons. Il n'y eut pas de réponse. Mais René n'abandonna pas, au contraire, il s'élança vaillamment dans un trot, réveillant de vieilles douleurs articulaires.

— Eh Petit !

Trente mètres parcourus, René fit face à Sam, à bout de souffle, l'air décidé :

— Tu viens jouer avec nous ?

— Laisse tomber, il est sourd ! cria une voix au loin.

— Et alors ! Il les a ses deux mains et il n'est pas aveugle à ce que je le sache ! Tous les jours qu'il y va chez le Patrice, le Petit… qu'il nous regarde du coin de l'œil en passant. Il l'a le temps ! Pas vrai Petit ?

René s'approcha de Sam, lui montra les boules et l'invita à le rejoindre. Sam marqua son refus en se détournant. Le bouliste insista en accompagnant ses paroles de gestes clairs :

— Il nous le manque notre dernier joueur. C'est l'affaire d'une partie. Ce sera rapide. Allez Petit.

René lui glissa deux boules dans les mains pour conclure. Sam fut tenté de les lâcher, mais la main, posée sous son coude, le lui interdit.

Les nouvelles équipes étaient constituées, René briefa sa recrue. C'était au tour de Sam de jouer.

— Carreau ! Boudiou con ! Il se débrouille bien le gamin, s'exclama Raymond.

— Et regarde Lucas, c'est pas vrai qu'il nous fait la bèbe, le Francisou. Oh Francis ! C'est rien mon vieux, ta boule, elle a juste fini de lui donner son biberon au cochonnet.

Joris s'approcha de Sam.

— C'est quoi ton prénom ?

Sam l'écrivit sur son bloc jaune. Tous se rapprochèrent.

— Il doit être juif, lança Raymond.

— Bourmelle. Tu t'es enclosqué la tête ce matin ?

— Bah oui Sam, ça vient de Samuel.

Sam sourit. Relevant sa réaction, Raymond ajouta :

— Il a l'air de sacrément bien lire sur les lèvres ce Petit.

— Peut-êt' ben qu'il est juste muet et peut-êt' ben qu'il est pas sourd ce petit.

— Diou, v'là qu'il nous fait le Normand, notre Joris. La sénilité te guette mon Joris... La sénilité te guette.

— Oh, ça va !

— N'importe quoi ça n'existe pas, on n'est pas muet, expliqua Francis. C'est simple. Tu as déjà vu une personne qui entend être muette toi ? La preuve l'on dit toujours sourd-muet. C'est qu'on est muet parce qu'on est sourd. Tiens, moi ma nièce, elle a arrêté de parler, mais un jour elle s'est remise à nous causer et bah mon vieux, elle en avait des choses à te raconter. On l'arrêtait plus…

— Mais arrête donc de te rebéquer et tire donc nous la, ta boule ! ajouta Raymond.

— Oh pétard, v'là qu'il nous fait un pêt de veille ce brancassi ! Tu parles d'un artilleur, le Francisou.

Francis se mit à expliquer que sa main était défaillante depuis qu'il avait aidé Joris à déplacer des cartons dans son garage.

— Je te jure, quel pegou celui-là ! Il te le donne le coup de main, et hop, il s'escagasse un petit doigt !

De nouveau, ce fut au tour de Sam.

— Je te les parie moi, les deux verres de pastaga. Ce Sam, il va nous la pointer. Il va nous la pointer.

— Et moi je t'en parie trois que le Petit, il la tire, lança René.

Sam qui comprit le pari lancé, en bon équipier, choisit avec soin le mouvement réalisé.

— Fan de chichoune ! Regardez-moi ça, c’est encore un beau coup ça !

Après quelques autres lancers et la fin de la partie, Sam montra qu’il souhaitait s'en aller. Il déposa les boules et salua les boulistes, par un geste si flou qu’on aurait pu croire qu’il chassait une mouche, sans conviction. René, Raymond et Joris vinrent lui serrer la main, ce qui le surprit d’abord, puis le gêna. Sam se déroba encore plus vite du boulodrome.

— Tu es le bienvenu Sam. Tu reviens jouer quand tu veux, l’encouragea René.

Février 1999
Un hiver doux et humide

Un dimanche midi du mois de février 1999, la petite famille vint, comme à son habitude, à Barnes pour déjeuner avec papi Météo, le père d'Hélène. Et comme à leur habitude, ils apportaient une bouteille du domaine de l'Hortus qu'il appréciait tant. Les propriétaires du domaine se targuaient de bénéficier d'une situation géographique exceptionnelle. À la croisée des vents du nord, frais et sec, et du sud, doux et humide, un climat généreux enveloppait cette vigne. Ses cuvées goûtaient la rondeur d'un sol calcaire et marquaient la sincérité des vignerons qui le cultivaient. Papi Météo aimait également le Faugères, mais la jeune vigne de l'Hortus promettait un bel avenir. Cette fois-ci, la famille amenait également une proposition. Ils souhaitaient que papi Météo vienne habiter avec eux dans leur maison.

En traversant la place du village de Barnes, silencieuse, ils virent les immenses portes en bois de la petite église du XIVe siècle s'ouvrir et une vague humaine en sortir. Théo lança fièrement :

— Des *crétins* !

Les trois passants, qui partageaient la même rangée de pavés, dévisagèrent le jeune garçon, ébahis par ses paroles profanes.

— Pardon ? demanda Hélène, indignée par les mots malheureux de son fils.

Daniel prit, quant à lui, un air théâtralement confus, tentant de camoufler le petit rictus qui le démangeait pourtant terriblement.

— Bah oui ! insista Théo qui ne comprenait pas comment ses propres parents pouvaient l'ignorer. Lui, il l'avait appris à l'école.

— Les gens qui vont à l'église ce sont des chrétins.

Il y eut un silence général, suivi d'un fou rire qui attendrit l'atmosphère. Les passants repartirent amusés et les deux jeunes parents reprirent en chœur :

— Des chrétiiiens Théo… on dit des “cré-ti-un” !

La famille revint du déjeuner, le drapeau en berne. Ils venaient d'essuyer le refus de papi Météo. Il avait vécu ses plus belles années dans cette maison et souhaitait continuer à y vivre tant qu'il le pourrait. Au fond, il n'y eut aucune surprise dans cette réponse.

Le 21 janvier 2002
L'hiver et ses rimes

Ce lundi 21 janvier 2002, jour de marché à Lurèze, Sam resta un moment prostré devant. Il devait faire quelques courses, cependant la présence de tous ces gens l'angoissait. Son corps était semblable à une barque tentant d'avancer dans une mer agitée. Il commença par osciller avec grande difficulté entre les navires achalandés et les vagues de passants, qui ondulaient dans tous les sens en faisant un bruit menaçant. Sam avait le mal de mer et craignait à tout moment une collision ou pis une lame de fond, qu'était pour lui une éventuelle conversation. Finalement, Sam cula et s'éloigna au plus vite de ces flots fiévreux, trop bavards. Il regagna une fois encore la calme rive de *chez Patrice,* soulagé.

Sur la terrasse du café, de sa chaise fermement plantée au sol, Sam soulagé contemplait la surface paisible de son café double, lorsqu'une chaussure à la corne de cuir recourbée passa près de sa table. Sam la reconnut aussitôt. C'était l'homme qui lui avait indiqué où se trouvait l'auberge, le jour de son arrivée à Lurèze.

L'homme à qui appartenait la chaussure ouvrit la porte du café.

— Voilà notre bon Simon, s'exclama Patrice.

— 11h, c'est l'heure de ma petite bière. Bonjour à tous !

En ressortant, Simon laissa la porte du café claquer derrière lui. Chargé de deux pintes, il s'approcha de Sam.

— Tiens, je t'en offre une. Ici, ils boivent tous du pastis. Mais moi, je ne supporte pas ce goût anisé.

Sam ignora cette intrusion et lorsque Simon prit une chaise pour s'asseoir à ses côtés, il refusa d'un petit mouvement de tête, ce qui ne dérangea point l'homme.

— Tu savais que le 18 février 1907, Marcelin Albert avec

quelques viticulteurs d'Argeliers se cotisèrent pour envoyer un télégramme au Ministre de l'Intérieur, Georges Clemenceau. Je parie que tu veux savoir le contenu. *« Midi se meurt. Stop. »* Quatre mots qui changèrent l'histoire de notre région.

Ces deux ongles étaient effroyablement longs, s'étonna de nouveau Sam.

— Personne ne se souvient de la révolution des vignerons. Une mutinerie d'infanterie, une grève d'impôts, des démissions en pagaille, un demi-million de personnes rassemblées sur une place. Et personne ne s'en souvient aujourd'hui, ni de cette révolution ni de cet homme Marcelin Albert. Adulé un jour et déchu le reste de sa vie. Un des plus beaux exemples de ces manœuvres politiques sournoises pour nous endormir. Personne ne s'en souvient, Sam. Et pourtant nos vins n'auraient pas la même saveur sans cet homme.

Sam sourit d'abord. C'était une anecdote véritablement sortie de nulle part et une drôle de manière d'engager la conversation. Puis grimaça aussitôt, comme si la présence de l'homme ou le sujet qu'il venait d'aborder le répugnait.

— Merde, t'es pas sourd alors. On a fait des paris. Je perds toujours à ces conneries. Là, tu me dois des sous. Déjà que je gagne pas grand-chose. Si un mec, comme toi, arrivé d'on ne sait où, me fait perdre mes dernières roupies, je vais pouvoir ranger ma cithare et me mettre au trémolo.

C'était donc ça, observa intérieurement Sam. Ces deux mors, formant un étau autour de la pinte portée en apesanteur, servaient à jouer de la musique. Une cithare ! Cet homme jouait de la cithare. *Je l'aurais jamais deviné.* Sam observa que s'il se souvenait à peu près de l'aspect, il n'avait encore jamais entendu jouer de cet instrument. Simon poursuivait ses incursions dans ce qui fut un jour l'actualité de France et qui désormais appartenait à l'Histoire.

Il questionna encore :

— Est-ce que tu sais d'où vient le fait d'apporter des oranges ? Tu sais, ça veut dire rendre visite à quelqu'un en prison. Je te le dis parce que tout le monde ne connaît pas l'expression. C'est bizarre. Moi, ça m'est déjà arrivé de l'utiliser. En même temps, c'est pas que je connaisse beaucoup de criminels. Je ne sais pas trop à quelle occasion. Mais ça m'arrive.

Sam tenta d'ignorer le surplus qui enrobait la question. Cet homme avait décidément l'art de toucher, par ses mots, les cibles à éviter. Personne dans ce village ne savait sans doute aussi bien que lui ce que c'était que d'être emprisonné. Il tenta pourtant de se concentrer sur la question, qui était parvenue à susciter bizarrement son intérêt. *Pourquoi on apportait des oranges ?* Sam laissa défiler ses pensées. *Une arme était difficile à cacher dans une orange. Parce que la prison n'apportait pas assez de vitamines. Une orange est un...*

Simon interrompit rapidement Sam dans ses considérations fruitées.

— Un silence qui montre que tu t'impatientes. Moi aussi, je ne tiens pas longtemps à ces questions-là. Ça vient du poème d'un gars qui s'appelait Raoul Ponchon. Il avait une belle écriture. Assez simple, mais efficace. Le genre d'écriture qui arrose sèchement les bien-pensants. Tiens c'est lui qui a écrit : Quand mon verre est plein, je le vide. Et quand mon verre est vide, je le plains. Ou l'inverse, je ne sais jamais entre les deux. On retrouve beaucoup de notre relation dans ces deux phrases, ma pinte et moi. Enfin bref. Revenons-en à nos petites oranges. Des nanas avaient été emprisonnées pour avoir un peu trop dévoilé leur vertu.

Simon sourit, seul, et continua :

— Le Père-La-Pudeur de l'époque avait crié au crime. C'est là que ce bon vieux Raoul a écrit à l'une d'entre elles :

O ! Sarah Brown. Si on t'emprisonne, pauvre ange.

Le dimanche, j'irai t'apporter des oranges.

Les gens sont jaloux, j'ai une mémoire des mots incroyable. J'entends des paroles qui sonnent et hop je te les retiens. Exemple, tu me dis quelque chose, dans ma tête je vais t'écouter en musique et après, direct, je me rappelle de tout. Bon, on va pas attendre que ça arrive, hein ! taquina Simon.

Il tapota sobrement du bout des doigts la table.

— T'y penses, toute une expression est née sur une simple rime. Et surtout t'y penses, à la place des oranges ça aurait pu être des langes, des changes ou je ne sais pas, tiens, des phalanges. Ce qu'il y a de bien avec toi, c'est que sourd ou pas, on se sent écouté.

Avril 1999
Un nuage au printemps

Théo avait le regard triste. Il s'approcha de son père :

— Papa, on peut envoyer un dessin à Mamie ?

— Oui, mon bicot.

— Elle me manque, tu sais.

— Je sais.

Théo partit dans sa chambre avant de revenir vingt minutes plus tard dans le salon, son dessin à la main. Fier de sa réalisation, il la montra à son père. Mamie Mélodie était très colorée. Des coups de crayon partaient dans tous les sens. Elle ressemblait à un véritable feu d'artifice, s'amusa Daniel. Elle était devant sa nouvelle maison. Cette dernière se trouvait sur un… Daniel ne reconnaissait pas la forme. *Un énorme ballon pas très rond ? Ou peut-être une citrouille ? Non, elle était verte…*

— C'est un nuage Papa ! commenta Théo en voyant son père, qui ne disait rien, froncer les sourcils.

— Un nuage tout vert ? s'étonna son père. Encore un coup de l'école-écolo, s'amusa-t-il.

Daniel reprit la lecture du dessin. Il y avait donc mamie Mélodie, devant sa maison, sur son grand nuage vert. Elle était avec plein de bonshommes, certains étaient amputés de leurs pieds, beaucoup se retrouvaient sans oreilles, mais ils avaient tous, sans exception, un grand sourire. Ce détail plut à Daniel. Il remarqua ensuite deux traits qui partaient de travers, ils devaient représenter un …, Daniel se résigna :

— Et ça, qu'est-ce que c'est ?

— Un to-bo-gan papa !

— Oui, bien sûr. Un toboggan pour que tout le monde puisse s'amuser. Ils en ont de la chance !

Théo, d'abord vexé, concéda un léger sourire.

— Comme ça, ils peuvent glisser dessus et après venir nous voir du nuage, espérait fortement Théo.

Pour finir, Daniel observa la présence d'un haricot géant juste à côté de mamie Mélodie, avec une sorte d'élastique dessus. Il les examina avant de déclarer en jubilant :

— Dis donc, tu as même dessiné son violon !

— Oui, t'as vu ! s'exclama Théo, fier.

— Bravo mon rhino ! Il est vraiment trop chouette ton dessin.

Daniel et Hélène avaient longuement discuté au sujet de la venue de Théo à l'enterrement de sa grand-mère. Ils avaient finalement choisi de ne pas l'emmener. Peut-être à tort. Ils ne le sauraient jamais. Théo devait donc se reporter à son imaginaire pour concevoir l'endroit où sa mamie se trouvait. Le jeune garçon se dirigea vers le buffet de la salle à manger, attrapa une grande enveloppe, tenta de gribouiller des lettres pour écrire mamie, avec un gros cœur autour. Puis Théo saisit un timbre et, avec dégoût et courage, le lécha pour le coller. Il tendit l'enveloppe et une poignée de crayons de couleur à son père :

— Papa, tu veux bien écrire l'adresse du *si-me-terre* ? Moi, ch'ais pas où c'est.

— Je le ferai. C'est une belle idée que tu as eue, mon crapaud. Mais je ne sais pas si elle recevra ta lettre, là où elle est.

Théo réfléchit.

— Oui, je comprends papa. Le monsieur de la poste, avec son vélo, il ne peut pas aller dans les maisons qui sont sur les nuages.

— Oui. Et c'est dommage. Mais de toute façon, mamie Mélodie serait heureuse de savoir que tu lui as fait ce joli dessin. Elle t'a peut-être vu le dessiner. On va lui transmettre, mais quoi qu'il arrive, c'est déjà tellement bien de l'avoir fait.

Daniel attrapa son fils pour le renverser et déposer un bécot sur son bidon à l'air. Théo se tortilla de rire. À cet instant, Hélène rentra de sa partie de badminton.

Alors qu'elle retirait ses baskets, elle demanda à son mari :

— Vous avez mangé ?

Son mari, après avoir remis leur fils à l'endroit, répondit :

— Manger, laver, brosser. Oui, on est à jour ! Je t'ai laissé une assiette. Tu n'as plus qu'à la réchauffer.

— Théo, tu es fatigué. Tu devrais aller te coucher, argumenta sa mère.

— Mais non. Je ne suis pas…

— Ce n'est pas discutable Théo, va te coucher. Il est l'heure.

Théo vint vers son père pour lui faire un bisou, il en profita pour lui demander :

— Quand maman, elle est fatiguée, pourquoi c'est moi qui *va dormir* ?

— *Moi qui vais dormir,* corrigea naturellement Daniel. Pour qu'elle puisse se reposer ma belette.

Théo embrassa ses parents et monta dans sa chambre en traînant sa couverture fétiche dans l'escalier, en signe de modeste résistance.

— Ça va, ma chérie ?

— Oui. Mais j'ai encore mal.

— Ça fait plusieurs semaines que tu te plains de ces douleurs au ventre.

— Je sais. C'est sûrement rien.

— Peut-être. Pourtant ça dure. Et ce n'est pas normal. S'il te plaît, va voir le Dr Tondoux. Sur demande expresse de ton mari. Je te connais, tu n'iras pas sinon.

— Mais ça va. C'est juste de la fatigue accumulée. Tu sais depuis le décès de maman… opina Hélène.

Elle sentit des larmes monter.

— Oui ? Qu'est-ce qu'il y a, ma chérie ? s'inquiéta Daniel.

— Non rien.

Hélène ravala ses pensées pour les dissoudre dans son estomac et préféra acquiescer plutôt que discuter :

— Ok, si tu veux, j'irai voir un médecin.

Le 26 janvier 2002
Les caresses de l'hiver

Sam faisait sa promenade matinale, devenue un rituel quotidien. Les premières lueurs du soleil le réchauffaient affectueusement. Le bruit de ses pas lui offrait une discrète compagnie. Sam était à Lurèze depuis vingt-deux jours maintenant. Il passa par l'étroite ruelle, découverte lors de sa première sortie, la rue des *Bras Tendus.* Ce jour-là, il céda à la tentation, comme beaucoup avant lui. Il tendit les bras pour savoir s'il était possible de rejoindre les deux murs de la ruelle. Il se plaça tout d'abord au centre, tira sur son bras gauche pour le rapprocher du mur. Mais son bras droit s'éloignait irrémédiablement de l'autre mur. Il tenta à nouveau. Sans succès. *Ok. J'ai compris. C'est l'un ou l'autre,* saisit Sam. C'était vain, comme sa vie. Comme si son passé était raccroché à ce mur, son avenir au mur opposé et que lui restait là, planté au milieu. Rien à faire. Sam le savait, il ne pourrait jamais relier les deux. Lorsqu'il sortit de la ruelle, il reçut de nouveau les caresses du soleil. Soudainement, une fine silhouette lui fit face. C'était celle d'un doigt. Celui-ci se rapprocha très vite de son visage et étrangement se mit à appuyer brièvement, mais fortement, sur le nez de Sam avec une insolence insouciante. Sam resta comme à son habitude impassible. Mais ce contact étrange, suspect, imposé et non consenti éveilla l'indignation vive de son nez effarouché. Comme si un dialogue se créait entre ces deux corps, ce dernier se redressa pour s'écrier :

— Et me voilà, las ! Une cible facile. Bravo. Ok tu m'as trouvé. C'est ça. Je suis là, au milieu. Je joue au centre, mais attention, milieu de terrain offensif.

— Passe une belle journée ! déclara délicatement le doigt.

Le museau de Sam, resta pantois, puis de son bout frétilla et de ses ailes rougit, éprouvé par ces mots doux, imprévisibles et pénétrants.

Le charme de cette voix chantante, le velouté et le parfum de ce doigt satiné. Les yeux de Sam, remontèrent le fil de la peau avec hâte. Cette ligne de chair qui se tenait devant ses yeux, où pouvait-elle donc mener ? Au bout du doigt, Sam entrevit un visage. Elle était... À peine, l'aperçut-il, qu'il ne subsistait plus qu'une sensation. La femme, à qui appartenait ce doigt, avait déjà disparu, ne laissant qu'un doux parfum fleuri. Sam se surprit alors avec un sourire. C'était inattendu et, il le goûta presque, agréable. Si son nez n'avait gardé l'empreinte de ce contact, il aurait pensé à une fantaisie de son esprit.

La nuit tombée, cette suggestion lui restait en tête, sans trop savoir finalement comment une journée pouvait être belle. Il remarqua juste que celle-ci avait été un peu différente et c'était déjà beaucoup. Dans sa chambre d'auberge, il décrocha un post-it de son bloc avant d'aller dormir. Comme tous les soirs, il y nota un nombre à trois chiffres avant de déposer le post-it sur ceux déjà empilés, à gauche près de la fenêtre. Sam avala ensuite deux comprimés et éteignit la lumière qui éclairait ses pensées, de la même manière qu'on ferme les rideaux sur un rayon de soleil trop intrusif.

Avril 1999
Le printemps et son acuité

10h43. Le Docteur Confida serait bientôt là. Hélène referma la porte, qui portait le numéro 204. Elle exerçait depuis bientôt huit ans en tant qu'aide-soignante dans cette maison de retraite. Elle aimait son travail, malgré l'aspect contraignant des horaires alternés, une semaine *6h-14h*, la suivante *14h-22h* et deux week-ends travaillés par mois. Ce n'était pas toujours facile. Un mardi sur deux, Hélène retrouvait ses copines pour son entraînement de badminton, avec l'envie de se défouler. Hélène était une femme organisée, qui connaissait son métier. Elle anticipait et planifiait sans cesse pour ne pas se laisser surprendre. Une tâche ardue dans une maison de retraite, où chute, maladie, décès et autres avaries étaient difficiles à prévoir. Mais son expérience servait son intuition, comme sa façon naturelle d'appréhender les problèmes, avant même qu'ils n'arrivent, lui permettait de garder une libre maîtrise de son environnement. Elle se saisissait de toutes les éventualités. Ce matin-là, sa silhouette légèrement arquée, elle sillonna le couloir de l'établissement à petits pas. Une barre métallique froide séparait les portes des chambres. La mort glaçante tendait son long bras et donnait, avec ses quelques accès toilettes et fontaines à eau, l'illusion d'une oasis sépulcrale. Ce long couloir, véritable fleuve de l'oubli, se parait avec ironie d'une couleur bleu *horizon*. Quel horizon pouvait-il y avoir pour les résidents de cet établissement ? Un bleu *céleste* aurait été plus approprié. Il y avait bien eu quelques tentatives pour égayer les lieux. Une constellation de reproductions de Maîtres illuminait ce Léthé[2], *La Grenouillère* de Monet, *La Montagne Sainte-Victoire* de Cézanne ou encore *Un Verger au Printemps* de Sisley. La lumière, le mouvement,

---

2 Léthé : Un des fleuves dans la mythologie grecque menant aux Enfers. Ses eaux avaient pour propriété de faire oublier leur passé terrestre aux âmes, qui les buvaient.

les couleurs, la nature, quoi de mieux que l'Art ? Comme si ces peintures pouvaient impressionner cataractes et glaucomes et opérer par leur seule acuité, permettant à nouveau de voir toute la beauté de la vie, dehors. Mais ce jour-là, Hélène ne vit que l'interminable couloir, jonché d'innombrables portes marron, toutes identiques, menant à des chambres, elles aussi identiques. On dépossédait, à leur arrivée, les résidents de leur existence et ils devenaient des êtres quelconques et identiques, pareils à leurs chambres. Pourtant ces femmes et ces hommes étaient riches d'une vie extraordinaire. Tous avaient participé, par leur existence, à l'Histoire de France et portaient des anecdotes de vie fascinantes et uniques, qu'Hélène adorait écouter. Un héritage inestimable, que la rectitude et la fadeur des lieux rendaient insoupçonnable. Derrière les problèmes d'incontinence et de dentition, on oubliait ces êtres précieux. Hélène avait choisi ce métier parce qu'elle voyait beaucoup de beauté dans le fait de vieillir et qu'elle aimait redonner de l'humanité à cet endroit. Mais en traversant ce couloir, ce jour-là, elle ne vit qu'un horrible tunnel, aménagé pour s'oublier.

Hélène connaissait l'itinéraire d'arrivée du Dr Confida, qui venait chaque jour, en fin de matinée, faire quelques consultations dans l'établissement. Elle tapota sur son pantalon noir, en signe d'hésitation. Elle pourrait aisément l'éviter, rentrer ce soir et dire à son mari qu'elle n'avait pas eu l'occasion de voir de médecin, que de toute façon ça allait mieux, alors même que son ventre la tourmentait encore. L'arrivée du docteur Confida interrompit cette idée. Tenant sa longue veste trench et sa lourde sacoche d'une main confiante, elle venait d'arriver devant le bureau de l'infirmerie. Elle était vêtue d'un ample pantalon crème et d'un chemisier en mousseline, tous deux infatigables. Le Docteur Confida était une femme d'une cinquantaine d'années, dynamique et toujours pressée, un pléonasme pour un médecin de campagne. Pourtant, elle savait se montrer disponible et les patients, comme le personnel de l'établissement, l'appréciaient beaucoup. Hélène était plus jeune qu'elle, mais elles se ressemblaient toutes deux, par leur caractère et leur engagement professionnel.

Les longs cheveux bouclés bruns du médecin, ornés de quelques cheveux blancs, oscillaient désormais à quelques centimètres de la porte de l'infirmerie, qu'elle était en train d'ouvrir. Hélène l'interpella :

— Docteur Confida.

Le médecin sursauta.

— Oh, bonjour Hélène !

— Excusez-moi. Je voulais juste vous poser une question, pas vous faire peur.

— Allez-y, je vous en prie.

Hélène choisit de formuler sa question d'une traite :

— Mon mari a insisté pour que je consulte un médecin. Je suis sûre que ce n'est rien. Je ne veux pas prendre un rendez-vous pour rien. Et pour être honnête, je n'ai pas trop le temps. Comme je vous ai vue, je me suis dit que vous pourriez peut-être me donner un avis rapide. Mais je ne voudrais pas vous ennuyer. Si ce n'est pas le bon moment…

Voyant la gêne d'Hélène, le médecin l'interrompit :

— Pas besoin de vous justifier Hélène. Cela ne me gêne pas. Vraiment. On me pose souvent des questions à la volée, vous savez. Allez, entrez donc un instant.

Les deux femmes entrèrent dans l'infirmerie de l'établissement. Au milieu de la pièce, un bureau en acajou massif du XVIIIe, garni de tiroirs et portes à double face et recouvert d'inserts en cuir vert, les attendait avec flegme. Son imposante présence tranchait avec l'ensemble moderne et aéré du mobilier, dans un grossier anachronisme. Le médecin coordinateur de l'établissement avait hérité ce colosse à quatre pieds de sa défunte mère et n'avait pu se résoudre à s'en séparer. Ne sachant trop où le mettre, il l'avait placé ici, à l'infirmerie de la maison de retraite. Si la prestance de ce meuble laissait les jeunes femmes indifférentes, à côté de lui, la table d'examen pâlissait de façon maladive. Malheureusement, elle semblait transmettre ses maux aux personnes qui s'allongeaient sur elle. Les résidents entraient avec un sourire discret ou franc, avec leur silence ou leur logorrhée, s'allongeaient sur cette table pour être examinés et irrémédiablement, commençaient à pâlir, ressentant une grande affection et une souffrance insondable. Certains espéraient alors que la prise d'un médicament les guérirait de ce mal, quel qu'il fût.

— Dites-moi Hélène, vous n'avez pas vraiment bonne mine.

— Je suis plutôt fatiguée en ce moment. Je ne dors pas très bien, expliqua Hélène d'un sourire retenu.

Elle marqua une pause et ajouta :

— Je ne sais pas si on vous l'a dit, ma mère est décédée il y a quelques mois. Et depuis j'ai l'impression d'être épuisée. Je pleure très facilement.

— En effet, je l'ai appris. Vous le savez, à un moment ou l'autre, ici tout se sait. Toutes mes pensées pour vous et votre père. Allez, on va regarder votre tension.

Le médecin désigna la table d'examen.

— Installez-vous.

Hélène ôta ses chaussures et s'allongea sur la table alanguie. Le joli rose cerise de ses joues s'effaça au profit d'un beige morose, qui semblait avoir été arraché à une ancienne tapisserie de salle de bain.

— Vous êtes pâle, Hélène. Très pâle.

Mince et voilà. Encore une de plus. Vous devriez me mettre au rebut, observa la table d'examen chagrinée de ce mal qu'elle causait. Tandis qu'elle plaçait le brassard pour prendre la tension d'Hélène, le docteur la questionna :

— Cette fatigue, c'était ça votre inquiétude ?

— Non depuis quelques semaines, j'ai mal au ventre et ces

derniers jours, c'est devenu assez douloureux.

— 8 / 5.

Votre tension est vraiment basse. Il faudrait vérifier que vous ne nous faites pas une anémie.

Le médecin reposa le tensiomètre et reprit la plainte de la jeune femme :

— Donc vous avez mal au ventre. Vous pouvez me montrer où ?

Très bien, merci. Vous me dites quand ça vous fait mal.

Le docteur palpa le ventre d'Hélène tout en continuant son anamnèse.

— Des antécédents ? Déjà eu l'appendicite ? Une colite néphrétique ?

— Non, rien de tout ça.

— Apparemment, la douleur n'est pas du côté de votre appendice. C'est déjà ça.

Le médecin s'attarda sur une zone en haut du ventre qui semblait plus réactive. Elle palpa consciencieusement de nouveau l'ensemble de l'abdomen.

— Ballonnements ?

— Oui, un peu.

— Diarrhée ?

— Non.

— Nausées ?

— Non. Pas vraiment, plus mal au ventre.

— Je m'assure quand même que vous ne faites pas un début d'occlusion intestinale.

— C'est plus dans cette zone que ça me fait mal, précisa Hélène, tandis que le médecin se rapprochait de l'estomac.

Le Docteur sentait bien quelque chose d'assez singulier. Après un instant de flottement, elle prit son stéthoscope et le posa sur la zone douloureuse. Elle écouta avec attention avant de relever la tête étonnée et de demander à Hélène :

— Dites-moi, vous avez pris du poids ces derniers mois ?

— Oui, comme chaque année durant l'hiver. Deux, trois kilos. Rien d'anormal. Pourquoi ?

— Et est-ce que vous prenez toujours la pilule ?

— Oui. Enfin oui, mais pas comme avant. Pourquoi ?

Le Docteur attendait plus d'éléments, Hélène le comprit et précisa :

Il semblait que l'ancienne pilule n'était plus adaptée pour moi, à cause de mon taux d'hormones, je crois. Mon médecin m'en a prescrit une nouvelle en août dernier. La nouvelle pilule devait être moins forte. Pourtant elle me donnait souvent des nausées. Du coup, j'avoue ne pas avoir été assidue pendant quelques semaines. Je comptais retourner le voir, mais avec le décès de ma mère… enfin je sais pas, j'avais plus trop ça en tête. Pourquoi ?

— Parce que, je n'en suis pas sûre, enfin si en fait. Hélène, vous êtes enceinte. Et je dirais de plusieurs mois déjà.

— Pardon ?

Hélène eut un rire pincé.

— Non, Docteur, c'est impossible.

Elle contesta cette idée en érigeant un bloc qu'elle sculpta d'arguments tranchés :

— C'est impossible. J'ai repris la pilule depuis plusieurs mois maintenant. Et j'ai mes règles. Ça n'a pas de sens. Regardez mon ventre, il n'y a rien. Vraiment, c'est absurde comme idée.

Hélène conclut :

— Et puis, je le saurais quand même.

— J'entends bien tout ce que vous me dites. Écoutez Hélène, je n'en suis pas complètement sûre, ajouta le Dr Confida, sentant qu'Hélène avait besoin de temps. Mais sachez que c'est fortement probable. Le plus simple et rapide pour vérifier, ce serait que vous fassiez un test de grossesse. Je dois voir Mme Petit et M. Decugis avant de retourner à mon cabinet. Je n'ai malheureusement pas le temps de vous faire un examen vaginal. Je vais voir si je trouve un test dans l'infirmerie.

Les placards de l'infirmerie étaient gorgés de gels lubrifiants, gants de latex, sets de sondages, protections pour hommes et femmes ou encore de culottes de maintien. Parallèlement à sa recherche hasardeuse, le Dr Confida, préoccupée, s'enquit auprès d'Hélène :

— Dites-moi, à part ces douleurs au ventre, tout va bien sinon ?

— Oui. Pourquoi ?

— Tout va bien à la maison ?

— Oui. Pourquoi ?

Hélène s'agitait, un peu agacée par la tournure du rendez-vous.

Le docteur Confida se ravisa. Elle doutait subito qu'elle puisse trouver un test de grossesse dans l'infirmerie d'une maison de retraite.

— Bon, il n'y a pas de test de grossesse ici. Ce qui paraît logique. De toute façon, je pensais vous prescrire une prise de sang pour vérifier votre taux de fer. On va faire un HCG. C'est un test qui va analyser vos hormones et nous en dira plus.

Le docteur se dirigea vers le bureau, saisit une ordonnance, le combiné du téléphone.

— J'appelle le laboratoire pour vous avoir un rendez-vous aujourd'hui. Nous serons rapidement fixées.

Hélène était perdue.

— Oui. Allô. C'est le docteur Confida.

Le docteur remit l'ordonnance à Hélène en lui expliquant d'une voix douce et apaisante :

— C'est le labo, qui est juste à côté. Pas besoin de rendez-vous.

Ils vous attendent dans la matinée. Vous pourrez y aller durant votre pause.

Voyant les yeux hagards d'Hélène, le médecin voulut la rassurer :

— Allez Hélène, ça va aller. On attend de voir les résultats et on en rediscute après.

Le 30 janvier 2002
L'hiver et ses ressources

Le mercredi, avant d'aller au Café comme à son habitude, Sam passa par l'épicerie du village pour acheter un journal. En sortant, un homme en uniforme lui tint la porte. Sam ne remarqua pas le policier. À peine la porte se referma-t-elle, que ce dernier confia à son collègue :

— C'est drôle ça, le visage de cet homme m'est familier. Je le connais, c'est sûr.

Il tenta de se souvenir.

— Zut, je ne me souviens pas de comment ! C'est énervant.

— Alors là, je ne peux pas t'aider, mon vieux. Si tu savais le nombre de fois, où ça m'arrive.

Le policier conserva juste une intime conviction, il connaissait cet homme par son métier et sans nul doute par une affaire passée. Mais laquelle ? Troublante mémoire.

Au Café de Patrice.

— Sam, dis-moi un peu, t'es né où ? questionna Simon, en enlevant la mousse de sa bière.

Sam écrivit :

Paris

— Ah, t'es donc du Nord.

Sam précisa :

Vécu enfance dans le sud, près de Montpellier.

— Ah oui, on peut dire que t'es du coin finalement. Tiens, tu savais qu'il existait une tradition originale à Montpellier ? Au Moyen-Âge, je crois. À la fin du carême, lorsque les cloches se mettaient à sonner le retour des pèlerins, les habitants du quartier Saint-Pierre sortaient tous dans la rue avec un balai et se tapaient dessus. Si tu veux mon avis, ils le faisaient parce que…

Si tu veux mon avis, voilà donc, une formule pleine de vacuité, observa amèrement Sam. Avec ces simples mots, les gens vous donnent leur avis, à tout bout de champ, sans aucun consentement. Sam n'avait encore jamais demandé l'avis de Simon. Dans le passé, il n'avait pas non plus demandé leur avis, à ceux qui s'étaient évertués à le lui donner, répéter, matraquer, *de bon droit,* jusqu'à le faire saigner, jusqu'à ce que son articulation soit paralysée et ses mots impotents. Avec Simon, il ne s'en formalisait pas vraiment. Au fond, il appréciait ses monologues animés. Alors que Simon, intarissable, poursuivait son explication, Sam se souvint soudainement qu'il devait lui demander quelque chose. Il l'écrivit sur un post-it, qu'il lui tendit : *Chambre louée chère.*

Simon ne comprenait pas. Sam ajouta : *Cherche autre chose.* Les yeux de Sam croisèrent brièvement ceux de Simon, toujours interloqués. Il nota en dessous pour être plus clair : *Une idée ?* La question était posée. Certes Sam restait raisonnable, ne faisait aucune dépense inutile. Cependant, il avait peu travaillé depuis son appartement ces derniers mois. Et la chambre de l'auberge, bien que correcte, était chère. Il avait déjà demandé une ristourne à l'aubergiste. Celui-ci avait proposé un geste commercial pour location longue durée. Mais cela restait trop cher pour Sam et surtout il ne savait pas combien de temps encore il resterait là. Alors, depuis plusieurs jours, Sam considérait raisonnablement l'idée de trouver un autre abri pour sa tête indécise et engourdie.

Simon prit les deux papiers et alla à l'intérieur du café consulter Patrice.

— Qu'est-ce t'en penses toi, mon Patriciou ?

Le cafetier lut les quelques mots à haute voix, puis confia :

— Je ne sais pas trop. On va en parler et on verra.

— Il y aurait bien le vieux Merhar, proposa l'un des habitués.

— Tiens oui. C'est vrai ! s'exclama Simon. Il a une chambre et tout le monde sait qu'il court après les sous.

Patrice ne put s'empêcher de s'exclamer :

— Ce barbon ! Il bande les tanifles en grognant dès qu'on s'approche de chez lui.

Simon se retourna vers Sam, qui les avait rejoints au comptoir.

— D'un autre côté, c'est juste pour dormir. Si tu l'évites, ça va. La chambre est à l'étage, je crois, lui vit au rez-de-chaussée. Il est près de ses sous, mais vit dans l'ancien temps. À mon avis, ça ne te coûtera pas grand-chose, supposa Simon.

Avril 1999
Un printemps contrarié

En cet après-midi d'avril 1999, Théo rentra de l'école contrarié. Son père sortit de son bureau pour accueillir sa femme et son fils. Ce dernier s'exclama alors :

— Je vais plus à l'école. L'école, ça sert à rien ! J'apprends que des choses que je ne sais pas.

— C'est ça l'intérêt, mon tarsier, lui expliqua son père. C'est pour cette raison que les enfants y vont et que des grands devraient y retourner.

Daniel s'approcha de sa femme.

— Au fait, tu ne m'as pas dit. Tu as pu prendre rendez-vous avec le médecin cette semaine ?

— Oui, dit Hélène, qui venait de s'asseoir sur un fauteuil pour parcourir un magazine reçu le mois dernier. Je suis allée voir un médecin à mon travail.

— Et ?

Hélène resta silencieuse. Elle contemplait le vase en céramique posé sur le bahut du salon. Il égayait la pièce par sa forme striée et sa couleur vert pomme. Les tulipes blanches et roses semblaient si vraies, remarqua-t-elle. Oui, l'ensemble restait beau malgré ces fausses fleurs.

Daniel insista :

— Alors ?

— C'est rien. Elle m'a dit que je faisais une petite anémie. Elle m'a prescrit du fer.

— Une anémie ? Mais tes douleurs ?

— Je dois juste me faire trop de soucis.

— Tu n'as rien d'autre alors ?

Hélène fit, d'un signe de tête, un non franc.

— Bon. Tant mieux.

Hélène abandonna son magazine et s'en alla dans son atelier. Daniel discerna une troublante distance tenue par sa femme. Théo extirpa rapidement son père de ses pensées :

— Papa, Papa. On peut me couper les cheveux ? Parce que là, ils cachent tout le monde !

— D'accord mon hérisson, on demandera à Amélie de passer pour te les couper.

Daniel observa la pièce, l'armoire de sa mère avait trouvé son poste. Elle surplombait dans le salon et semblait veiller sur la famille avec discrétion. Le meuble formait une triangulation parfaite avec le bahut et la bibliothèque. L'armoire était imposante. Pourtant, quand Théo s'amusait à faire grincer l'ensemble des portes de placard de la maison pour les entendre protester de ce chahut, elle seule bruissait timidement. Théo était agacé par cette pudeur. Elle était grosse, elle devait donc faire plein de bruits. Daniel porta ensuite son regard sur le tapis d'Anatolie Centrale aux formes géométriques qui ornait le salon. Daniel et Hélène avaient rapporté ce magnifique kilim tissé avec finesse de Turquie. Par association d'images, le mari ne tarda pas à se remémorer les superbes cheminées de Cappadoce et l'incroyable rayonnement d'Istanbul. Il aurait aimé voyager plus fréquemment et s'adonner au plaisir de la découverte d'autres cultures. Il rêvait de parcourir la route de la soie, de se perdre en Mandchourie ou encore de découvrir l'Inde colorée. Il avait la chance de partager ses envies avec Hélène, il le savait. Cependant, Daniel remarqua qu'il y avait toujours quelque chose qui les empêchait de partir. Sans doute y a-t-il toujours un peu trop d'ici et maintenant pour pouvoir partir plus tard, ailleurs. Récemment, ce fut le décès de mamie Mélodie, puis le déménagement, leur premier réveillon de Noël à quatre, avec le père d'Hélène. Et déjà, ils étaient au printemps. Ou ne prenaient-ils pas simplement ce temps, ni cette décision de partir, s'arrangeant de toute distraction ? Daniel le savait, un jour, ils partiraient en voyage. Il ne restait plus qu'à trouver quand. L'évocation de tous ces événements récents rappela brusquement à Daniel que dans moins de trois semaines ce serait l'anniversaire de Théo et qu'il marquerait ses cinq ans. Il pensa aussitôt à un lieu pour le célébrer. La ferme pédagogique. C'était le mois d'avril, les enfants pourraient nourrir les nouveau-nés. Séduit par son idée, il alla la soumettre à sa femme. Elle n'y voyait pas d'objection, mais lui laissait le soin d'organiser cette sortie.

Quand Daniel revint dans le salon, son fils se tourna vers lui en colère. Navré par les nouvelles du journal télévisé et par ce qu'on lui avait appris à l'école, il expliqua avec une lucidité déconcertante :

— Papa, les hommes tuent les éléphants pour faire des bijoux tout moches. Ils tuent des grosses baleines pour faire les rouge-à-rêves des mamans. Et les hommes, ils tuent plein d'hommes pour… rien !

— Oui, je sais bien.

— Les hommes sont méchants.

— Les hommes sont malheureusement très bêtes, mon poussin.

— Non, Papa. C'est faux. Ils ne sont pas bêtes, ils sont méchants. Les bêtes, elles ne font pas des choses comme ça, elles. Les hommes eux sont méchants de faire tout ça. Je ne serai pas un homme, quand je serai grand.

Daniel ne sut quoi répondre. Il comprenait que ce que son fils voyait à la télé tous les soirs ne donnait pas envie de devenir un adulte. Heureusement, Théo effectua le prochain mouvement. Il s'approcha de son père pour l'embrasser sur la joue, il n'avait plus envie de regarder la télévision. Naviguant sur sa pensée d'enfant, il observa :

— T'inquiète pas, Papa. Je sais que toi, et bah, t'es aussi intelligent que les bêtes.

Daniel sourit.

— Merci, mon koala. Et j'espère bien, qu'un jour, on sera tous assez bêtes pour être plus intelligents.

Daniel embrassa fort Théo :

— Bonne nuit, mon fils.

Le 7 février 2002
Le vagabond de l'hiver

Le nez de Sam le chatouillait toujours. Il était en attente d'un ricochet. Un cycle de lune s'était déjà évanoui depuis qu'il avait redécouvert la vie dehors. Et près de deux semaines s'étaient écoulées depuis cette *bonne journée*. Sam continuait de passer par la *Rue des Bras Tendus*, toujours à la même heure dans la même direction. Mais aucun doigt ne pointait son nez. Sam retrouva Simon qui devait l'emmener chez M. Merhar. Quand Simon était passé voir le vieil homme pour lui parler de Sam, ce dernier avait répondu, qu'il ne pouvait accepter sans avoir d'abord rencontré le vagabond. À peine s'approchèrent-ils de la maison que M. Merhar ouvrit la fenêtre pour bander les tanifles, comme l'avait prédit Patrice. Une idée saugrenue titilla Sam. Il eut la surprenante envie de poser son doigt sur le nez de ce visage grincheux, juste pour voir sa réaction. M. Merhar remarqua vite que le jeune homme biglait sur lui. Il gourmanda :

— Canaille de sort ! Qu'est-ce qu'il a ce troublion, avec ces yeux de merlan frit !

Allongé devant le poêle du salon, son Cairn terrier redressa la tête un court instant à la voix de son maître, avant de s'affaler de plus belle sur son vieux tapis. La chaleur du poêle réchauffait ses articulations et soulageait sa chienne d'arthrose. Le vieil homme referma la fenêtre et alla ouvrir la porte.

— Enlève-toi la veste, va !

La phrase s'adressait à Sam comme à un parent. Elle provenait d'un disque poussiéreux et rayé, qui n'avait, semblait-il, pas servi depuis longtemps. L'homme ne devait pas avoir beaucoup de visites, pensa Sam.

M. Merhar s'approcha de Simon et feignit de vouloir chuchoter :

— Il a l'air un peu couillon celui-là, dis donc.

À ces douces paroles, Simon, lui, se pencha vers Sam :

— Et voilà, Sam, les présentations en bonne et due forme sont faites.

Puis Simon revint vers son aîné :

— M. Merhar, fidèle, bah, à vous-même ! Sam, je te laisse découvrir les lieux. Et si tu as besoin… Je suis loin de ce vieux bougon. Amuse-toi bien !

À peine la porte d'entrée claqua-t-elle le départ hâtif du camarade de Sam, que le vieil homme avertissait son convive :

— D'abord, tu vas me les laisser en bas tes chaussures. Je te la montre la chambre. Après je t'explique.

Ils montèrent l'escalier.

— Ta chambre.

Sam eut juste le temps d'un rapide coup d'œil avant que la porte ne se referme brusquement - le souffle d'air avertissant juste à temps ses doigts imprudents avant un terrible impact - et que le vieil homme ne précise :

— Tu n'te sors pas après les 22h. Je n'te les supporte pas tous ces bruits et ces portes qui claquent con !

Ils redescendirent. En bas de l'escalier, Sam se chaussa.

Le vieil homme enchérit près de l'entrée :

— Et quand tu te sors, tu me les fermes tous ces verrous ! Attention, celui-ci comme çà et celui-là comme ci. Je la connais, moi, la jeunesse d'aujourd'hui. Elle fait asssénade sur assénade. Elle se mériterait un bon coup de pied au cul.

Sam fit l'erreur de sourire.

— Bah mon vieux, tu m'entrouvres tes volets pour me montrer tes quenottes. Boudiou, qu'elles sont vilaines ! Il se serait ahiqué de la javel sur ses dents, celui-là, que ça m'étonnerait pas. Garde donc ta moustiquaire fermée, va ! Parce que si tu te les oublies les verrous, ta boucasse là, elle sera pas ben belle à voir. Je suis peut-être un vieux con, mais je sais encore bourrader. Tu me paieras toutes les semaines. Pas de retard. Ces picalhas donnés par les rapaces corrompus de ce pays fourbu, ça ne te le suffit pas pour nous la maintenir à flot cette baraca et moi.

M. Merarh lui remit un papier avec le montant à verser. La somme était dérisoire comparée à l'auberge. Cela convenait parfaitement à Sam. Le vieil homme n'attendit pas de réponse.

— Bon allez, c'est convenu la carpe. Et pas de remerçoiements. Ces politesses idiotes, je ne te les aime pas.

Avant que son pèlerin ne s'en aille, M. Merarh l'avertit :

— Je te le dis franchement. Ces vieux qui te la veulent la compagnie, ça me fait déborder le slip. Une bonne cagasse. Que ce soit clair comme l'eau qui ruisselle dans le bon vieux ruisseau de Lurèze… Et que je l'aime calme cette eau. Je te fais là une sacrée fleur, Petit. Tu le sais, je le sais. Alors ne viens pas pour m'emmerder.

Sam ne réagit pas.

— Caiou ! s'écria le vieil homme. C'est qui va ben falloir que je nous la nettoie cette lucarne ! Qu'on y voye quelque chose !

Sam eut l'impression étrange que ce que venait de dire M. Merarh ne concernait peut-être pas que la fenêtre. Il repartit de chez M. Merarh, à la fois décontenancé et amusé. Il n'était pas vraiment sûr de vouloir habiter chez ce drôle de personnage, mais le montant du loyer était imbattable et la chambre paraissait convenable au premier, unique et très furtif coup d'œil.

Avril 1999
Un printemps impossible

Le docteur Confida interpella Hélène dans le couloir de la maison de retraite et l'invita à entrer dans le bureau de l'infirmerie :

— Hélène, vous pouvez venir un instant. Je vous en prie, asseyez-vous. Je voulais vous informer que j'ai eu les résultats du labo hier.

Elle laissa Hélène s'asseoir et ajouta de sa voix posée et assurée de médecin :

— Vous êtes bien enceinte.

— Impossible.

— Pourtant, il n'y a plus de doute.

Le docteur ajouta :

— Bon, je vois bien que vous demeurez surprise. Hélène, je suis désolée de vous demander ceci. Mais est-ce bien l'enfant de votre mari ?

— Si j'étais enceinte, oui, ce serait de lui. Bien entendu.

— Hélène, je vous assure que vous êtes enceinte.

— Mais regardez-moi, regardez mon corps. Ça n'a pas de sens. Je vous le redis, je prends la pilule, j'ai mes règles…

— La pilule peut provoquer des règles artificielles et les signes de grossesse peuvent être discrets. Si vous ne vouliez pas tomber enceinte, vous pourriez avoir ignoré tous les signes sans le savoir. Ce qui risque de vous surprendre le plus c'est que, vu ces résultats sanguins et ce que j'ai entendu lors de l'examen, il est fort probable que vous soyez plus sur une fin de grossesse, peut-être autour des huit mois.

Hélène resta un instant sans voix.

— Mais comment ? Comment est-ce possible ?

— Ah ça, c'est à votre mari qu'il faut demander, lança le médecin dans une maladroite tentative de détendre l'atmosphère.

Hélène regarda son ventre, comme si c'était celui d'une autre.

— Hélène, je vous rappelle que vous avez quand même changé de pilule, avec un dosage hormonal plus faible. Et d'après ce que vous m'avez expliqué, il y a eu aussi quelques irrégularités dans la prise. Avec tout ça, il est difficile de savoir si les nausées dont vous m'avez parlé provenaient du changement de pilule ou d'un début de grossesse.

Le médecin marqua une pause avant de demander :

— Vous êtes sûre que tout va bien à la maison ?

Hélène n'écoutait plus le médecin.

Un bébé… Enceinte… Huit mois… Bientôt neuf. C'est fou. C'était déjà plus que Théo, au moment de sa naissance. Tout ça n'était pas possible. Il devait y avoir une erreur. Cela ne la concernait pas elle. Une terrible méprise. Le laboratoire peut-être. Une erreur dans les résultats. On parlait d'une autre.

— Vous avez déjà un enfant ?

Hélène se recentra sur la conversation.

— Oui.

— Lors de votre précédente grossesse, il n'y a pas eu de difficulté particulière ?

La jeune femme secoua la tête et ajouta avec fermeté :

— Ma grossesse s'était très bien passée.

— Bon, c'est déjà ça.

Hélène venait d'occulter les douloureuses circonstances de son premier accouchement.

— Maintenant Hélène, il faudrait vous faire suivre par votre médecin de famille et surtout voir un gynéco. Et rapidement. Je vais vous préparer un courrier. Je vais vous prescrire aussi une échographie. Vous voulez peut-être que j'appelle pour prendre rendez-vous ?

— Non. Ça ira. Merci. C'est gentil.

— D'accord, je vous fais le courrier.

Le docteur releva la tête un instant :

— Ça va aller ?

— Oui.

— Vous devez sûrement avoir besoin de temps. Malheureusement, Hélène, sachez que vous n'en aurez pas beaucoup.

Le médecin remit la lettre et la prescription à la jeune femme :

— Je compte sur vous. Vous appelez au plus vite pour prendre rendez-vous. Et je reste bien évidemment à votre disposition. D'accord Hélène ?

— Oui docteur, répondit machinalement la jeune femme.

Mais les mots du médecin s'évaporèrent rapidement dans l'esprit d'Hélène. Sans le savoir, sa raison allait doucement se consumer.

Le 11 février 2002
Les fleurs jaunes de l'hiver

Sam flânait sur le marché, c'était la première fois qu'il le parcourait. Il observait les nombreux étals qui égayaient les différentes allées. C'était agressif et c'était distrayant. Au grand regret de Sam, l'arc-en-ciel fruité des primeurs n'avait pas de parfum. Au marché, c'était le poisson ou le fromage qui régnaient avec leurs arômes grossiers et discordants, exposant leurs couleurs fades. Sam examina les légumes, il commençait à avoir faim. Il devait renoncer aux plats de l'auberge et du Café de Patrice pour faire des économies. Chez M. Merhar, il cuisinerait. Sam profita de la file d'attente pour écrire sur son bloc de papier : *3 tomates et 2 oignons.*

Une femme corpulente hurla derrière lui tout en le bousculant :

— Boulègue-toi donc de là !

Sam, une fois son cœur reparti, discipliné, s'écarta pour laisser passer cette dame de caractère. La commerçante de l'étal d'à côté éclata de rire. Elle lança à l'attention de sa collègue primeuriste :

— Denise ! S'il n'est pas sourd après ça, le pauvre ! Regarde, il est tout pâlot.

La fameuse Denise présenta des « excuses » à sa manière :

— C'est bien mon grand ! C'est que tu nous les aurais fait pousser ici tes légumes. Avec tes jolies guiboles qui prenaient racine.

Alors que Denise prononçait ces mots et déposait quelques poires sur son éventaire, le nez et les oreilles de Sam lui crièrent de concert : *La fille au doigt ! C'est la fille au doigt !* Sam sceptique regarda la femme, qui venait de lui faire une peur bleue. Son nez et ses oreilles se dressèrent. *Mais non nigaud, pas elle ! L'autre femme. À côté. Celle avec les fleurs. C'est la fille au doigt.* La voix de cette jeune femme, qui venait aimablement de se soucier de son sort, avait réveillé des sensations chez

Sam. Ses appendices étaient aux aguets. Quand la jeune femme invita Sam à la rejoindre, son nez en eut le souffle coupé :

— Tiens, tu peux venir par-là, un instant ? demanda-t-elle.

Aucun doute. Cette voix fraîche et bienveillante ravissait toute incertitude. C'était la fille au doigt.

La jeune femme ajouta :

— Excuse-la. Notre Denise est super et vraiment adorable, mais un peu char d'assaut des fois.

La fille au doigt déposa ensuite une belle branche parée de fleurs jaunes dans le sac de Sam, sans rien ajouter. Ce qui ne manqua pas d'intriguer ce dernier. Ses doigts, elle avait de si jolis doigts, remarquèrent ses yeux. Soudain, son nez rougit, il venait de reconnaître le doigt qui l'avait touché, lui. Son nez était tout intimidé. S'il avait été d'abord troublé, se souvint-il, voire choqué par cette prise de contact inopinée, il avait depuis rêvé une deuxième rencontre. Après tout, c'était sa première fois. Sam avait déjà connu l'amour. Mais, jamais auparavant, lui, le nez de Sam n'avait été un sujet d'attention, encore moins un point de rencontre. Jamais encore, le doigt d'une femme ne s'était posé sur sa pointe pour lui adresser de doux mots. Le nez de Sam s'était résigné. Il n'était que par sa fonction : un pauvre conduit qui laissait passer l'air, le filtrait et évacuait les saletés. Pourtant il était capable de ressentir. Le contact d'une peau étrangère se déposant sur son arête ou cajolant ses ailes pouvait enchanter ses cellules sensorielles. Et le doigt de cette femme avait osé éveiller ce désir. Tandis que le nez de Sam convolait déjà en justes noces, son propriétaire remercia la jeune femme par un sobre sourire ne sachant que faire d'autre. Sam repartit sans tomates ni oignons, mais avec un sac empli d'une remarquable odeur.

Avril 1999
Le printemps et ses inflorescences

— Arrête d'ouvrir ce frigo Théo ! On va manger dans une heure.

— Mais Maman, j'ai faim.

— Très bien.

Hélène ouvrit elle-même le frigo, prit l'assiette sur laquelle gesticulaient les haricots laissés par Théo au déjeuner.

— D'accord Maman. J'attends.

La cuisine s'animait d'une gracieuse odeur qui tanguait entre la volupté blanche de la coco et l'exotisme coloré du curcuma. Théo regardait l'évier sur lequel était penchée sa mère.

— Maman, quand tu enlèves la tête des crevettes, c'est pour qu'elles voient pas qu'on les mange ?

— Mon chéri, elles ne ressentent et ne voient plus rien.

— Pourquoi ? C'est parce qu'elles sont mortes ?

— Oui, elles sont cuites. Donc maintenant, elles ne peuvent plus rien ressentir.

Hélène songea au sort de ces crevettes. Elles nageaient dans la mer avec leur queue toute frétillante et finissaient l'instant suivant la tête dans la poubelle, le reste, dans la cuvette. Elle eut envie de pleurer sans comprendre que ce n'étaient pas ces crevettes qui la préoccupaient. Tandis que Théo et Hélène s'interrogeaient sur le sort de la faune marine, Daniel observait, tout en regardant par la fenêtre du salon, qu'il se plaisait dans ce mas. Après un hiver froid et sec, la famille savourait les faveurs de la douceur printanière. Il pensait déjà à l'été prochain, saison qui marquerait ses premières vendanges. Il ne connaissait pas grand-chose aux vignes. Aucun âge légal pour se passionner. Dans sa famille, personne ne s'était adonné à l'art vinicole, si ce n'étaient quelques fins gourmets, qui avaient plutôt choisi de s'en délecter. Tout était à découvrir pour lui. Heureusement, parmi ses amis, il avait d'authentiques connaisseurs qui sauraient le guider. Ils étaient déjà venus pour la taille en décembre. Puis à l'orée du printemps, Daniel avait guetté, non pas l'apparition des premières feuilles, mais de la pionnière. En définitive, trois feuilles s'étaient déroulées et avaient tremblé ensemble un même matin, chahutées par le vent du nord. Depuis la feuillaison, les inflorescences prenaient forme. Elles fascinaient Daniel. Bernard, un ami, lui avait appris que la vigne n'avait pas de grappes en réalité, mais des thyrses, dont la structure est bien plus complexe que la grappe. En inspectant ses vignes, Daniel mesura pour la première fois la véritable richesse de cette sublime architecture. Ces derniers jours, Daniel s'inquiétait que les feuilles ne portassent une maladie.

La famille savourait le repas préparé par Hélène. Les carcasses de crevettes étaient étalées sur les assiettes. Théo les réunirent au centre pour former un îlot, puis s'exclama :

— Maman, c'était vraiment trop bon ! Mais c'est pas juste ! Moi j'ai toujours des parts minuscules… Et Papa, lui, il a que des majuscules.

Théo demanda, aidé par ses petites joues encore replètes :

— Papa, tu veux pas un chien pour mon anniversaire ?

— On a déjà Biscotte, Théo.

— Oui, mais Biscotte, c'est un chat. C'est pas un chien.

— Théo, tu sais, on dit que les chiens n'aiment pas les chats et inversement.

— Mais Léna, elle a un chien et un chat et ils sont trop marrants. Son chien fait plein de câlins.

— Biscotte aussi.

— Oui, mais ça lui ferait comme un petit frère. Vous y pensez pas vous. Vous êtes deux. Mais Biscotte, il s'ennuie lui tout seul.

— Un chien ça ne sent pas très bon, argumenta Daniel, peu inspiré.

— Et surtout mon chéri, ajouta Hélène, il faut s'en occuper tout le temps.

— Oui, mais…

— Écoute Théo, nous y réfléchirons. D'accord ?

— Bon d'accord, répondit Théo, déçu.

Au dessert, Théo retourna dans tous les sens son pot de yaourt avant de s'arrêter sur un côté, qui capta son attention.

Il commença à énumérer :

— *2, 5, 0, 4…*

— Que fais-tu ? s'enquit son père, intrigué.

— Je regarde la *date de décès* sur le yaourt.

Théo termina son entreprise :

— *9, 9*

Le 14 février 2002
La sympathie de l'hiver

Simon, jovial comme à son habitude, vint frapper à la porte de M. Merarh en ce jour de Saint-Valentin. En l'absence rare de son hôte grincheux, Sam invita Simon à entrer. Après l'avoir emmené dans la cuisine, il désigna la cafetière. Simon acquiesça. Sam avait conscience que l'absence de mots ne portait plus vraiment de sens. Naturelle et légitime, après ce qu'il avait vécu et tant qu'il était seul, aujourd'hui, elle devenait de plus en plus absurde et pesante. Pourtant, un autre poids solidement ancré dans son corps empêchait ses mots de voyager librement. Ils restaient prisonniers de l'infirmité de sa bouche et de ses idées. Sam, tout comme les gens du village, s'en accommodait. Les deux hommes se dirigèrent vers le salon, leur tasse à la main. Près du poêle, le chien de M. Merhar réalisa une longue cacophonie d'odeurs oniriques.

— Mais dis-moi Sam, cette maison est un véritable *havre de* pêts ! ironisa Simon.

Une fois assis, Simon arrondit ses lèvres pour buvoter son café trop chaud. Avec son inébranlable spontanéité, il ne put se retenir de révéler à Sam :

— Quand je t'ai vu la première fois, je me suis dit c'est pas vrai, ce mec avec sa tronche de deux mètres de long, il a dû quand même faire un truc terrible. T'étais bizarre. J'ai rien contre les gens bizarres. On me dit des fois que je suis bizarre. Mais toi, c'était différent. Et puis après, à chaque fois que je te voyais chez Patrice, que tu regardais par terre, comme si son affreux carrelage était un immense tapis sous lequel tu voulais te cacher…

Simon réfléchit et dit :

— J'ai pensé, quoi qu'il ait fait, c'est clair qu'il doit le regretter. Alors, dis-moi, c'est quoi l'histoire ? Qu'est-ce que t'as fait pour te sentir aussi coupable ?

L'intéressé ne sourcilla pas face à la demande de Simon d'en savoir plus son passé. Il n'en était pas surpris. Il n'avait simplement rien à répondre. Simon, habituellement léger et railleur, prit un ton franc et sincère, animé sans doute par sa sympathie pour Sam :

— Sam, quand j'enfonce un pied dans la boue, je sens cette putain de terre et j'ai le pied tout dégueulasse. Mais, elle, s'il fait gris, moche, il pleut, elle s'en fout. La terre s'en fout, elle continue d'être là. C'est comme ça. Elle accueille tout sans rechigner et continuera d'être juste là. Dure, molle, inondée, asséchée, elle sera toujours là.

Simon improvisait, espérant que son grog métaphorique soignerait Sam de son extinction de voix. Il poursuivit :

— Les mecs comme toi me fascinent et me foutent les jetons. T'as l'air normal, quand on te voit. Et puis des fois, t'as l'air d'habiter ailleurs dans ta tête. Un endroit bien sombre et franchement on n'a pas trop envie de t'y suivre... Mon vieux, t'as déjà regardé dehors et senti que la seule chose qui pourrait t'écorcher, c'est de ne pas t'en approcher ? La vie demande qu'on s'y frotte. Et quand on est un peu courageux, elle nous fout cette sacrée claque. Cette gifle, c'est ce qui nous réveille enfin. Et merde, ce que ça fout les jetons de ressentir quelque chose. À chaque fois, j'ai la trouille et puis ça arrive, et je trouve ça incroyable. Mais toi, on dirait que toi, tu ne ressens plus rien, que t'es juste là. On peut t'écraser, tu peux prendre la flotte, il ne se passe rien. Mais Sam, t'es autre chose qu'un morceau de terre oublié ! La vie, il faut aller dedans pour espérer qu'elle nous soigne de ce qu'on est, Simon conclut, de gros trouillards.

C'était un de ces moments où Sam détestait la facilité qu'avait Simon à parler. Il le jalousait. Simon larguait les amarres et laissait l'étrave de son bateau prendre la direction de son inspiration, alors que lui restait coincé à quai sur sa pauvre barque qu'il peinait à accorer.

— Bon écoute, je me saoule moi-même. Comme c'est pas toi qui vas me le dire, hein, je vais être sympa, je vais te laisser. Mais je te retrouve demain même heure, même endroit que d'habitude.

Effectivement Simon serait là chez Patrice, sûrement pour lui raconter une de ses anecdotes que Sam détesterait et apprécierait comme ces moments avec Simon.

Avril 1999
Le printemps imperturbable

Le dimanche de la fête d'anniversaire de Théo arriva enfin. Théo, qui venait d'avoir cinq ans, se précipita dans la chambre de ses parents. Il était ravi.

— Regardez, les nuages sont tous bleus aujourd'hui ! s'enthousiasma Théo.

Il était 10h30 lorsque Léna et son frère, Thomas, Sofiane et ses deux sœurs, ainsi que leurs parents respectifs, accompagnés eux-mêmes d'amis, rejoignirent la petite famille à l'entrée de la ferme. Tout le monde était excité par cette sortie printanière. Dans cette ferme pédagogique, il y avait également un verger, un moulin et une mare. C'était un lieu parfait pour occuper les enfants. À peine entrés, les enfants coururent vers la basse-cour où se trouvaient poules, oies, lapins, paons, faisans, perdrix… Et même un émeu égaré. Les premières naissances récréaient le personnel et les visiteurs. Des brigades jaunes se déplaçaient en escouade à proximité de leur maman poule. Lorsque ces petites boules duveteuses se chamaillaient une graine, les enfants étaient conquis : *« Oh, ils sont trop mignons ! »*. Les oisons, du haut de leurs échasses, semblaient plus maladroits. Beaucoup d'animaux n'avaient pas encore eu de progénitures, comme les perdreaux rouges qui naîtraient sans doute dans quelques semaines et auraient assurément fière allure. Les femelles perdrix étaient, elles-mêmes, magnifiques, avec leurs yeux au contour vermeil parfaitement assorti à leur bec et tarse, parées d'un collier noir prolongé par une mosaïque gris perle et une belle robe de pennes gris pervenche.

— Regardez ! Une des poules est en fleur ! s'écria Léna avec enthousiasme, alors qu'un paon paradait au milieu de la basse-cour en faisant la roue.

Les enfants couraient de découverte en découverte, excités par cette sortie festive, trop rare pour eux. Sofiane observa le clapier habité par de tout nouveaux résidents : les lapins nains béliers bleus. Il appela sa mère et tout le monde le rejoignit. Tous observèrent qu'ils étaient quand même bien grands et gros pour des lapins nains. La couleur tendait vers le bleu turquin, mais ces lapins étaient, sans conteste, étonnamment bleus. D'après leur fiche descriptive, ils étaient qualifiés de béliers, parce que leurs oreilles, au lieu d'être dressées, tombaient sur leurs joues poilues, pareilles aux peluches à leur effigie. Ils étaient, à l'unanimité, craquants. La tribu poursuivit la visite vers le petit bois, puis le pâturage. Ils observèrent d'abord cerfs, biches et chevreuils. Deux faons étaient nés la veille. Les enfants entrèrent ensuite dans l'enclos des chèvres et des moutons. Bruno interpella son fils pour qu'il demande un seau de graines au monsieur aux cheveux roux. Certains enfants étaient téméraires et souhaitaient s'approcher pour caresser ou nourrir les animaux. D'autres l'étaient moins.

— Léna, regarde, j'ai même pas peur, s'exclama Théo tandis qu'il étalait sa main tremblante recouverte de graines vers la gueule d'une brebis.

— Je suis sûre que t'as peur des lions et des rhinocéros, lutina Léna à demi-impressionnée.

— Non, c'est pas vrai ! J'ai pas peur des lions et des *rhino féroces*. Aaah !

Théo fit un bond en arrière, surpris par la langue rugueuse et baveuse de la brebis qui avait emporté toutes les graines.

— Beurk.

Il s'essuya sa main contre son pantalon.

— Allez, fini les enfants, on dit au revoir à toutes ces bourriques et on va au moulin pour manger tous ensemble, informa Julia.

En chemin, comme ils passaient à côté du verger, Catherine, la mère de Léna, demanda aux enfants s'ils connaissaient le nom des fruits qui poussaient sur les arbres.

— Qu'est-ce qu'on trouve sur un pommier ? initia-t-elle.

— Des pommes, répondirent en chœur les enfants.

— Sur un poirier ?

— Bah. Des poires.

— Et sur un cerisier, on trouve quoi ?

— Des cerises. Trop facile Maman ! protesta Léna.

Catherine interrogea Hélène du regard pour trouver d'autres idées. Mais Hélène regardait ailleurs. C'est Julia qui vint à sa rescousse :

— D'accord les enfants. Et sur un cognassier ?

— Des connasses.

— Sofiane ! Viens m'aider à changer ta petite sœur.

— Pourquoi ? Elle est déjà usée ?

Arrivés près du moulin, ils rapprochèrent tables et chaises mises à disposition et sortirent le pique-nique. Tout le monde avait faim. Daniel voulait profiter du déjeuner pour questionner Bernard au sujet de la vigne. Mais Julia l'interpella avant :

— Dis-moi Daniel, toi qui te lances dans la viticulture, connais-tu au moins la légende du Dieu de la vigne, Dionysos ?

— Non. Absolument pas, avoua le concerné.

— Tiens, moi non plus, remarqua Bernard.

— Ça sent l'histoire à la mords-moi-le-nœud, piqua Amiel.

— Pas du tout. C'est très sérieux, se défendit Julia avant de commencer son récit. Dionysos était le fils de Zeus et de Sémélé, une princesse de Thèbes. Un jour, Zeus demande à son fils d'aller chez un vieux précepteur pour qu'il finisse son éducation. Dionysos avait une longue route à parcourir jusqu'à la maison du vieil homme. Fatigué de marcher, il décida de se reposer un instant sur le bord du chemin. Il vit alors une petite pousse, jolie, mais étrange. Il n'en avait jamais vu de pareille auparavant. Séduit par sa beauté, il la sortit de terre pour l'emporter avec lui. Il voulait la replanter dans le jardin du vieil homme. Il la verrait ainsi pousser et découvrirait peut-être ce que c'était.

— Qu'est-ce qu'elle vous raconte, la miss ? s'intéressa Catherine.

— Toi, forcément t'as manqué le début. T'es terrible. C'est comme les films, tu t'arranges toujours pour arriver à la fin.

— Je reprends si vous voulez.

— Non, continue. Je lui raconterai.

Julia poursuivit :

— Mais comme le soleil était fort, Dionysos voulut protéger sa petite pousse, avant qu'elle ne se dessèche. C'est là qu'il trouva sur son chemin le vieil os d'un grand oiseau. Il y introduisit délicatement la plante et continua sa route. Dans cet os, la tige grandissait si vite, qu'elle commença rapidement à le dépasser. Et comme Dionysos craignait toujours que sa petite plante ne sèche, il regarda autour de lui et trouva, cette fois-ci, l'os d'un gros lion. Il était bien plus gros que celui du grand oiseau. Dionysos introduisit l'os de l'oiseau dans lequel se trouvait la petite plante.

— Dis donc, elle va être longue ton histoire ?

— Laisse-la, ça m'intéresse. Vas-y.

— Je continue. Mais la tige grandissait encore, elle dépassa rapidement l'os du lion.

— Ces histoires à rallonge, on se demande toujours s'il y a une chute, observa discrètement Bruno.

— Dionysos trouva finalement un énorme os d'âne, bien plus gros que le gros os du gros lion, bien plus grand que le grand os du grand oiseau. Il glissa à l'intérieur de l'os de l'âne, le gros os du gros lion et le grand os du grand oiseau dans lesquels se trouvait la petite plante. Il arriva enfin à destination.

— Yes !

— Mais au moment de mettre dans la terre la pousse trouvée, il s'aperçut que les racines étaient si bien entrelacées autour de l'os de l'oiseau, de l'os du lion et de l'os de l'âne qu'il était impossible de dégager la tige sans les abîmer. Dionysos tenait beaucoup à son herbe, il la planta donc telle quelle, avec ses trois os enchevêtrés. La vigne, car c'était une vigne…

— On s'en doutait. Quand même !

— La vigne donc, continua Julia, imperturbable, qu'il avait si soigneusement transportée continua de grandir rapidement. Dionysos était heureux. Elle avait désormais de magnifiques baies. Il décida de les presser et fit le premier vin. C'est là qu'il eut une étonnante surprise. Il fut témoin et aussi première victime d'un grand prodige, qui s'observe toujours aujourd'hui. Ce que Dionysos découvrit, c'est que lorsqu'un homme commence à boire du vin, il devient gai et chante comme un oiseau. Quand, il en boit davantage, il pousse des rugissements et devient fort et féroce comme un lion. Et quand, il en boit trop, sa tête se courbe et il devient aussi bête et entêté qu'un âne.

Un ange passa, avant que les auditeurs ne réagissent, sans doute assommés par la longueur du récit de la jeune femme. Finalement, les critiques arrivèrent :

— Ok.

— J'avoue que, vraiment, je m'attendais à pire.

— Moi, je la trouve très sympa cette histoire.

— Normal, ma chérie, c'est toi qui l'as racontée !

— Et elle sort d'où d'ailleurs ?

— D'Internet.

— Il faudrait que je m'y mette un jour. Je dois être le dernier à ne pas avoir encore d'ordi.

— Attends encore un peu. Tu verras dans dix ans, on parlera à tous ces nouveaux téléphones portables pour qu'ils nous expliquent le monde. Et dans vingt ans, on aura tous des montres savantes.

— Oui, ces gadgets nous expliqueront tout ce qu'on ne sait pas. L'âge d'un arbre, l'histoire d'un bâtiment, la composition d'un matériau, le sexe d'un animal, le passé amoureux d'un inconnu, sa couleur et son plat préférés.

— Mieux. On aura des lunettes qui pourront nous montrer tout ce qui se passe ailleurs, pour s'assurer qu'on ne voit pas ce qu'il y a de beau ici…

— Au fait, Daniel, c'était quoi tes questions ? relança Bernard.

— Ah oui. C'était pour en savoir plus sur les maladies de vigne et comment les éviter. Qu'est-ce que tu me conseillerais ?

— Ça dépend. Honnêtement, il existe pas mal de maladies. Il existe aussi plusieurs origines, ça peut être causé par des champignons, des bactéries, des insectes ou bien des virus… Mais je dirais que le plus fréquent, ça reste celles causées par les champignons qui font pourrir la vigne.

— Et comment je les repère ?

— Il faut que tu guettes les signes. Apparition de poudre blanche, de taches brunes, tout ce qui te paraît bizarre. Pourquoi, t'as vu quelque chose d'anormal ?

— Des fois, je me dis que je suis parano. Tout me paraît suspect. Mais non, je ne pense pas. Je voudrais justement éviter que ça n'arrive.

— Faudra éviter de trop arroser surtout. Si tu vois des taches blanches, tu peux tout de suite frotter avec un peu de bicarbonate dilué. Tu peux aussi pulvériser du purin de prêle en prévention, ça marche bien. Il y en a qui font des préparations avec de l'ail et du lait, mais je n'en connais pas l'efficacité. Je crois que l'ail marche bien en général contre les champignons et les bactéries, donc je suppose que ça fonctionne.

— Merci. C'est bon à savoir.

— Si tu veux, un de ces quatre, je passe et on regarde ta vigne ensemble.

— Ça marche.

— Regardez ! s'écria Théo, devant l'enclos des chevaux. L'un des deux chevals, il a une cinquième jambe ! C'est trop nul, elle est toute petite, il peut même pas s'en servir !

S'en suivirent le fou rire des grands et l'effarement des petits.

Le pique-nique se termina par l'arrivée des gâteaux, pour la plus grande joie de Théo. Il y en avait trois. Et surtout, il y avait des bougies, et les bougies, pour celui qui les soufflait, ça voulait dire des cadeaux. Sortis des poussettes, des sacs à dos ou récupérés dans le coffre d'une voiture, Théo en reçut plein. Il était heureux. Tous les enfants s'amusèrent avec. Mais Théo remarqua que ses parents ne lui avaient rien donné, à part un tee-shirt avec un dessin marrant. Il était certes heureux, mais également déçu.

Daniel le comprit et réconforta son fils :

— On t'expliquera pour ton cadeau en rentrant à la maison. Tu verras, il te plaira.

Julia demanda à Thomas, son filleul, s'il se souvenait comment s'appelaient les petites fleurs violettes qui se trouvaient devant eux. Il les connaissait, elle avait les mêmes dans son jardin.

— Oui, marraine, ce sont des *gros culs.*

— Et toi, t'es une tomate confite, mon filleul, ce sont des cro-cus.

Alice, la mère de Thomas, expliqua à Julia :

— Qu'est-ce que tu veux, il stocke tout à partir de ce qu'il connaît. Et les gros culs, ça lui parle plus apparemment.

Julia éclata de rire.

Quelques mètres plus loin, Catherine s'approcha d'Hélène pour lui demander :

— Comment ça va de ton côté ? Le mardi soir, tu nous as abandonnées. On ne te voit plus au badminton.

— Oui, on se demandait si tout allait bien.

— En plus, là, tu sembles plutôt fatiguée.

Hélène tenta de prendre un ton rassurant :

— En ce moment, je n'ai pas un bon sommeil. Et j'ai beaucoup de travail. Une de mes collègues s'est absentée. Mais ça va. Des fois, c'est dur. J'ai sûrement un petit coup de mou. Mais, ça va aller. Oui. Je pense que j'ai l'esprit un peu trop préoccupé. En tout cas, même si c'est gentil, ne vous tracassez pas pour moi.

De retour au mas, Hélène déposa son manteau dans le placard de l'entrée avant de se retourner vers Daniel en concluant :

— C'était une bonne journée et une bonne idée. Merci mon homme.

— Oui, je suis d'accord.

Théo ne dit mot quant à lui. Il restait comme en attente de quelque chose. Daniel déposa lui aussi sa veste et se dirigea ensuite vers le salon. Il ouvrit la pudique armoire de sa mère, qui ne fit pas un bruit, pour en saisir un objet qu'il remit à son fils :

— Tiens, mon petit chat, ton cadeau.

Ce cadeau était tout fin. Théo flairait l'arnaque. Ce n'était vraisemblablement pas un jouet. Il enleva le papier cadeau et découvrit une grande enveloppe. Il regarda ses parents. Ses yeux indignés semblaient crier au scandale, sa bouche suppliait une réparation. Ce n'était pas un cadeau ça. Les deux parents attendaient, impassibles. Théo ouvrit l'enveloppe sans enthousiasme.

— C'est une photo.

— Oui, mais, qu'est-ce qu'il y a dessus ?

— Oh un hamster !

— Non…

— Ah oui, c'est l'autre, le cochon-poulet.

— Non plus. Toi, tu penses au cochon d'Inde, c'est un cochon qui vient de l'Inde, un très grand pays, expliqua avec pédagogie son père.

Théo n'écoutait pas. Il imaginait déjà l'animal dans sa chambre en train de jouer avec lui.

— Ce que tu vois sur la photo, c'est une gerbille de Gobi, précisa sa mère.

— C'est pas un chien ! Mais c'est mignon, reconnut Théo.

— Oui, c'est un animal très mignon. Et surtout, c'est facile de s'en occuper. Il est résistant, ne demande pas beaucoup d'attention et est très gentil de caractère.

— Il vient du désert de Gobi, alors j'espère que si jamais au début, il y a des oublis, on ne sait jamais, comme il ne peut pas miauler pour réclamer, on ne le mettra pas en danger.

— L'avantage aussi, c'est que si on s'absente, on pourra facilement le confier à quelqu'un.

Les deux parents se rassuraient mutuellement sur leur choix. Ce n'était pas ses préoccupations et ça ne ressemblait pas un chien, mais Théo trouvait la boule de poils très mignonne.

— On ira dans une animalerie la semaine prochaine en choisir une.

— On va l'appeler comment ? demanda Théo, qui s'habituait à cette idée.

— Faut qu'on y réfléchisse.

— On pourra en prendre un très très gros ? J'aime pas les bébés !

Hélène se crispa sur cette remarque.

Le 18 février 2002
L'hiver hardi

Sans le vouloir, Sam repensait souvent à la fille au doigt. Il retourna donc sur le marché la semaine suivante, sans savoir ce qu'il venait véritablement y chercher. Il entama quelques allées et venues, errant plus que prospectant. Il y rencontra Joris.

— Tiens Sam. Comment vas-tu ?

Joris effectua une pirouette verbale, sachant que Sam ne répondrait pas à cette question :

— J'y pense, mais tu ne dois pas le connaître, notre bon fromager. Tiens, viens avec moi. Faut vraiment que tu le gouttes son fromage de chèvre. Il est de l'Ardèche. Il te sort des produits, tu ne te les trouveras pas ailleurs ceux-là.

Quelques minutes plus tard, lorsque Sam aperçut Simon, sa bouche était encore ankylosée et se remettait doucement de la dégustation du foudjou. Simon, lui, avait la tête dans une encolure de chemise. Il était en train de négocier un prix sur une marque déjà dégriffée. Pour quel autre plaisir viendrait-il sur le marché, si ce n'était pour celui de marchander ? Sam salua Simon, sans succès. Ce dernier était affairé. Juste un peu plus loin, Sam retrouva les étals des primeurs qui précédaient, il le savait, celui de la fleuriste. Il s'arrêta. Il observa la foule devant lui, tenta de percer à travers comme pour voir une éclaircie. Sam, concentré, ne fit pas attention à la grande silhouette qui venait de se dessiner sur le sol. Simon avait délaissé la chemise, après en avoir obtenu un bon prix, son plaisir était la négociation, pas l'achat. Il avait été satisfait et pouvait donc poursuivre ses emplettes chimériques. Simon avait aperçu la veste de Sam dans l'allée et se postait désormais derrière lui. Pourvu d'un don pour découvrir ce que les gens espéraient dissimuler et pour dire ce qu'ils voulaient justement taire, Simon demanda :

— Qu'est-ce qu'il y a ? Tu as vu une fleur à butiner ?

Une fois son cœur reparti - décidément ce marché avait un don pour affoler son cœur - le sang de Sam coagula de nouveau. Il était pétrifié et gêné. Dès lors, il ne se passa que quelques secondes avant qu'une idée saugrenue ne naisse dans la tête du Simon hardi.

— Tiens. Donne-moi donc le truc que tu trimbales tout le temps.

Simon prit de lui-même le bloc de post-it, le stylo de Sam et écrivit un mot, le barra, arracha le bout de papier et recommença. Cette fois-ci, satisfait, il exposa son papier sur le chapeau d'un vieil homme qui passait. L'homme parti, Simon sourit. L'idée l'amusait. Il continua à animer cette langue jaune de papier qui se déroulait enthousiaste. Cette fois, il disposa le post-it sur le chapeau d'une petite dame qui traînait son chariot de courses. Sam restait interloqué. L'instigateur choisissait des personnes de petites tailles apparemment. Mais pourquoi ? Et pourquoi ces mots ? *20 heures. Voir post-it suivant !* Ça n'avait pas de sens. Sam finit par comprendre ce que Simon faisait. Il trouvait l'idée terriblement idiote et voulut l'en empêcher. Mais une douzaine de post-it avaient déjà été écrits et disséminés sur des couvre-chefs. Le vieil homme, le premier cobaye de Simon, tâtait des kiwis avec attention. Il se pencha ensuite sur les mandarines. Un des vendeurs fixa le chapeau du client et l'informa :

— Attendez-là donc Monsieur Dufailly. Eh bé ! Vous nous auriez pas oublié un p'ti quelque chose sur le caberlot, dites-moi.

Le vendeur attrapa le papier. *20 heures.* Son collègue intrigué s'approcha pour lire aussi le mot. Il chuchota :

— Sûrement un de ces trucs de vieux pour se rappeler quand manger.

— Oh Canaille ! cria presque l'autre vendeur. Je te parie que M. Dufailly, il a prévu de se faire coucougner ce soir. Hein Monsieur

Dufailly ! Ce soir à 20 heures, vous avez un petit rendez-vous galant. Vous pouvez nous le dire à nous.

M. Dufailly porta brièvement son regard sur ces deux bestiasses qui jabotaient. *Boudiou !* En regardant les deux vendeurs, il trouva qu'ils étaient encore plus sots qu'ils ne le paraissaient. Finalement, ces kiwis étaient trop juvéniles à son goût et les mandarines n'avaient pas fière allure sur cet étal, il partit. Pendant ce temps, la petite dame s'était dirigée vers les jolis bouquets de la fille au doigt. La fleuriste saisit le papier jaune posté sur la coiffe de la dame. Elle lut à mi-voix : *Voir post-it suivant !* Ces mots piquèrent sa curiosité. Elle chercha du regard le post-it suivant dans l'allée, elle en vit plusieurs. On pouvait désormais entendre : *Que faites-vous donc ? Mais laissez mon chapeau tranquille !* Commerçants et passants se mirent à cueillir les fruits de l'imagination de Simon et s'en amusaient beaucoup. Sur certains post-it, on pouvait lire :

À remettre à qui de droit

Axu Dxue Asim

Ce soir

Mon premier est le contraire d'un monsieur

Mon second est ce qui nourrit mon troisième

Mon troisième séduit les nez

Tandis que sur d'autres étaient dessinés :

Une abeille et un vase

Une bouteille de vin et une carte de France avec le nombre 27 noté dedans.

Tantôt explicites, tantôt évocateurs, tantôt ludiques, ces bouts de papier amusèrent et intriguèrent les badauds. La fleuriste l'avait, elle aussi, compris, elle était concernée par ces messages. Elle picorait dans les chapeaux comme on pioche dans un panier à malice ou dans une assiette à délices. Les passants et commerçants curieux se dévisagèrent et questionnèrent : *Tu sais d'où ça vient ? Non et toi, tu sais ce que ça veut dire ?*

Sam pris d'angoisse était, quant à lui, déjà rentré chez M. Merhar. Il ne vit pas l'excitation qui régnait sur le marché.

Avril 1999
Les fragments du printemps

Le vingt-cinq avril. Déjà ! pensa Daniel qui devait tester et valider la conformité d'un code avant la fin du mois. Depuis qu'il avait un bureau ergonomique, les quelques heures supplémentaires qu'il pouvait parfois passer à travailler à la maison, n'étaient plus un supplice pour son dos. Presque six mois s'étaient écoulés depuis leur emménagement et, depuis deux mois, ils en étaient les propriétaires. Tous les trois s'y sentaient bien. Chacun avait trouvé ses marques. Hélène disparaissait des heures durant dans son atelier. Et Théo appréciait de pouvoir étaler ses jouets dans la grande pièce, à côté de sa chambre.

Le soir venu, toute la famille se retrouva dans le salon.

— Je peux le faire Maman.

— Non, Théo c'est gentil, mais c'est à papa de le faire. Et il le sait.

Daniel disparut derrière les pages des résultats sportifs de la première league au Championnat d'Angleterre et du Grand Prix de Formule 1, mimant une lecture passionnante qui ne laisserait place à aucune interruption. Théo insista :

— Allez, Maman. Je suis grand ! Dis oui. Je veux t'aider.

Ces dernières paroles, en apparence anodines, révélaient la sensibilité d'un enfant. Si Théo n'en connaissait pas la raison, il percevait quelque chose de bizarre. Il y avait quelque chose qui faisait que sa maman n'était plus comme avant. Il y avait un truc qui n'allait pas et il voulait l'aider.

— D'accord, si tu veux mon chéri, juste dans le salon alors. Papa fera le reste.

Théo saisit le balai de ses deux mains en les posant à mi-hauteur.

Le balai le dépassant d'un tiers, il le plaça entre ses genoux pour qu'il ne tombe pas, puis donna des impulsions vers l'avant, emmenant son balai dans une étrange danse ménagère. Le jeune garçon s'appliquait dans sa tâche avec bonne volonté et maladresse.

— Mais qu'est-ce que tu fais Théo ? demanda sa mère, alors qu'elle voyait son fils mettre des poussières sous le tapis.

— Bah, je fais comme Papa !

Hélène se mit à rire, à rire de bon cœur :

— Oui, c'est ça. C'est tout à fait ça !

Daniel fit la moue, mais devant le rire déployé de sa femme, il succomba. Ils rirent en chœur. Théo, loin d'être vexé, parut satisfait. Ce rire était devenu si rare. Le petit garçon venait de balayer une morosité ambiante, même si c'était pour la dissimuler, elle aussi, sous un tapis. C'est tout ce qu'il souhaitait, entendre le rire de sa mère. Il était si chouette ce rire. Sa mission accomplie, il attrapa son jouet fétiche, un pilote d'avion qui, un jour, irait sur Neptune parce que Neptune, c'était une planète très très loin dans son livre, et que c'était là, que son pilote irait… Théo prit donc congé sur le canapé pour jouer avec. Bien entendu, comme tout enfant, Théo pouvait faire voler son pilote dans les airs, sans aucun appareil, avion ou navette spatiale, des accessoires inutiles pour ceux qui ont leur imagination. En même temps qu'il jouait, le jeune garçon épiait son père qui avait repris la lecture de son journal. Il l'avisa :

— Papa, t'as plein de rayons de soleil autour des yeux.

— Ah bon, mon gibbon ? Et dis-moi, est-ce que tu aimes bien ?

— Oui. J'aime bien. C'est quand même bizarre. Toi, t'as jamais de larmes qui sortent de tes yeux, observa Théo.

— C'est parce que je suis très heureux. Et si ça te plaît que je vieillisse, je le suis encore plus.

Théo n'écoutait plus son père. Son pilote réalisa un piqué, plongea la tête la première dans la coupelle de cacahuètes qui traînait sur la table et but la tasse. Il en ressortit heureusement indemne, mais recouvert d'une épaisse couche de cacahuètes affreusement salées. Rapidement, ces dernières disparurent dans le delta de Théo, emportées par un terrible typhon. Le pilote en ressortit à nouveau indemne, mais tout visqueux. Quelle dangereuse aventure pour un jouet que celle de rencontrer la main et la bouche d'un jeune enfant. Daniel attrapa son fils :

— Arrête d'avaler des cacahuètes. Tu sais bien que maman va râler si tu n'as plus faim après.

— Le Roi Cacahuète et la Reine Saper-li-po-pète… Tu as encore mangé toutes les *cacahuètes* ! chantonna en s'amusant Théo, insatiable.

Pendant que Théo prenait discrètement, une à une, des cacahuètes pour les faire glisser dans sa bouche, quelqu'un frappa à la porte. À cette heure tardive, Hélène et Daniel pensèrent de concert à papi Météo, chacun espérant juste que rien ne lui soit arrivé. Quand Daniel ouvrit la porte, deux hommes cagoulés lui firent face. Daniel ne parvint pas à s'interposer. Les deux hommes le bousculèrent et entrèrent avec une aisance qui le fit bouillir de rage. L'un était armé d'un fusil à plomb, l'autre d'un tuyau de canalisation fendu. Ils réclamaient argent, bijoux, tout objet de valeur.

— Parle ! Allez parle ! crièrent-ils à Daniel qui était maintenant genoux à terre.

Tandis que Daniel cherchait un moyen de les neutraliser, dans l'agitation l'homme avec le tuyau frappa accidentellement Théo. Un geste irréversible. La scène se cristallisa. Dans sa chute, la petite tête châtaine percuta la table basse en verre du salon, qui se brisa en d'innombrables fragments se teintant bientôt d'un horrible rouge. Porté par l'horreur de l'instant, Daniel se jeta furieux contre l'homme. Deux coups retentirent. Et plus rien. L'un des deux malfaiteurs par un simple geste venait de jeter un voile sur cette famille.

Le 22 février 2002
Un hiver intriguant

Sam était assis sur un banc, un sandwich au thon à la main. Un chat à l'oreille à moitié mangée vint se faufiler entre ses jambes. Séducteur aguerri, il commença par arrondir son dos avant de se déhancher avec élégance et éloquence. *Miaou. MiaOu. (Bonjour. Vous)* Aucune réaction. *Miaou. (Ok)* Le chat releva le défi. Il abandonna démarche chaloupée, miaulements et se mit à exhiber son poil érectile, sa texture affriolante, frotta sa truffe lascivement contre le pantalon de Sam et ronronna, d'un ronronnement suave et suggestif. Aucun doute, cet homme allait craquer. *Miaou ? (N'est-ce pas ?)* Toujours rien. Vite. Son repas était en train de disparaître dans l'antre de ce bipède. Il lui fallait détourner son attention, offrir un spectacle à la mesure du mets. Le chat lécha d'abord son museau pour une tenue ergonomique du poil - juste au corps - battit la mesure de sa queue et réalisa une troisième entrée par un pas de bourré, deux demi-coussinets, enchaîna avec un piqué-tourné, entreprit l'incontournable entrechat, déploya un joli rond de patte et enfin réalisa son final, le six sauts, dont, il le savait, il avait la parfaite maîtrise. *Miaaaouuu ? (Aloooors ?).* Pas un regard. Pas un battement de cils. Et surtout pas une miette. *MIAAAOU ! (QUE DALLE !).* Désespéré, il gémit *Miiiiaouuuuuu... (une horrible complainte de chat)* en tapotant de ses deux pattes avant sur la chaussure de Sam, indifférent. En colère, le chat sortit ses griffes, attrapa un lacet, tira dessus *Miaou-ou ! (Étouffe-toi va !)* Désabusé, il s'en alla, la tête basse, regardant ses pattes pour ne plus voir les petits insectes autour, qui habituellement l'amusaient tant.

Sam était ailleurs et si loin. Quelques pétards au loin le plongèrent encore plus profondément dans ses songes. Il repensa à l'épisode du marché. Il se doutait que tout le village était au courant. Il n'était pas retourné chez Patrice depuis, cela faisait quatre jours. Il tournait en rond et se sentait terriblement idiot. Il s'ennuyait de l'animation du café et de la place. Il avait quand même la compagnie du vieux Merarh. Sam soupira. Les paroles du vieil homme étaient pareilles au bambou, à la fois dures et creuses :

« Mets-nous un peu le chauffage qu'il s'y fait froid ici.

Et toujours, tu parles autant ! Tu te l'es cousu ton clapet ?

Dis-moi, tu te la serais pas faite la prison toi au moins ?

Macarel de nom de nom. Au moins, on peut pas dire que tu te les secoues beaucoup tes grandes paluches. T'as raison, laisse-les donc mûrir à la poche. Tu nous les esquinterais trop à t'en servir va ! »

Sam se sentait comme un gamin, quand il était avec le vieil homme. Il ne savait plus comment se comporter. Il repensa à ce que M. Merarh avait dit ce matin, lorsqu'il avait vu passer Simon devant sa maison. *Tiens voilà l'autre jobard !* s'était-il exclamé, le nez toujours collé à sa fenêtre. Sam se demandait pourquoi Simon était passé devant sa maison sans s'y arrêter ? Il trouvait cela étrange. Tandis que Sam laissait aller et venir son ennui, une personne s'approcha de lui.

— Bonjour.

Sam sentit soudainement son corps se décomposer et la terre se dérober. La fille au doigt s'assit à ses côtés comme par évidence. Aussi cordiale que joviale, elle expliqua :

— Simon est venu me voir. C'était vraiment drôle, vos post-it. Je t'assure. On était comme des enfants. Moi, la première. Cela faisait longtemps que le marché n'avait connu une telle animation. Et je t'en remercie.

Comment Simon avait-il pu oser ? *Merde. Il est sacrément culotté. Moi je n'ai rien initié. Je n'ai rien demandé. Je sais même pas quoi dire.* Il ressentit, en plus d'un certain embarras, colère et impuissance. Et ce type d'émotions lui était singulièrement difficile à gérer. La jeune femme réussit à amener naturellement Sam à se lever et à l'accompagner :

— T'as fini ton sandwich. Parfait. Ils sont en train d'installer une foire pour la Fête du Mimosa à la sortie du village. On va voir où ils en sont ? C'est très sympa, tu verras. Et c'est une des rares fêtes de la saison. On est vendredi. Donc aujourd'hui, ils vont confectionner l'immense guirlande de mimosa pour ce week-end. C'est drôle quand on y pense. Peu de gens le savent, mais nos mimosas ne sont pas des mimosas. Ce sont des acacias. Et les plantes qu'on appelle des acacias sont en fait des robiniers. Et ce sont les sensitives qui sont des mimosas.

Sam était perdu.

— C'est comme si l'on appelait Laura par le prénom de Julie et que Julie était appelée Clémence. On va célébrer la fête de Julie alors qu'on devrait célébrer celle de Laura. Ce qu'on appelle le mimosa d'hiver est un acacia qui vient d'Australie. En quelque sorte, le nom qu'on connaît de lui n'est pas son vrai nom.

Cette explication prit alors du sens pour Sam.

— Je travaille dans un village à côté, chez un fleuriste. Entre autres. Je travaille aussi dans une brasserie, précisa-t-elle.

Sa charmante voix semblait habitée par la bienveillance et la vitalité. Elle parvenait miraculeusement à apaiser et à distraire Sam.

— Je ne participe pas aujourd'hui aux préparatifs, mais demain j'y serai. Chaque année, il y a une ambiance sympa et la fête gagne en notoriété. C'est mérité. Il y en a du monde qui participe pour qu'elle prenne vie et s'anime.

C'est comme si ses mots affables et calmes glissaient dans les oreilles de Sam. Ils n'avaient rien d'extraordinaire, cette simplicité était juste aimable.

En chemin, Sam et la fille au doigt virent deux jeunes qui s'entraînaient à marcher sur une corde tendue, à une dizaine de centimètres à peine du sol.

— On tente ?

Là encore, le ton entraînant de la fille au doigt n'aurait justifié aucun refus. Ce qui intriguait Sam. Pourquoi certaines personnes vous inspirent-elles des oui, alors que d'autres non ? Il observa les apprentis funambules. Leur traversée paraissait nécessiter une certaine habileté, tout en semblant facile. L'idée de ne plus rester attaché au sol et de pouvoir le survoler même un court instant séduisit Sam. Ils ôtèrent leurs chaussures. La jeune femme s'élança la première sur la corde tendue, elle tenta de trouver un appui. Ce n'était pas tâche aisée de se reposer sur une corde qui vacillait. Les deux jeunes lui donnèrent quelques conseils.

— Vous savez le secret pour ne pas tomber, c'est de lever la tête et de regarder devant, expliqua le premier.

— Oui, vous fixez un point devant, confirma le second. Par exemple, sur l'arbre en face. Vous trouvez ce point. Après c'est simple, vous accrochez votre regard dessus et vous y allez, juste ce point et rien d'autre.

Sam essaya à son tour. Ces conseils fourmillaient dans la tête de Sam. *Très bien. Allez je relève la tête.* Rapidement, il tomba et manqua de justesse de se tordre la cheville. *Ok. Mais vers quel foutu point avancer dans cette vie pour ne plus vaciller ?* Un sentiment de dégoût et de rejet l'envahit. Il lui était déjà difficile de ne pas se sentir prêt à tomber, chaque jour, à chaque pas, alors sur ce ridicule bout de corde. Malgré tout, sur proposition de la jeune femme, il invita les garçons à lui montrer comment faire par un geste de la main. Sam observa avec attention cette recherche d'équilibre. Alors que la corde tanguait, le garçon ne résistait pas. Au contraire, il accueillait ces mouvements. Sam fut également surpris par le contraste entre ce corps en mouvement et les yeux fixes du garçon. Il se dégageait une évidence de ce regard, celle-là même qui lui faisait aussi cruellement défaut. Depuis trois ans, plus rien ne lui était évident. Sam réessaya. Il se concentra sur un point, une petite fissure dans l'écorce de l'arbre, qui se tenait en face de lui. Il la fixa. Avec détermination. Il n'y avait que cette fissure-là. À l'instant où il réussit pleinement à se focaliser dessus, il se passa quelque chose de surprenant. Tout son champ de vision s'ouvrit. En ne regardant que ce point, il percevait tout ce qu'il y avait autour : le scarabée qui volait près de cette fissure, plus bas, l'herbe qui plissait avec le vent, sur sa droite, la chaussure d'un des garçons qui battait la musique jouée au loin, sur sa gauche, le visage de la jeune femme et les quelques mèches qui le recouvraient, sa main aussi, qui se tenait prête à le soutenir, en haut, deux nuages en passe de n'en devenir qu'un.

Un seul point pour voir tout le reste. C'était intrigant. C'était tentant.

Sam avait dépassé le premier tiers, lorsqu'il bascula sur le côté et attrapa le bras de la fille au doigt pour ne pas tomber.

— Belle distance parcourue ! lança l'un des garçons.

Ah oui, agrippa de nouveau Sam. Cela aussi, il lui fallait le réapprendre. Sam et la jeune femme remirent leurs chaussures et saluèrent les deux garçons. Tandis qu'ils marchaient, Sam réalisa qu'il ne savait pas comment la jeune femme s'appelait. Il écrivit : *Ton prénom ?*

Elle prit le crayon et nota en retour : *Émilie.*

Mais Sam avait envie de l'entendre. Il ajouta donc : *J'entends, tu sais.*

— Oui pardon, quelle étourdie, je le sais bien. Mais alors pourquoi ? demanda-t-elle.

Sam nota : ...

Ces trois petits points, c'est tout ce qu'il sut répondre.

Un peu plus loin, Émilie et Sam trouvèrent les anciens qui s'entraînaient assidûment devant quelques fidèles rassemblés, en vue du trophée des Mimosas de samedi.

Lucas mobilisait ses partenaires :

— Faut se méfier de l'équipe de Barnes. Ils nous ont mis une belle avoinée l'année dernière.

— Oui. Sur notre propre terrain, ajouta Joris.

— Je proteste. On s'était bien défendu ce jour-là.

En parlant, Francis s'étouffa. Les anciens s'exprimèrent :

— Diou que c'est pas vrai ça ! V'là qu'il s'escane encore l'astiou. Même toi, t'y crois pas mot à ce que tu dis ! railla Raymond.

Francis se mit à tousser de plus en plus fort.

— Oh doucemanette !

René lui donna de petites tapes dans le dos.

— Tu m'étonnes qu'il s'escane comme ça, il s'est déjà enquillé au moins quatre verres de jaune. Cet ibrougne boit tellement qu'il ne sait même plus comment nous l'avaler sa salive.

Émilie se mit à rire en les entendant, Sam ne put s'empêcher de rire aussi.

Avril 1999
Le printemps et ses ricochets

L'homme referma la porte de la cave, un geste si bref, qu'il saisissait, à lui seul, la violence de la scène. Tout avait été horriblement rapide et soudain. Étendu sur le sol et blessé, pour Daniel, c'était différent. Les pas de l'homme s'éloignant faisaient comme des ricochets dans ses oreilles, le bruit de la poignée, qu'il avait relâchée, résonnait encore, jusqu'à ce qu'il n'y ait finalement plus qu'un silence, lui aussi, interminable. Daniel comprit alors que les voix de son fils et de sa femme venaient de disparaître et seraient à jamais remplacées par ce silence-là. Il repartit alors dans les ténèbres, qui semblaient vouloir l'accueillir.

Le 24 février 2002
Des festivités en hiver

Le dimanche, à peine Sam franchit-il la porte, que Patrice lança :

— Un café serré et un croissant pour notre Sam !

Sam répondit au croissant servi en écrivant :

Merci.

— Mais de rien mon grand, lui répondit Patrice.

Il lui ramena un journal.

— Tiens, ça t'intéressera peut-être.

Mais c'était sans compter l'arrivée prompte de Simon.

— Tiens Sam. Ça faisait un moment.

Tous semblaient l'accueillir comme s'il revenait d'un long voyage. Cela ne faisait pourtant que six jours, modéra Sam. Sans doute s'étaient-ils habitués à sa présence quotidienne.

— Je suis passé devant chez toi avant-hier, mais j'ai vu le vieux barbon et j'ai pas eu le courage de m'arrêter.

Simon avança le menton, circonflexa exagérément ses sourcils et fit la moue, pour feindre son indignation.

— Eh rassure-moi, tu vas pas rester ici ! T'es quand même au courant que nous avons une fiesta ce week-end ? Allez je t'y emmène, ça devrait te plaire. Et puis même si ça te plaît pas, c'est notre petite tradition. On n'y déroge pas.

Simon entraîna Sam au cœur des festivités. La Fête du Mimosa avait démarré la veille, sur le rythme effréné des cuivres. Le village dansait et les artisans proposaient leurs ateliers cadencés. Initiation ou démonstration, céramique, forgerie, ébénisterie, vannerie ou cannage, teinturerie, poterie ou sculpture, chaque rue de Lurèze guinchait allègrement. Les promenades en calèche pour les grands, en poneys pour les petits. À cette occasion, les deux majestueux chênes qui gardaient la place avaient étiré leurs racines jusqu'aux portes du village pour entendre les penas jouer leur fracas ensorcelant. Trois générations s'entremêlaient pour faire pousser des sons panachés, allant du classique à la valse, du paso à l'électroswing, du blues à la musique tzigane, du meringué au disco et du métal à la pop.

Sam et Simon arrivèrent dans le parc de Lurèze où s'entortillaient vide-greniers, attractions foraines et ventes de produits régionaux. Au centre, une foule s'agglutinait autour d'une bâche géante recouverte de terre. Simon leur fraya un chemin. À Lurèze, c'était sans conteste les chercheurs d'or noir qui avaient le plus de succès durant la Fête du Mimosa. Guillaume en était l'expert incontesté. À lui seul, il avait trouvé l'an passé quatre-vingt-seize kilos de tuber melanosporum, la truffe noire du Périgord, un record dans le coin. Sam et Simon s'attardèrent pour voir à l'œuvre Guillaume le Conquérant, acclamé à son arrivée par une foule admirative. Une large couche de terreau avait été disséminée sur une vingtaine de mètres carrés et une vingtaine de centimètres d'épaisseur. L'animateur invita deux enfants et un adulte à enterrer dix truffes sous le regard complice du public. Afin qu'il ne puisse voir où ces truffes étaient disposées, Guillaume attendait sagement à l'écart. Dix truffes et deux pièges. Une des truffes avait été parfumée avec de l'essence d'oranger et une autre placée dans un sac doublé afin de rendre la recherche plus ardue. Appelé à venir illustrer son don naturel, un odorat très fin, le spécialiste entra dans l'arène avec nonchalance. Simples curieux, grands sceptiques, supporters inconditionnels observèrent cette prospection avec grande attention. Guillaume fit à peine trois pas sur la gauche, qu'il se pencha pour fouiller la terre.

— 12 secondes mesdames et messieurs ! Vous avez bien entendu ! 12 secondes ! Et voilà notre bon Guillaume avec une première truffe trouvée.

Les commentaires de la foule fusaient. *Facile ! Vous avez vu, il n'a pas hésité. Tu parles, c'est répété tout ça. En tout cas, moi je le préférerais dans mon assiette ce Guillaume. Miam. Non, mais, il est doué quand même !*

— 14 récompenses. 7 Médailles d'or, 3 médailles d'argent. En régional, national et bientôt à l'international. C'est un art messieurs-dames. Un art. Un don. Et devant vous, vous en avez le maître incontestable.

Au bout de quatre minutes, Guillaume avait déjà trouvé six truffes. Quand il trouva la truffe enfouie sous une couche de terreau, enveloppée dans le sac doublé, tous les spectateurs applaudirent.

— Regardez messieurs-dames comme notre Guillaume est doué. Et qu'il a fière allure. Son âge ? Madame demande son âge. Trouveriez-vous ces jambonneaux à votre goût ma petite dame ? Pas d'égarement. On parle. On parle. Et regardez Guillaume vient de trouffer la truffe parfumée. Trouvé. J'en perds mes mots. Imbattable ! Vous vous demandez comment fait notre Guillaume pour trouver toutes ces truffes ? Attendez… Mais que fait-il ?

Lorsque Guillaume, paré de sa jolie soie rose tachetée de blanc, s'approcha d'une pauvre spectatrice qui avait eu le malheur d'acheter quelques truffes, pour plonger son groin dans sa poche, tous éclatèrent de rire, conquis. Une main garnie de maïs s'approcha et Guillaume le Conquérant abandonna aussitôt sa promise.

— Alors comment fait notre beau Guillaume ?

Les enfants, venez ! Vous pouvez vous approcher. Guillaume est aussi très affectueux. Je vais vous le dire son secret. Il a un odorat deux mille fois supérieur au nôtre. C'est bien ça, deux mille fois. Allez êtes-vous prêts pour un petit quizz ? Une dizaine de produits à gagner ! Des aiguillettes farcies, un jambon de pays entier, de délicieuses terrines, des damaselles, du muscat. Il y en a pour tous les goûts.

Sam et Simon, curieux, restèrent encore un peu.

— Guillaume a-t-il plus ou moins de dents que nous ?

— Moins ! Pareil ! 22 ! V'là les flics ! crièrent des spectateurs.

— Les cochons ont 44 dents.

— Comme mes quatre grandes tantes ! 11 chacune !

Sam reconnut la voix de Francis. Il esquissa un sourire.

— Quelles sont les trois techniques pour la chasse à la truffe ?

— Le cochon !

— Le chien !

— Très bien. Mais il nous en manque une.

— Les mouches !

— Monsieur, bravo ! Les mouches truffières. Tout à fait.

Finalement, les deux hommes délaissèrent le pygmalion et son micro truffé de questions pour continuer leur exploration de la foire. Ils passèrent les confituriers, les stands de maquillage et arrivèrent enfin à la buffatière. Simon savait qu'il la trouverait là. Et justement :

— Tiens, la voilà donc ! Des présentations s'imposent, déclara Simon.

Ils rejoignirent une dame vêtue d'une chemise de nuit blanche, d'un bonnet de coton, portant à la main un soufflet de cheminée.

— Mon cher Sam, à l'honneur, la doyenne du village, Mademoiselle Lison Lebon, quatre-vingt-quatorze ans, élue hier pour la troisième année consécutive Miss Mimosa.

Lison rougit telle une jeune fille.

— Cette jolie dame est engagée partout dans notre village. C'est un modèle haute couture. Secrétaire à l'Amicale de Lurèze, bibliothécaire bénévole à la Mairie, tous les lundis, elle va marcher le long de la rivière avec son sac pour ramasser les détritus laissés par des promeneurs étourdis. Sans compter les délicieux plats qu'elle prépare à chaque événement dans le village. Ma belle Lison, si je vous méritais, je vous épouserais.

— Idiot ! rétorqua avec panache la doyenne.

Joris s'approcha d'eux, lui aussi était habillé d'une chemise et d'un bonnet de nuit blancs :

— Dis-moi ma Lison, il paraît qu'il y en a un qui ose te voler la vedette cette année.

— De qui tu parles ? demanda Simon, intrigué.

— Du ventriloque et de son spectacle. Paraît-il qu'il est bon. La maire l'a fait venir exprès, répondit Joris.

— Un ventriloque ? s'étonna la belle Lison. Celui qui te fait jaboter une marionnette avec son buffet ? Canaille ! On va pouvoir se causer alors ! J'ai les intestins qui t'en racontent à longueur de journée, s'amusa la belle Lison.

Sam découvrit avec plaisir une autre âme du village, qui ne manquait pas de piquant.

— Une photo Madame Lebon ? C'est pour le journal.

— Mademoiselle.

— Oui pardon, s'excusa le journaliste.

— Ou Miss, si tu préfères, s'amusa Simon.

— Queen, ça marche aussi, non ? proposa Joris.

— Trop british, tous ces petits noms à mon goût, mes Chéris.

Le journaliste saisit à pleine main son appareil photo numérique :

— Allez, on va faire une jolie petite photo pour marquer l'événement !

— Voilà donc que les mots sont malades mes Chéris. Alors, dites-nous comment devons-nous nous attrouper pour faire chanter votre cui-cui ? Comme ça, ça va ?

— Parfait, répondit timidement le journaliste.

Pendant que le journaliste prenait ses clichés, Lison reprit :

— Les mots sont malades ou peut-être trop usés pour raconter. Les journalistes, ils nous l'auraient pas un peu perdu l'usage des mots, avec tous leurs appareils ? Aujourd'hui, avec toutes ces photos collées sur leurs feuilles de chou, les yeux ont le tournis et la tête s'ennuie. Jeune homme, je n'ai pas entendu le piaillement de votre petit moineau. Est-ce que vous avez votre photo ?

Le journaliste leva son pouce en guise de réponse et se défaussa rapidement pour assister au départ de la buffatière.

— Allez, mes Chéris, moi aussi, j'y retourne.

La belle Lison, entraînante et inquiétante dans sa chemise de nuit blanche, brandissant son grand soufflet recouvert de cuir et incrusté de nacre, étourdissante de ses quatre-vingt-quatorze années, disparut brusquement dans la foule.

Simon et Sam rejoignirent le large stand de la calade. C'est là qu'Émilie, aidée de quelques complices, restaurait voraces, gourmands et curieux. Elle leur fit signe de venir. Après avoir souri à Simon, elle attrapa rapidement la main de Sam pour l'asseoir à une table. La fille au doigt le fixa un instant avant de s'éclipser derrière le stand. Sam, quelque peu gêné, regarda Simon. Ce dernier ne manqua pas de lui servir une œillade. On était déjà loin de l'épisode du marché et Simon était plutôt fier du rapprochement des tourtereaux. La musique s'élança sur des airs burlesques. Tambour battant, plusieurs dizaines de chemises de nuit surgirent brusquement de la foule pour former une joyeuse farandole. Muni de son soufflet, la belle Lison chantonnait *E bufa ie al trauc que n'a ben de besonh.* Et souffle-lui au trou, qu'il en a bien besoin.

Émilie revint avec deux assiettes généreusement garnies. Ses cheveux bruns et torsadés portaient un léger reflet roux.

— Vous aimez ?

Sam écrivit : *Oui*

— Tu dirais que c'est comment ? s'enthousiasma Émilie.

— *CHAUD !* réagit Sam.

Elle sourit.

— Certes. Mais tu connais ?

— *Bourride ?* répondit et questionna en même temps Sam sur son post-it jaune.

— Oui. Ici, c'est la meilleure du coin.

La jeune femme proposa aux deux hommes un verre de Picpoul de Pinet pour accompagner le plat. Sam refusa. Il ne buvait pas de vin. Il avait le vin en horreur. Son regard raccrocha le sol. Bien sûr, Émilie ne pouvait se douter.

Avril 1999
Un printemps imperceptible

Quand Daniel se réveilla enfin, il voulut aussitôt refermer ses yeux de peur de découvrir que tout était réel. Mais l'odeur abiotique de la cave brûlait déjà ses yeux. Tout était bien réel. Il vit le corps allongé, là, à quelques mètres à peine. Les veines de Daniel martelaient ses pensées confuses. Il fallait qu'il sorte de cette cave pour aller chercher de l'aide. Tout ça n'était pas si grave. Assurément, sa femme était encore en vie. Et bien sûr, son fils respirait toujours. Quelques soins et tout irait mieux. Ce n'était pas trop tard. Ce ne pouvait pas être trop tard. Mais, étrangement, le corps de Daniel ne pouvait se mouvoir. Il en était incapable, comme si lui savait. Par espoir ou par désespoir, son esprit commença à guetter un geste de vie, même le plus imperceptible sur le corps qui était là, étalé devant lui, à quelques mètres à peine. Daniel guetta un mouvement de cil, un battement de cœur sur cette poitrine délicate, le fébrile tremblement d'une veine, simplement endormie, le soulèvement d'un poil prêt à se battre. Rien. Aucune musique composée et rythmée, par le souffle et le battement d'un cœur réguliers. Daniel était incapable de s'approcher de ce corps sans vie. Il se mit à appeler à l'aide, en criant de toutes ses forces. Il cria si fort, qu'il lui semblait que de n'importe où, il pourrait être entendu. Quelqu'un viendrait. Il poussa des cris encore et encore. Mais ses appels restèrent sans réponse. Il fut submergé brusquement par une terrible angoisse. Insurmontable. Celle d'être encore en vie et… Et seul. Son cerveau erra. Daniel était enfermé dans sa si jolie cave à vins, devenue brusquement un horrible caveau orné de toutes ces bouteilles, son caveau. Augusto avait eu raison, lorsqu'il avait parlé d'une cave, où il pourrait se perdre. Débile, Daniel faisait face à la mort, incapable de bouger. Il était perdu. Comment tout ça était-il arrivé ? Ils étaient tout. Sa femme et son fils, c'était toute sa chair. Il réalisa que c'était de sa faute. *Pourquoi avait-il ouvert cette foutue porte ? Et pourquoi, ils avaient déménagé ? Jamais cela n'aurait pu arriver dans leur ancien lotissement. Pourquoi n'avait-il rien fait ?* Toutes ces questions, son esprit les écrivit au marqueur, coupables de cette mort indélébile. Immobile et pourtant tout tremblant, Daniel comprit en fixant ce corps silencieux étendu face à lui, que, désormais, le père de famille et le mari venaient, eux aussi, de mourir. Il ne resterait de lui plus que ce cri agonisant, demandant de l'aide. Un cri, emprisonné à l'intérieur, un cri qui ne serait malheureusement jamais entendu. Enfermé, il ne connaitrait désormais plus que le silence, une fracture de la vie, dont on ne peut guérir.

Le 24 février 2002
L'hiver et son fourreau

La fête du Mimosa se poursuivit l'après-midi. Un homme âgé, dont les quelques rides taisaient respectueusement l'âge, se plaça devant Sam, resté avec Émilie. Il était venu également assister aux festivités.

— Brise taquine, semble-t-il.

Sam sursauta. Il reconnut immédiatement cette voix et se retourna. Mais il ne put s'approcher de l'homme, ce visage esquissait celui d'une personne chère, tant aimée. Le vieil homme, dont la carrure était grande, perçut ce désarroi et attrapa la main de Sam. Il la recouvrit ensuite de son autre main, comme s'il lui confiait un fourreau pour ranger la lame qui, un jour, les avait transpercés tous les deux. Brusquement, ne pouvant plus contenir son émotion, il tira Sam vers lui pour le serrer dans ses bras.

Il lui glissa à l'oreille d'une voix tenue :

— Une éclaircie… enfin… après trois années de grisailles… Nous avons pris le vent, mon garçon. Un vent piquant, impétueux, froid, qui est devenu ce vent humide et cinglant. Apportant cette noirceur dans nos journées. Je ne le sais que trop bien pour l'avoir trop souvent vécu. Mon garçon, le vent se lève, siffle et gémit. Parfois, il hurle, puis il tombe, cesse, avant de se lever à nouveau. Il rythme nos vies et nous restons souvent de simples spectateurs. De bon gré ou mal gré.

L'homme, dont l'imposante carrure s'accompagnait d'une incroyable humilité, ajouta d'une voix chétive :

— Tu sais, j'ai senti cette brise, celle qui t'a emmené jusqu'ici... j'ai tellement… tu sais, j'aurais aimé...

Il s'arrêta avant de reprendre :

— On dirait que le voyage a été long pour toi.

Mais Sam n'était pas prêt. Il n'était pas prêt à avoir cette conversation. L'homme le comprit et à contrecœur le laissa partir.

Sam délaissa Émilie et Robert, scruta consciencieusement l'asphalte, cherchant une surface d'adhérence pour ne pas penser, un écran gris pour ne surtout pas se rappeler. Il marcha sans s'arrêter.

INTERLUDE

Quand tout s'accélère...
3 heures et 19 minutes
après avoir rencontré Robert

Sam marchait depuis plusieurs heures maintenant. Il avait délaissé le bord de route pour s'engouffrer dans les bois, comme s'il voulait un endroit où se cacher ou se perdre. Il entendit de l'eau couler, une rivière. Il s'en approcha et s'arrêta machinalement sur la rive. Il s'assit. Un nuage de moucherons, qui virevoltaient frénétiquement au-dessus de l'eau, commença à l'envahir. Ces minuscules insectes s'éloignaient et revenaient sans cesse. Comme les bribes de son passé depuis qu'il avait revu Robert. Sam ne savait s'il voulait chasser ou attraper tout ce qui l'assaillait subitement. Sa main éventa ce nuage intempestif, dans un inutile combat. Son esprit ne cessait de croquer des bouts de questions sans jamais porter le courage d'en achever une seule. Elles demeuraient là, suspendues et morcelées. Ses os semblaient n'être plus qu'un empilement fragile sans consistance, résolu à s'effondrer. Sam décida de s'éloigner de ce supplice. En se relevant, il sentit la mousse qui s'inclinait sous ses semelles. Poussé par une envie tyrannique de se mettre à nu et de tout lâcher, il ôta une chaussure, puis l'autre. Il retira ensuite ses chaussettes. Il se redressa. La sensation du contact de l'herbe, meurtrie par ses pieds, le surprit. Il sourit machinalement. Tandis que les brindilles s'inclinaient, sa voûte tremblait de toute sa chair. Il l'écrasait, mais l'herbe, si douce, le caressait. Cette sensation réveilla une histoire d'une extrémité à l'autre. Elle enclencha en profondeur une résurgence du passé. Sam eut peur d'être amarré. Trop tard. Cette phrase lui revint :

« Dis Papa, quand on meurt, est-ce que c'est pour la vie ? »

Sam trébucha sur ces mots. Un essaim de souvenirs le piqua dans une folle rage. Il s'immobilisa, s'érigea comme un bloc. Ses deux poings se refermèrent. Il hurla. Il en eut tout au moins une terrible envie. Ses cordes vocales se tirèrent violemment, prêtes à crier toute une rage, une haine de la Vie, de sa trahison, lui qui avait tellement cru en elle avant. Mais ce son était cassé… brisé… Il ne franchit pas la gorge, qui le garrottait. Il s'éteignit avant même de naître. Toute cette colère était là, l'horreur avec laquelle il vivait depuis ces trois années était contenue. Il ne parvenait pas à la faire sortir. Le corps de Sam s'arqua alors et se mit à courir, courir avec une force irrépressible, une détermination inébranlable. Si sa colère torrentielle ne pouvait s'écouler de l'intérieur, alors ce serait par son corps entier, devenant une véritable lame d'acier, prête à pourfendre l'air. S'il ne pouvait que courir, Sam courrait de toutes ses forces.

Plus vite. Les entrailles de Sam rugissaient, le tambourinaient. *Plus vite.* Sam accéléra. Les images du passé le parcouraient sans couleurs, sans odeurs. Elles le renvoyaient vers un abîme. *Plus vite.* Sam força encore. Ses jambes explosèrent. L'écoulement de son corps dans l'air lui donnait cet incroyable élan. Cette course frénétique commença à interpeller la nature autour de lui. Un héron hâta son pas, aidé de ses grandes échasses, il s'envola de toute son envergure. Alors qu'un écureuil grignotait les premiers bourgeons, une jeune feuille, trop fragile, s'échouait sur le sol. Un groupe de collybies à pied velouté campaient sur un tronc mort. Un charme menaçait ces champignons de son ombre. Une pie salit sa culotte en se trémoussant sur l'écorce de l'arbre. Ils étaient tous là. Et tous indifférents. Sans nul doute, la nature accompagnait Sam. Toutefois, elle ne partageait pas sa souffrance. Tandis que le ressentiment s'acharnait à le poursuivre, Sam fuyait désespérément pour atteindre un soupir. Il craignait qu'il lui soit désormais inaccessible. Inaudible. Il n'y a rien de pis qu'un silence, qui ne s'entend plus. Sam ne pouvait s'affranchir de ces souvenirs qui resurgissaient, comme il ne pourrait plus rattraper son propre silence.

Son esprit était devenu un vieux plancher pourri prêt à craquer. Il saisit ses dernières forces. Ses muscles enduraient.

Soudain, l'excroissance d'une racine, telle une tumeur du sol, brisa cette course effrénée. Sam trébucha. Le tendon d'Achille, qui s'étirait à chaque pas, resta immobile sur sa plus grande longueur, cristallisé par la chute, le mollet qui semblait s'allonger à chaque foulée, se durcit par réflexe. Sam projeta ses mains en avant, les pouces prirent leurs distances avec les autres doigts. Le pied de Sam plissa. La peau s'effrita contre les cailloux. Le corps s'affola, il tenta de rattraper son esprit égaré, de le saisir, mais il échoua. Sam était à terre, face à ce décor apathique, qui le laissait inerte. Il enrageait et restait seul dans cette désaffection. En se relevant, il fut frappé au visage par une branche insoumise. Décidément, la nature le vilipendait cruellement avec ignorance. Il eut envie de pleurer, mais là encore rien ne venait. Épuisé, Sam s'assit, prit une grande inspiration et se mit à regarder devant lui, un point. Un point pour ne plus vaciller. Un point pour ne plus tomber. Ce fut une ridicule fleur, en partie dissimulée par des brindilles. Une soudaine brise légère l'offrit pleinement à son regard. Pendant des dizaines de minutes, son attention se porta uniquement sur cette fleur solitaire. Le bruit de la nature se détacha soudainement en une multitude de sons tous plus fins les uns que les autres. Puis tous ces sons n'en formèrent plus qu'un, net, unique. Le vacarme était devenu chahut, puis clapotis, crépitation, babillage, gazouillis, enfin il y eut un bref éclat de voix comme un premier cri d'enfant. Avant de ne devenir plus que le soupir d'un homme. Enfin. Sam écouta cette césure, dessinée par des pétales mélodieux. Les frissons du vent se mirent discrètement à parcourir toute la forêt se glissant entre branchage et feuillage pour venir l'enlacer dans ce soupir.

Quand tout se délite…
3 heures et 57 minutes
après avoir rencontré Robert

— Parle ! Parle vite !

Ces mots résonnaient. Étaient-ce les mots des cambrioleurs ou ce que son cœur lui ordonnait de faire ? Sam souffrait. Cette souffrance était là, à l'intérieur, et elle refaisait brutalement surface. Il ne savait comment l'exprimer. Avec quels mots ? Quels mots, quels mots seraient justes ? Quels mots sauraient dire sa colère, sa peine. Quels mots pour donner du sens à tout ça… quels mots et pour dire quoi ?

Une jeune butineuse déposa son abdomen sur la fleur solitaire. L'abeille dansait avec jubilation. C'était sa première sortie de la ruche. La nature était en avance sur le calendrier, ce n'était pas encore le printemps. Peu importe ces considérations, l'abeille se donnait à sa tâche à grande joie. Ses pattes enrobées de miel brossaient le pollen pour le fixer. Une fois recouverte de ces petites particules solaires, l'abeille repartit. Sam s'intéressa de nouveau à cette fleur. C'était une petite fleur blanche aux deux pétales atrophiés, borgne d'une étamine. Elle venait de naître et se déboutonnait à la vue de tous. C'est fou, elle était déjà abîmée par la vie et sans doute condamnée à une mort imminente. Que pouvait-il y comprendre ? Qu'est-ce que cela voulait dire ? Sam se heurta de nouveau à cette phrase : *« Quand - on - meurt - c'est – pour - la - vie ? »*. Frappée de plein fouet, cette fois, la parole de son fils éclata en morceaux.

Ces mots étaient là comme des fragments ensanglantés, laissés à la vue de Sam. La pensée d'un enfant, une concordance belle et douloureuse de bon sens et d'innocence, gisait dans ces bouts de phrase. Sam les considéra avec horreur et fascination. Un des mots étalés sur le sol ne voulait plus dire la même chose : Vie. *« Quand on meurt, c'est pour la vie ? ».*

Dans l'esprit de Sam *Est-ce qu'on est mort pour toujours ?* Devint alors *Est-ce qu'on meurt pour Elle ? Pour la Vie.* Cette exposition au danger et à la souffrance enclenche un processus de fin pour cette pauvre fleur. Mais, le vent et les insectes disséminent la vie. Sam tentait d'aboutir à du sens. Cette fleur témoignait-elle d'une fragilité nécessaire à la subsistance de la vie ? Était-ce là, le message ? Mourir pour la Vie. Pour un équilibre universel. Existait-il une mort sensée ? Existait-il des lignes déjà écrites ? Une explication pour comprendre. Une excuse pour pardonner. Une raison, un motif, Sam attendait impatiemment le plaidoyer.

Allez, pourquoi pas, une bonne raison pour mourir. Comme peut-être, lorsque son fils avait posé cette question, à la mort de sa grand-mère. L'âge. Et encore. Mais oui, tout le monde le sait. Quand on est vieux, on meurt, c'est normal. Il faut mourir, laisser sa place. Il y a un âge où la mort ne choque plus d'ailleurs. Mais à quel âge ? Y a-t-il un âge psychologique pour notre société ? Comme pour les prix sur les étiquettes. Un âge marketing ? À 59. 59, c'est encore jeune, ça va, ça reste un bon âge pour vivre. On *garde.* À 69, par contre, ça commence à faire pas mal d'années. Allez à 69, on va *délaisser* et à 79 on *jette.* Oui tiens ! À quel âge est-on considéré comme assez vieux pour que notre mort soit acceptable ? Est-ce selon les mœurs du moment ? Est-ce le cours normal de l'existence ? Est-ce que cela dépend de chaque époque ? C'est bizarre comme la Vie n'a pas de sens, en elle-même, et pourtant parce qu'elle est la Vie, elle donne du sens à la Mort. Mais pour un enfant… pour une mère… pour une femme. Est-ce qu'on est encore une mère, quand on perd son fils ? Et est-ce qu'on est encore un fils, sans ses parents ? Sam était confus. Oui, pouvait-il encore être un père, sans son fils ? Un mari, sans sa femme ? Non, il n'était plus rien. La vie était-elle foutue de donner encore du sens à son existence ? Est-ce qu'elle le pouvait ? Qu'est-ce qu'il foutait là ? Sam s'impatientait. Non, rien n'avait de sens ! Tout cela était juste absurde et cruel.

Une belle saloperie d'escroquerie, voilà ce que tu es !

Ecœurante, répugnante, pourrie, cruelle, sordide, puante, dégueulasse…

Sam avait envie de vomir ces mots, de tous les rendre à la Vie pour la remercier.

Merci ! Merci pour avoir fait naître des êtres profondément gentils et bons et les avoir fait crever comme s'ils n'étaient rien.

Merci à toi de m'avoir planté là, en première loge, pour avoir la chance d'assister à ce spectacle réjouissant comme si ma seule vie avait été criminelle et que je méritais cette condamnation à perpétuité.

Merci de faire que je ne te regretterai pas le jour où je serai libéré de toi !

Quand tout peine…
4 heures et 49 minutes
après avoir rencontré Robert

Un papillon farouche, une fourmi revêche, un moine austère, une chenille gourmande, une tique tenace, un drap mortuaire, une limace impassible, une araignée fourbe, un perce-oreille vagabond… ils étaient tous là. Tous indifférents. Dans cet onirisme transcendé par une nature espiègle qui s'amusait de toutes ces improbables rencontres, la vie s'octroyait l'impensable : l'indifférence. Une indifférence face à la mort. La vacuité dévorait Sam. Ceux qui prennent, ceux qui perdent. Elle s'en fout. Tout le monde s'en fout. C'est la Vie.

L'indifférence est une matière putride si purulente. Sam aurait voulu éclater ce furoncle, le voir disparaître de la surface de cette terre. Il s'appuya sur un grand rocher, resté endormi durant des milliers d'années dans le lit de sa maîtresse. De sa poitrine, Sam le frappa d'un coup sec pour réveiller une émotion plus forte que cette douleur. Il recommença. Rien ne faisait assez mal. Tout restait inanimé. C'était bien la mort qui habitait Sam, c'était elle qui le possédait. Il était repu de toute l'opulence de cette nature hypocrite. Belle pour n'être que plus cruelle. Il s'écroula sur le rocher. Il inspira fort. Il sentit l'air gonfler ses poumons et en profita pour expectorer les quelques chiures collées à son gosier, qui l'irritaient tellement. Il versa ensuite dans les eaux troubles de la rivière des morceaux de projets et de rêves détruits. Avec le remous, quelques souvenirs se mélangèrent. Ils surgissaient opaques et se dispersaient irrémédiablement.

Sam faisait ses ablutions. Durant les heures qui suivirent, le cœur de Sam se ranima fébrilement. Un instant bouillonnant de colère, l'autre gelant de douleur. *« Les changements de température provoquent des différences de pression, déséquilibrant sans cesse l'atmosphère. Mais toute chose recherche son équilibre. Et le vent naît justement de cette recherche d'équilibre.* » Un souffle d'air accompagna ces paroles. *Encore cette recherche d'équilibre,* rétrograda Sam.

Un peu plus en amont, Sam aperçut un poisson efflanqué qui remontait le courant. Sam l'observa. À chaque coup de queue et de nageoire, le poisson ne gagnait, s'il n'en perdait, que quelques centimètres, tandis que la rivière continuait de l'éprouver en toute transparence, sans aucune compassion. Bien que fatigué, il semblait pourtant gagné à chaque avancée d'une nouvelle énergie. D'où lui venait cette énergie ? Toute cette force, pour défier l'écoulement naturel de l'eau. Pour un effort vain. Quel intérêt ? Sam laissa ce poisson à son sort. Ses interrogations lui échappèrent pour rejoindre le cours de la rivière.

Quand tout se tempère…
6 heures et 8 minutes après avoir rencontré Robert

La nuit tomba brusquement sur Sam. La température fit de même, l'accablant froidement. De fines lamelles de vents se faufilaient dans les fentes qu'offraient ses vêtements. Il avait faim et si froid. Ses pieds mutilés, restés nus, étaient glacés. Sam s'entortillait dans tous les sens, mais rien n'y faisait. Durant d'interminables minutes, devenant heures, une force vicieuse se glissa par le moindre interstice de tissu lui donnant cette sensation d'être piqué par le bout d'une fauche aiguisée. C'était si douloureux. Sam avait enfin mal. C'était détestable, mais tellement vrai. Ses orteils recroquevillés et ensanglantés, sa plante de pieds écorchée, les ligaments croisés de ses chevilles enflammés et distendus, ses tibias meurtris, ses genoux grinçants, ses quadriceps lésés, son bassin perclus, sa colonne geignant, son cou engoncé, ses yeux sidérés, ses bras impotents, ses doigts roides, la moindre partie de son corps criait sa douleur. Son corps n'endurait plus, il hurlait face à ce supplice physique. La souffrance enfouie en Sam pouvait enfin s'exprimer.

Épuisé physiquement et moralement, Sam ne pouvait pourtant dormir. Il aurait voulu que la nuit l'emporte. Il ne percevait plus depuis longtemps l'importance d'être. Et puis soudain, son corps se tut. Sam n'éprouvait à nouveau plus rien. Elle-même épuisée, la douleur s'était tue. Le plus difficile fut d'écouter à nouveau ce silence, celui que Sam aimait et haïssait. Le vent se mit à disséminer quelque maigre espoir en se glissant sur sa peau. Mais Sam ne sentait rien. Ses forces l'abandonnaient et lui-même s'abandonnait, peu à peu, à son sort. À cet instant, le seul désir de Sam ne fut pas celui de survivre. Il eut juste une dernière volonté : pouvoir sentir une fois encore, une dernière fois, la généreuse couverture du souvenir de ses deux êtres tant aimés, qui se présenterait à lui, l'envelopperait et l'emmènerait avec eux. Son corps réchauffé, alors il laisserait dormir son esprit et partir son âme. Sans cette condition, lésé, Sam ne pouvait que lutter. Ce dernier souhait fut son salut. Il ne s'était pas pardonné, il n'y parviendrait sans doute jamais. Ne pouvoir se souvenir, il vivait avec cette interdiction. Mais aujourd'hui, pour la première fois, il voulait voir leur visage, sentir leur peau, retrouver leur odeur. Il réclamait ce droit. Seule la voix de son fils était revenue arpenter ses oreilles aujourd'hui. C'était beaucoup. Et trop peu. Il avait besoin de plus. Leurs visages demeuraient toujours muets pour Sam. Il traversa donc l'obscurité seul, loin de ses amours, loin des bras de Morphée. Quant à l'Étrangère, dont il avait pourtant sollicité l'intervention, elle ne l'aura finalement que piqué. Sa condition était claire, non respectée, il ne pouvait partir, pas encore.

Quand tout éveille…
18 heures et 16 minutes après avoir rencontré Robert

— Papa, Maman ! Vite ! Venez voir !

Au petit matin, Sam mut avec douceur ses muscles encore assoupis. Ce soleil, qui chatouille les sourires, le choyait de ses interminables bras, lui procurant un peu de cette tendresse qui lui avait fait tant défaut durant cette sauvage nuit.

— Venez vite !

Les parents se précipitèrent dans la chambre de leur fils. Le visage de Théo illuminait la pièce. Il avait ses deux joues arrondies comme des collines joyeuses. Ses yeux verts en amande, bien qu'encore endormis, souriaient. Le tremplin que formait son nez retroussé soulignait son enthousiasme. Théo tira vigoureusement les bras de ses parents pour les emmener devant la grande fenêtre de son immense chambre. Une odeur ! Il sentait le miel et la vanille. C'était l'odeur des cheveux de son fils ! Que cette odeur était douce, rassurante, réconfortante ! Sa peau sentait autre chose, se souvint Sam. Plus discrète, plus subtile. Il ne retrouva pas cet autre parfum, mais étrangement, il savait désormais qu'elle lui reviendrait, elle aussi. Le soleil se levait avec générosité, annonçant un jour de liesse.

Sam remuait son corps encore transi. Il observa le ciel. Tous les nuages s'étaient retirés. La rosée reflétait une magnifique lumière, telle une longue traîne de mariée finement brodée. Un anneau doré s'élevait de l'horizon, rayonnant comme à son habitude, dévoilant les formes de sa voluptueuse concubine, devant le regard émerveillé des trois membres cette famille, témoins d'un exceptionnel mariage entre le Soleil et la Terre. Dans un soupir tendre et enfantin et avec cet éternel émerveillement, Théo déclara :

— Regarde Papa, comme c'est joli, un beau lever de sommeil !

Il ajouta :

— On a de la chance, hein Papa, d'être debout pour le voir.

— Oui, mon fils, tu as raison. C'était une incroyable chance. Tu étais cette incroyable chance.

Des gouttes de pluie sortirent des yeux de Sam. Il se leva et rentra.

PARTIE 2

La vie est un tourbillon de rencontres évidentes,
qui n'auront jamais lieu
et de rencontres peu probables qui se feront.

Octobre 2019
Les murmures de l'automne

« Désolée Maman, je dois le faire… J'ai besoin de comprendre. »

Une jeune fille, d'une beauté naturelle, à la silhouette plantureuse, portant un sac à dos chargé de doutes et de convictions, arriva dans le village de Lurèze, à l'automne 2019. Son nez était busqué, ses joues veloutées et empourprées. Sa chevelure rousse soulignait ses yeux auburn joliment déposés un teint pâle. Une coupe courte parfaitement ajustée soulignait un regard à la fois timide et lumineux.

Pas de bruit ou presque dans le village de Lurèze, seulement les murmures d'un vent passant inlassablement au travers de petites ruelles, contraint de se subdiviser en de petits courants d'airs à peine perceptibles. Le parfum de l'automne faisait frissonner la nature. Cette dernière ralentissait déjà son activité et serait bientôt forcée au repos de l'hiver. Quelques feuilles, vaincues, s'allongeaient sur le sol, premières victimes évidentes des changements de température. Les grandes vacances étaient passées si vite, songea la jeune fille. Le goût des derniers souvenirs de vacances restait encore en bouche de certains, mais pour beaucoup, les épisodes orageux n'avaient guère laissé de saveur agréable durant ces longues vacances. La chaleur s'était évaporée du jour ou lendemain. La jeune fille rechercha une marche sur laquelle s'asseoir. Elle voulait dessiner les notes musicales de cet automne, avant qu'il ne soit rouillé par les fréquentes averses du mois d'octobre. Il lui fallait trouver le bon accord. Ce n'était pas facile. Un accord majeur composé par les magnifiques et flamboyantes couleurs des arbres ou bien un accord mineur, mélancolique, face à l'éclipse vocale des ménestrels, déjà repartis. La jeune fille cherchait un intervalle mélodique entre le dessin et l'écriture, entre ses yeux qui captaient la réalité et sa main qui la dessinait avec bienveillance.

Un groupe d'amis discutaient de l'autre côté de la place. Un des garçons, bousculé par les autres, jaillit de la bande et marcha vers la jeune fille. Les autres l'encouragèrent tout en riant.

— Salut. Tu dessines quoi ? demanda le jeune garçon.

En réponse, la jeune fille présenta la page où elle avait commencé à esquisser la place du village.

— C'est sympa, commenta le garçon.

Il se retourna vers ses amis, restés de l'autre côté. Ils lui renvoyèrent des grimaces pour certains, des sourires complices pour d'autres. Le jeune homme se tourna de nouveau vers la jeune fille :

— Au fait, moi c'est Mika. Et toi, tu t'appelles comment ?

— Camala.

— C'est sympa.

La jeune fille sourit. Le garçon étalait-il là, toute la volubilité de son langage ?

— Ça vient d'où ? interrogea le jeune Mika.

— D'Inde.

— Mais, t'es française.

— Oui.

Le jeune Mika, bien qu'attiré par cette jeune fille mystérieuse et surtout nouvelle dans le village, était à court d'idées. Ne sachant plus trop comment aborder cette fille, peu engagée dans la conversation, il abandonna.

— Bon. Bah salut.

Il repartit, quelque peu déçu.

Une femme d'une cinquantaine d'années venait d'assister à la scène à distance. Elle s'approcha à son tour de la jeune fille.

— Vous avez un joli sourire, lança-t-elle.

— Pourquoi me dites-vous ça ? s'étonna Camala.

— Peut-être pour le revoir, ajouta la dame.

La jeune fille, surprise par ces étranges paroles, sourit, quelque peu gênée.

— Oui. Il est vraiment joli, confirma-t-elle. Maintenant que j'ai vu ce que ce garçon était venu voir, je veux bien que vous me montriez ce qu'il a manqué.

— Je ne comprends pas. Quoi donc ?

— Vos dessins. Je ne crois pas qu'il ait vraiment regardé. Je peux ?

— Oui, si vous voulez.

En tournant les pages du carnet, la dame remarqua :

— Tiens, ce n'est pas commun comme style. On dirait des sortes d'estampes japonaises.

— C'est ça. Enfin dans le style. Vous connaissez ?

— Pas vraiment. Mais tes dessins sont fins et épurés. Ils me rappellent ces films japonais où se mêlent esthétisme et sobriété.

Camala rougit avant d'ajouter :

— Ce ne sont que des esquisses à l'encre et à l'aquarelle. C'est un ami, fan du Japon, qui m'a fait découvrir deux artistes connus là-bas, Hasui et Yoshida. Je crois que j'aime bien leurs estampes, parce qu'elles murmurent les hommes et chantent la nature.

Elle rougit encore. C'était une réflexion très personnelle qu'elle n'avait pas encore partagée.

— Et puis, ils choisissent toujours les tons justes. En fait, on dirait pas, mais ils expriment quelque chose dans chacun des détails.

Camala parlait du travail des deux artistes avec passion, fascination et timidité.

— Tu ne fais jamais de portraits ? questionna la dame en

parcourant le carnet.

— Je n'aime pas trop, je préfère les paysages.

— Effectivement, commenta la lectrice. Tu as dessiné quelques silhouettes humaines. Mais elles semblent, bien seules, noyées dans leur beau paysage. Tu as quel âge ?

— 16 ans, bientôt 17. Pourquoi ?

— Non, c'est juste que tu sembles plus âgée. Mais pardon, je t'ai coupée.

Les pommettes de Camala étaient rutilantes.

— Euh… non, je ne disais rien de plus.

La femme continua de feuilleter les pages avec un réel intérêt.

— De jolis poèmes dessinés. Tu arrives à jouer avec la lumière, les ombres et les couleurs. Là, c'est en automne, j'imagine, et là, en hiver…

— Oui, j'aime les saisons.

— Elles marquent le temps qui s'oublie, exhaussa à haute voix la dame aux cheveux poivre et sel. Ah oui, tiens, là, le printemps. On voit l'éclosion de la nature. De nouveau, ces jolies couleurs de l'automne. Mais dis-moi et l'été ?

— Je n'ai jamais dessiné cette saison.

— Tu m'intrigues. Et pourquoi donc ?

— Je ne sais pas trop. L'été ne m'inspire pas trop, j'imagine. Pour moi, il ne s'est jamais rien passé d'intéressant l'été.

— Camala, peut-être que je t'importune. Tu as le droit de me...

— Non, non. Ne vous inquiétez pas. J'ai le temps. Je suis arrivée tout juste ce matin. Et je ne connais personne ici.

— Tu es toute seule ?

— En fait, j'attends ma mère, mais elle n'arrivera pas avant lundi. Elle va me montrer où ils se sont rencontrés avec mon père.

— Je vois. Une sorte de pèlerinage de famille. Mais ton père ? Il ne vient pas avec vous ?

— Non...

Camala hésita à dévoiler sa vie, en particulier certains passements qui la garnissaient.

— C'est qu'il ne sait même pas que j'existe. Il est parti quelques semaines avant que ma mère n'apprenne qu'elle était enceinte. Ma mère pense qu'il vit en Inde depuis plusieurs années.

Son interlocutrice était de plus en plus intriguée, par cette jeune fille et par son histoire, qui ne lui paraissait pas étrangère. Elle demanda à Camala :

— Pourquoi ta mère pense-t-elle qu'il serait là-bas ?

— La première carte qu'elle a reçue venait de là-bas. Entretemps, il y a eu d'autres pays. Mais la dernière venait aussi d'Inde. Je me suis souvent dit que ce n'était pas un grand amour. Mais ma mère m'a toujours parlé d'amour vrai. Je ne sais pas trop, si c'était pour me rassurer.

Camala fut stupéfiée par l'aisance avec laquelle elle venait de parcourir, seule, ce chemin de dentelle de sa vie.

— Donc, tu ne l'as jamais vu ?

— Non. Je pense partir l'année prochaine en Inde. Mais je ne sais pas où il est. Je ne sais même pas s'il est en vie.

— Tiens, ils ont mis de nouvelles jardinières sur la place. C'est joli. Ta mère te laisserait partir comme ça, si jeune ?

— Elle m'a d'abord promis de me montrer où leur histoire a commencé. Ensuite, si je veux toujours partir à sa recherche, elle m'a dit qu'elle m'aiderait. De toute façon, les interdits, c'est pas trop son genre. Elle est plutôt ouverte. À fonctionner sur la confiance.

— Et elle est où ? Pourquoi attendre lundi ?

— À cause de son travail. Elle tient une boutique de fleurs. Du coup, elle ne pouvait pas venir plus tôt. Et je tenais à venir avant toute seule.

— Ils auraient dû les mettre de l'autre côté. Depuis qu'ils ont abattu ce magnifique chêne vert, devenu malade. Il y a un vide terrible du côté de ce pauvre chêne blanc. Mais où restes-tu donc en attendant ?

— On a réservé une chambre d'hôte.

— Dis-moi, Camala, un petit café, ça te dit ?

— C'est que j'aurais bien aimé me promener dans ce village. Pour le découvrir.

— Je comprends. Alors je te propose un dîner. J'attends mes deux enfants qui sont en vacances cette semaine et doivent arriver ce soir à la maison. Et toi, tu seras toute seule. Donc tu dînes avec nous.

Comme s'il venait d'être convoqué par ces mots, un homme arriva les bras chargés :

— Mme Suriana, votre commande.

Le boucher avait délaissé ses clients, inquiet de ne pas voir sa cliente - sortie un instant - revenir.

— Ah justement, le repas de ce soir. Merci, M. Guyot. Et pardon.

— Il n'y a pas de mal. Bonne journée et surtout bonne régalade.

Le boucher retourna à ses affaires.

— Ce soir au menu, des paupiettes de veau, ça te va ?

La jeune fille acquiesça avec la délicatesse de son charmant sourire.

— Parfait. Je vais demander à Maxime de passer te prendre en chemin. Il te raccompagnera après. Le nom de ta maison d'hôtes ?

— Aux Deux Amis.

— Parfait, je la connais. Je lui expliquerai comment y aller. À ce soir donc.

— Oui. À ce soir.

Le 25 février 2002
La clarté de l'hiver

— Tiens, c'est notre petit Sam, remarqua René.

Mais Sam traversa la place sans porter la moindre attention aux boulistes. Joris et Simon, également présents, tentèrent de rattraper Sam, transi, qui semblait cette fois étrangement pressé de rejoindre la maison de M. Merarh.

Joris pointa ses pieds nus, écorchés et noircis :

— Qu'est-ce qu'il t'est arrivé mon vieux ? T'étais où ? Ça va ?

— On s'inquiétait, tu sais. On a appris pour ton histoire, expliqua Simon. On sait ce qui t'est arrivé. Je sais pas trop quoi te dire, là. Perdre sa femme et son gosse. Comme ça, tués par un malade. Franchement, c'est juste horrible.

Simon tentait de s'accorder sur les pas de Sam et de décrocher ne serait-ce qu'un regard. Mais les œillères de Sam l'en empêchaient, il était épuisé et voulait juste rentrer.

— C'est idiot à dire, je sais, mais je suis désolé que t'aies vécu un truc pareil. Pourquoi tu peux pas sortir un putain de mot ? questionna Simon avec tristesse.

Simon et Joris finirent par abandonner, chagrinés de ne pouvoir aider le pauvre Sam et inquiets de le voir dans cet état.

— En tout cas, tu peux nous en parler, dès que tu en as l'envie, lança Simon.

— Oui. Nous sommes là, ajouta Joris avec une voix aussi insistante que saisissante, parce que si rarement ainsi tenue.

Simon et Joris retrouvèrent les autres sur la place. Tous se sentaient inutiles. Ils se sentaient profondément affectés par l'histoire de cet homme, qu'ils connaissaient pourtant à peine.

— C'est dégueulasse ce qui lui est arrivé.

Sam arriva chez M. Merarh la tête vidée. Pour l'accueillir, le visage buriné de l'homme, grognon comme à son habitude, se déforma :

— Bestiou ! Voilà donc l'autre sourdingue, qui est de retour !

Sam était trop fatigué pour pouvoir apprécier la joute verbale, que le vieil homme lançait inlassablement.

— Alors comme ça, c'est toi, le séquestré ? ajouta M. Merarh. Bah tu me sembles encore bien enfermé, là-haut !

Sam voulut décocher quelques flèches acérées, plongées dans un nectar de grossièretés. Il arqua sa bouche, avant de se raviser et de tenter d'ignorer le vieil homme. Mais les paroles de ce dernier, elles, avaient entretemps atteint leur cible. Elles avaient percé Sam. Depuis le jour où on l'avait libéré, il était finalement resté enfermé. Blessé Sam se mit à charger M. Merarh pour riposter, maugréant de manière presque audible, mais retint de nouveau ses pas. Il reprit une dernière fois son élan, ne s'arrêtant que lorsque son menton pointa les yeux du vieil homme, à quelques centimètres à peine. Sam déclama alors avec une clarté inouïe :

— Vous m'emmerdez, M. Merarh ! Vraiment vous m'emmerdez ! Vous êtes odieux et vous m'emmerdez. Oui, c'est ça, vous m'emmerdez. Vraiment. Vous m'emmerdez. Je vois bien comment vous me dévisagez chaque matin. Et je ne sais pas pourquoi. Au fond, ça ne m'intéresse pas. Vous n'êtes qu'un vieil ermite aigri. Et vous m'emmerdez !

— Mais tu causes ! Fan de chichoune, tu es d'une familiarité et d'une impolitesse effarantes envers tes aînés ! A la bonne heure ! Je t'en tiendrai pas rigueur va. Me voilà ben heureux, mon petit, que tu roumègues comme ça. C'est que ta caboche marche mieux…

Le vieil homme s'interrompit, scruta Sam et poursuivit avec un ton paternaliste empli d'une réelle sincérité :

— Toi, tu vas encore bouléguer un moment là-haut. T'en faudra encore de l'huile de coude, pour pas que ça grince trop dans ton clos. Mais content de t'emmerder autant, mon petit. Oui, bien content.

Sam recula surpris. Il n'était pas sûr de ce qui venait de se passer et d'avoir bien compris. Ce n'était pas tellement le caractère soudainement humaniste du bougon du village. Ni l'étonnante justesse de ses paroles. Sam se sentait, en réalité, confondu par ses premiers mots. Non pas qu'il eut souhaité reparler un jour. Il se pensait condamné aussi au silence et acceptait cette sentence. Mais si, un jour, il avait imaginé le faire, ce n'aurait sûrement pas été par de tels mots *« Vous m'emmerdez ! »* qu'il venait de crier et qu'il aurait voulu hurler. Il aurait supposé que ses premiers mots auraient été à l'adresse de ceux qui étaient partis, à sa femme et à son fils et à aucun moment donnés comme ça, vulgairement, à un homme qu'il connaissait à peine.

Le soir venu, Sam ouvrit la fenêtre pour aérer ses idées. Il prit comme à son habitude un post-it. Il écrivit à nouveau un nombre à quatre chiffres, mais cette fois, ce nombre lui sembla long, beaucoup trop long. 1037 jours, près de trois ans. Sam envisagea alors pour la première fois de retourner là où les lumières s'étaient éteintes, mais ne s'en sentait pas encore la force. Alors qu'il se levait pour refermer la fenêtre, sans que Sam ne s'en rende compte, une prière en lui s'envola. Elle leur était destinée. Le vent la transporta.

Octobre 2019
L'automne et ses racines

— Camala. Il y a un jeune homme pour vous, en bas, informa Pierre, qui tenait la maison d'hôtes avec sa femme Martine.

Ce couple parisien d'une quarantaine d'années avait repris l'auberge du village après avoir attrapé le mal des transports à Paris. Il y avait d'abord eu les migraines des heures de pointe, puis les nausées des incessantes grèves. L'incivilité des passagers avait enflé et les avait gonflés littéralement, leur donnant aussi de l'urticaire. L'envolée incessante des prix de l'immobilier leur avait donné des vertiges. Le diagnostic avait été sans appel. C'était tous les symptômes d'une allergie grave, ils risquaient un choc anaphylactique à tout moment. La capitale était devenue un terrible allergène. Ils aimaient pourtant leur ville, mais elle les asphyxiait. Prescription du médecin : *Déménager*. Ils avaient trouvé ici, dans le petit village de Lurèze, une douceur de vivre et recouvert une parfaite santé. Éric faisait des balades en VTT le week-end et cuisinait. Martine s'était mise au parapente et créait des bijoux. Ils s'occupaient tous deux de cette maison d'hôtes, une ancienne auberge, qu'ils avaient reprise à un homme malade, incapable de continuer à s'en occuper, mais tellement triste de s'en séparer. Touchés, ils en avaient gardé le nom : *Aux deux Amis.*

— J'arrive, répondit Camala.

En bas, dans l'entrée, un jeune homme lui sourit. Il avait un regard étonnant, Camala ne sut dire pourquoi. Il avait aussi un petit grain de beauté sur le haut de sa joue droite.

— Camala, c'est ça ?

Il était un peu mince, mais était mignon. Elle rougit aussitôt à cette pensée.

— Oui, répondit-elle.

— Enchanté Demoiselle. Je suis Maxime. Ma mère m'a demandé de venir te chercher pour t'emmener chez nous.

— Déjà ! s'exclama Camala en regardant sa montre. Je prends ma veste et j'arrive.

Lorsque la jeune fille referma la porte d'entrée de la maison d'hôtes, Maxime désigna une voiture.

— On y va en voiture ?

— Et oui, Demoiselle. À part si tu veux marcher treize bornes. Notre maison est à Barnes. Ma mère vient à Lurèze pour faire ses courses depuis qu'ils ont un très bon boucher sur la place.

Camala se dirigea rapidement vers la portière avant, côté passager, mais une ombre la fit sursauter. Une voix enthousiaste se fraya un chemin par la vitre.

— Bonjour Camala !

Camala tenta de se rassurer. C'est une sensation bizarre d'entendre un corps baigné d'ombre avec une voix que vous ne connaissez pas, vous appeler par votre prénom. Mais cette voix était guillerette. Camala se souvint alors que Maxime avait une sœur. Elle recula de deux pas pour saisir la poignée de la porte arrière et s'asseoir sur la banquette.

— Je suis Alejandra, informa le siège avant.

Un visage se retourna et Camala entrevit alors des cheveux bouclés d'une jolie couleur ébène, qui marquaient l'arrondi de joues mates, soulignant le visage enfantin de la sœur de Maxime. Elle devait avoir à peine plus de dix ans, peut-être douze.

— Bonsoir et ravie Alejandra ! dit Camala, en réponse à ce chaleureux accueil.

Camala était désormais dans la cuisine avec la maîtresse de maison. En pleine préparation de son entrée, cette dernière fouillait dans les placards pour chercher inspiration et accordance, tout en discutant avec sa convive.

— Dis-moi Camala, comment t'entends-tu avec ta mère ?

— On est plutôt proche, je dirais. Elle est vraiment chouette. Et assez étonnante aussi.

— De quelle manière ?

— Je sais pas trop.

Camala réfléchit et expliqua :

— Je dirais que ma mère ne parle pas beaucoup, mais on dirait toujours qu'elle sait, qu'elle comprend. Elle utilise un autre langage.

— Comment ça ? demanda Mme Suriana, qui avait rassemblé les ingrédients de son inspiration et s'apprêtait à découper quelques coings qui restaient.

— Je sais pas, c'est beaucoup par le corps, le regard, le sourire. Je peux passer une heure avec elle, elle décrochera à peine quelques mots. Mais c'est marrant, à chaque fois, j'ai l'impression d'avoir eu une grande conversation, d'avoir été écoutée et d'avoir eu un vrai échange. C'est pareil avec tout le monde.

— C'est plutôt chouette. Ça donne envie de la connaître.

— Oui. Mais en même temps, des fois c'est un peu étrange. On dirait qu'elle n'analyse pas, mais plutôt qu'elle sait ou sent. Moi, c'est tout le contraire, je me pose tout le temps des questions, je réfléchis tout le temps sur tout. Avec elle, c'est comme si tout était possible et envisageable. Du coup, c'est super simple. Franchement, j'aime bien ça, mais des fois, c'est un peu perturbant. Elle a cette étonnante capacité à s'approcher des gens. Il y a toujours du monde à la maison. Elle, elle rencontre facilement de nouvelles personnes. Alors que pour moi, c'est plus dur, les gens m'impressionnent. On est toutes les deux curieuses, je dirais. Mais, ma mère va à la rencontre des gens et moi je les observe… de loin.

— Ou peut-être que pour toi, c'est l'inverse.

Camala, intriguée, questionna du regard cette femme aux cheveux gris pommelé et au sourire avenant. Cette dernière précisa alors :

— J'ai vu le groupe de jeunes qui s'est intéressé à toi. Moi-même, j'ai eu envie d'aller à ta rencontre. Peut-être que tu incites à ta manière les gens à venir vers toi.

— Oui. Peut-être. Je sais pas trop. Au fait, et vous ? Vous vivez ici avec vos enfants ? demanda Camala, déplaçant l'attention sur un autre sujet qu'elle-même.

— Non. Nous habitons en Espagne, dans un petit village. Mon mari est espagnol. Je viens ici chaque année. Je passe quelques semaines dans cette maison. Une maison qu'il faudra que je me décide à vendre un jour. Mais mes enfants aiment bien venir ici. Et moi aussi. C'est la maison de mon enfance. J'y ai vécu pendant des années, de belles années. Pour eux, c'est leurs racines françaises. Surtout Maxime, il y est très attaché. C'est dans ce village que mes parents ont été enterrés. Chaque année, nous venons à la même période tous les trois. J'y retourne parfois une ou deux fois toute seule.

— Mais et votre mari ? Enfin, si c'est pas indiscret, rougit Camala.

— Pas du tout, s'amusa Mme Suriana. Mon époux est un Espagnol qui aime rester à proximité de sa terre. Comme rien ne l'attache à cette maison, je crois qu'il préfère me laisser venir seule avec les enfants.

Tandis qu'elle parlait, elle enfourna le plat préparé : des paupiettes de veau tendrement cajolées par des fruits de saison, pruneaux et coings, subtilement chaperonnées par des branches de romarin et de thym, imbibées par un petit bouillon maison et par une touche discrète de cumin. Mais d'abord, une petite entrée. La jeune fille remarqua l'arbre à épices, qui venait de servir à préparer le plat, une sculpture en bois qui accueillait sur ses branches une kyrielle de couleurs.

— C'est super joli, commenta Camala.

— Merci. Et fonctionnel. Je l'ai fait, il y a des années pour ma mère.

— Vous sculptez, trop bien ! C'est vraiment décoratif et pratique.

— Exactement. Allez à table !

À table, tous s'intéressèrent à la jeune fille.

— C'est un joli prénom Camala, mais peu commun. Ça veut dire quelque chose ?

— C'est ma mère qui l'a choisi. Il a effectivement une signification.

— Laquelle ?

— Je vous laisse trouver, proposa Camala.

— Pas facile ça, remarqua Maxime. À mon avis *chameau*. Non pardon, *chamelle* au féminin. Je ne dis pas ça, pour ton physique, s'amusa Maxime. Mais *Camala*, ça vient peut-être des Bédouins, justifia encore le garçon avec goguenardise.

— C'est le prénom Camille dans une autre langue, proposa sa sœur.

— Pas mal, apprécia Camala. Cela aurait carrément pu venir de Camille.

— J'avoue que je ne vois pas, confia la mère de famille.

— Alors dans le genre easy : *« Camala ou Kamala, avec un K, est le nom indien donné à la fleur de lotus. »*

Maxime s'était emparé de son téléphone tactile et de son infini savoir.

— Et tu voulais qu'on devine tout seuls ! ajouta-t-il.

— T'es pas drôle, on essayait de trouver nous. Sans tricher, s'insurgea Alejandra de ses lèvres boudeuses.

— Bon maintenant que t'es lancé, qu'est-ce que tu peux nous apprendre sur ce joli prénom ? demanda leur mère.

— *« La symbolique du lotus au sein du bouddhisme est importante. Elle relève d'un fait rare : la graine et la fleur apparaissent en même temps ».* Mais dis-moi, c'est philosophicotrépidant ça, taquina Maxime. *« Il s'agit de la simultanéité de la cause - la graine - et de l'effet - la fleur -, dans la loi de causalité de l'univers, qui est l'un des concepts majeurs de la philosophie bouddhique. »* Alé passe-moi un Doliprane !

— Arrête de faire le guignol.

— Ok. Sérieusement donc. Ah là, ça devient intéressant : *« Le lotus possède des capacités autonettoyantes. En s'écoulant, les gouttes d'eau emportent avec elles toutes les saletés, les poussières et particules. »* C'est genre, tu sors d'une séance de sport, toutes tes copines sont en nage et vénères. Parce que toi, en mode autonettoyage, t'es toute propre et tu sens bon.

— T'imagines. Ce serait top ! jubila sa sœur.

— Alors *« La faculté d'autonettoyage des surfaces hydrophobes à structure microscopique et nanoscopique... »* Ok, je saute cette partie, on a compris le concept ! *« La fleur de lotus est un des symboles »,* blabla... *« les plus anciens »,* blabla... *« et aspire à la plus grande pureté. »* Ah ! Attention : *« En effet, la fleur de lotus émerge de la noirceur de la vase, représentant les souffrances, les troubles et les désirs, pour se dresser hors de l'eau et s'épanouir à la lumière du soleil, donnant ainsi une fleur d'une beauté incroyable. »* Alors ça, ça claque ! Bon, il se la pète un peu ton prénom, mais quand même, il a une certaine classe.

Camala concéda un sourire à Maxime.

— C'est pas vrai Maxime ! C'est très joli, s'insurgea Alejandra.

— C'est ce que je dis, sœurette. Donc, si on résume ce dernier passage, petite, déjà tu te vautrais dans la gadoue et tu ressortais toute propre. Mais en plus, malgré tes origines boueuses, pas claires, tu grandissais en devenant de plus en plus belle. Je comprends mieux, ennoblit Maxime.

— Allez c'est bon, réclama Camala embarrassée.

— Non, mais je t'assure, je suis sérieux. J'aime bien.

— Oui, c'est vraiment joli, adjugea la maîtresse de maison.

Maxime raccompagna Camala.

— Demain, ça te dit qu'on fasse un tour dans le coin ? Il y a pas mal de choses à voir autour de Lurèze. Attention, je ne te drague pas. Pas de malentendu. C'est juste que c'est sympa d'avoir une personne proche de mon âge dans les environs.

— Oui, pourquoi pas. Mais plutôt l'aprem alors. Je suis vraiment pas du matin.

— Ça marche, je passerai après manger. On ira voir le cirque à côté.

— Je ne savais pas qu'il y avait un cirque dans le coin.

Camala réfléchit.

— Maxime, pour être honnête, c'est pas trop mon truc tous ces animaux qui font des tours pour amuser la galerie. Si je dois voir un jour un éléphant, je préférerais encore que ce soit en Afrique.

Maxime laissa ondoyer une risette.

— Parfait. On ira donc. Celui-là a des tout petits animaux sauvages, mais ils ne sont pas domptés. Et c'est un cirque très ludique. Il devrait te plaire.

— Alors d'accord. Bonne nuit Maxime.

— Pareil, Demoiselle.

Le 27 février 2002
L'hiver intime

Cela faisait deux jours que Sam était revenu et avait craché ses mots à la figure de M. Merarh. La veille, il était resté toute la journée dans sa chambre. Mais ce matin, il devait sortir. Il n'en pouvait plus. En marchant dans les rues de Lurèze, Sam sentit une agréable odeur l'envahir. Cette odeur s'immisça dans ses narines, les chatouillant. Insolente tentatrice. Elle poursuivit sa route allant même jusqu'à charmer son estomac. Il finit par entrer dans la maison des délits : une boulangerie. Depuis le drame, il n'était encore jamais retourné dans une boulangerie, un lieu trop chargé, chargé de plaisirs, associé au mas et à sa famille. Depuis trois ans, il n'avait fait que se sustenter.

— Bonjour. Que désirez-vous ?

Ces petits effluves enchanteurs lui firent signe que c'était le moment de dire. Après tout, il avait déjà avancé de plusieurs pas et il avait faim. Il s'approcha du comptoir. Son cœur battait si fort, il ne savait s'il pouvait y arriver. *Ça fait un sacré bail,* pensa Sam. *C'est idiot, ça devrait être si simple.* Savait-elle, cette femme, quel effort représentait la diction des mots attendus ? Savait-elle, qu'il était, lui, en train de le découvrir, qu'il les avait abandonnés depuis si longtemps qu'il n'aurait su dire s'il savait encore les prononcer ? Finalement sur une seule expiration, il dit :

— Je voudrais un croissant aux amandes, et il ajouta, pareil à un gamin se voulant poli, s'il vous plaît Madame.

« *Je voudrais* » voilà quels furent les mots tant attendus. Sam ressentit pour la première fois ce pouvoir caché derrière les mots. Et il y a une telle force pourtant à peine perceptible dans ceux-là. Il s'en rendit compte, parce qu'il les avait abandonnés, il les avait tus. Deux mots qualifiés de communs, alors qu'ils sont propres. Propres à une seule personne, ils n'ont qu'un propriétaire, celui qui les prononce. Et Sam constata que ce n'était pas évident de se les approprier de nouveau après toutes ces années passées à effacer l'idée d'*être* et de *vouloir*. *« Je »* et *« voudrais »* sont des mots aussi généreux que naïfs, remarqua Sam. Ils cueillent ensemble une envie intime et la partagent avec celui qui les écoute, dans l'espoir enfantin que cette envie soit satisfaite par l'autre. Peu importe, puisque tels deux enfants meurtris et bannis par leurs parents, ces deux mots en exil se réjouissaient de retrouver enfin leur terre et leur identité.

Octobre 2019
Les arrêts intempestifs de l'automne

Camala explora les murs de la chambre comme on explore une rue qu'on ne connaît pas, mais qui nous semble pourtant si familière. Elle sourit sans trop savoir pourquoi. Elle souriait souvent ainsi, quand elle se sentait approcher d'un gouffre, dans lequel elle allait peut-être plonger. Ce n'était pas un sourire nerveux, mais un rire mêlé de peur et d'enthousiasme face à l'inconnu. Les murs avaient une odeur vieillie. Elle aéra la pièce. Elle posa ses paumes sur le rebord de la fenêtre, fit volte-face pour porter à nouveau son regard sur cette chambre. Le soleil en profita pour aligner quelques allumettes sur sa nuque et les frictionner, ce qui donna à la jeune fille l'humeur de sortir. Elle délaissa la fenêtre, saisit un plaid dans un placard, enfila ses sandales, attrapa sa gourde, serra le goulot, autour duquel les fils de deux sachets de verveine menthe glissés tournoyaient, une habitude prise de sa mère, attrapa également son carnet et ses crayons sur la table de chevet et se dirigea vers la petite cour qui se trouvait en bas, les bras chargés.

Dehors, trois chaises atypiques et asymétriques autour d'une petite table forgée formaient une joyeuse farandole. Quand elle avait ce sentiment de vide, Camala ne cherchait pas à le remplir. Au contraire, elle avait envie de l'explorer, de savoir jusqu'où il allait, d'en connaître toute la profondeur. Camala s'assit sur la chaise la plus large. Elle déploya le plaid au-dessus de ses genoux qu'elle rassembla. Elle dévissa le bouchon de sa gourde, une infusion pour pallier l'absence d'effusion, mais elle délaissa finalement sa tisane. Là, installée confortablement, elle commença à… être interrompue par une fourmi qui lui chatouillait la main. Camala la regarda escalader son avant-bras, divertie par ses cercles décrits et ses arrêts intempestifs, antennes dressées, comme si cet insecte aventureux se savait observé. La petite bête exhiba ses minuscules pattes avant, qu'elle agita durant un court instant, avant de reprendre son ascension sur la peau de la jeune fille. Lorsque la fourmi arriva près de sa manche, Camala posa son index juste à côté, le fit doucement pivoter et l'écrasa. Elle balaya le cadavre d'un geste sec de la main et commença à esquisser la cour et son arbre.

Deux enfants qui jouaient de l'autre côté du muret franchirent le portillon entrouvert et s'approchèrent de la jeune fille.

— Qu'est-ce que tu fais ?

Décidément. Ses dessins attiraient l'attention, remarqua Camala.

— Je dessine cet arbre.

— J'peux voir ?

— Bien sûr. Tiens.

Le garçon fit la moue.

— Pourquoi tu dessines pas le chat là-bas ?

Un chat bizarre - le chat allongé sur la pierre, agitait ses pattes en l'air comme s'il pédalait - *mais plutôt mignon*, pensa Camala.

— Pourquoi pas ? Je l'avais pas vu. Ça marche, je le rajoute.

— Et moi, tu peux me dessiner ? demanda la petite fille.

— Bien sûr. Si tu veux. Mets-toi…

— Bah moi aussi, se rebiffa le garçon.

Camala s'amusa de cette insurrection.

— Allez. Toi aussi. Tenez, mettez-vous là-bas, tous les deux, près du chat bizarre et mignon. Ou non. Asseyez-vous contre l'arbre plutôt. Attention, si je vous dessine, faut pas que vous bougiez.

— Oui, d'accord, répondirent les deux enfants en chœur.

En passant devant le muret, le garçon tendit les bras pour saisir le chat. Ce dernier, confortablement installé, miaula de surprise avant de mettre deux bons coups de pattes sur la poitrine du garçon et de lui filer entre les doigts.

— Bon, on enlève le chat mignon pédalant tranquillement dans les airs, commenta Camala.

La petite fille s'assit, les jambes en équerre, puis les replia vers elle, ses chaussettes remontant jusqu'aux genoux sous sa jupe. Il leur était difficile de ne pas bouger. À peine quelques secondes s'écoulèrent, avant que le garçon n'arrache l'herbe qui était devant lui. À peine une minute s'enfuit, avant qu'il ne demande :

— T'as fini ?

— Non, je commence tout juste.

— Ah bon, répondit-il déçu.

Camala comprit qu'elle devait les occuper. Elle était fille unique, pas de cousins non plus et aucun enfant dans son voisinage. Ça ne l'aidait pas. Elle cherchait depuis si longtemps à être considérée comme une adulte qu'elle avait oublié ce que c'était d'être enfant. Camala puisa donc dans ce qu'elle pensait être un classique, une question qu'on lui avait maintes fois posée :

— Vous voulez faire quoi plus tard ?

— On va aller à la rivière, répondit aussitôt la fille.

— Oui, on va pêcher ! confirma le garçon.

— Non, je veux dire quand vous serez grands.

La fille réfléchit un instant tandis que le garçon s'empressa de répondre :

— Moi, je serais un *secret-taire.*

— Tiens, c'est original.

— Bah oui. J'aime bien garder les secrets.

— C'est pas vrai ça ! Tu racontes toujours tout.

— Mais non.

— Si. Toujours.

— Ok. Ok. On se calme.

— Aïe !

Le garçon venait de pincer la fille, provoquant un départ en larmes.

— T'es pas très sympa avec ta sœur.

— C'est pas ma sœur !

— Ah désolée. J'ai cru. Mais c'est pas correct quand même.

Le garçon s'approcha de Camala.

— Donne-le-moi. Je vais le montrer à mon père.

La jeune fille fut prise au dépourvu. Agacée par l'attitude du petit garçon, elle finit son dessin par trois coups de crayon d'inspiration rupestre et le lui tendit avec dépit.

Camala fut heureuse de retrouver un peu de calme. Elle se demandait si elle savait déjà où cette nouvelle route allait la conduire pour être si sûre de vouloir la prendre ? Elle saisit son autre carnet. À la manière d'un journal intime, elle y livrait, à travers des contes, les confidences et états d'âme de personnages animés imaginaires, leur vraie vie derrière leurs dessins colorés. Camala reprit son crayon et commença à griffonner dans ce carnet les premières ligne d'une nouvelle aventure :

Bordemer, une souris agile et aventurière, arrive devant ~~la station~~ la gare. Elle sourit dans sa petite bulle. Elle est contente, parce qu'elle va se battre. Une nouvelle aventure inédite. Ca l'amuse. Dans la prochaine bulle, elle doit tendre un piège à des ~~méchants~~ voleurs pour récupérer la rigotte sacrée de Condrieu. Mais après, quand tout se calme, le soir, à la fin de sa dernière bulle, Bordemer retrouve sa petite vie. La vraie. L'adversité, les difficultés pimenter~~ait~~aient sa vie, s'il y en avait vraiment. Mais tout est un assemblage de rien. Des cases alignées. Elle le sait. Des idées sur du papier, des histoires qu'on raconte pour distraire. Ce n'est pas sa vie. Son histoire à elle ? Bordemer s'ennuit et se laisse vivre à la dérive, jusqu'à ce qu'une nouvelle galère lui soit dessiner. Qu'elle l'embarque vite. Elle rale quand quelque chose va mal. Et pourtant c'est quand tout va mal, qu'elle arrive à sen sortir, c'est là et seulement là, qu'elle se sent en vie. Elle n'est pas ~~sur~~ sûre de vouloir être heureuse. Est-ce qu'elle s'ennuira comme ça toute sa vie ? Qu'est-

ce qui se passera quand il n'y aura plus ces histoires inventées. Qu'est ce qu'elle fera de sa tristounette et ridicule petite vie ?

Camala posa son crayon, puis finalement le reprit :

Bordemer le sait quelle pourrait changer les choses, les rendre différentes, être différente, mais elle ne sait juste pas comment. Tous les soirs, elle a l'impression que demain elle y arrivera enfin. Que ce sera bien plus facile demain. Allez y a qu'a se mettre un bon coup de crayon au cul pour sortir de ses cases et voir ce qui se passe là-dehors. Quand elle se couche, Bordemer a déjà envie de se réveiller impatiente de pouvoir vivre ses propres aventures, mais chaque matin, quand elle se réveille, son inspiration a disparu. Et elle n'a plus envie de sortir du lit. Elle a juste envie de resté dans sa case, sous sa couette. Du coup elle continue de laissé les autres grifonner sa vie.

Camala dessina Bordemer, la petite souris, le visage éteint. *Mouaih une vie bien vide et ennuyante*, pensa la jeune fille. *Tant de gens te trouvent pourtant si colorée. Mais s'il savait comme tu es seule... oui seule. Au fond, ce sera peut-être ça ta vie, être toujours seule.* Une larme tomba lourdement sur Bordemer, toute confinée sur sa page. Ses traits flétrirent aussitôt. Camala referma son carnet, comme pour mettre à terme à cette pensée. Mais assise sur sa chaise, ses larmes continuèrent de couler.

Le 1e mars 2002
L'hiver mélomane

Sam s'approcha de Simon par surprise. Il questionna dans son oreille :

— Tu sais pourquoi on dit *Fier comme un pou* ?

Simon fit un bond sur sa chaise en se retournant.

— Non, c'est pas vrai ! Sam ? s'écria Simon d'une voix aiguë. Sam ! répéta-t-il d'une voix grave. C'est bon ça.

Simon se leva. Son enthousiasme fit basculer sa chaise et trembler la veste posée dessus. Il déclara :

— Merde, je dois te le dire. T'as une super voix, une voix sexy même… Enfin une voix sexy, de mec sympa. Cool à entendre. C'est tout. Enfin tu vois.

Simon se racla la gorge.

— Et qu'est-ce que ça fait du bien de t'entendre mon vieux ! s'émut-il. Ça vient du cœur. Sérieusement, j'en ai la larme.

— Je vois ça, taquina Sam.

Simon se rassit, rassurant sa veste, au bord de chavirer. Il invita Sam à faire de même.

— Tu sais, t'es pas obligé de m'en parler.

— Moi qui pensais que ça t'aurait intéressé. J'ai quand même fait quelques recherches avant de trouver cette explication, celle-là.

— Ah oui ! Pardon. Pourquoi, on dit quoi déjà ? J'ai pas bien écouté, observa Simon, vraisemblablement ému et confus d'entendre Sam parler. La vache, ça me fait ma journée ! Ça me fait tellement plaisir de t'entendre ! Mais pardon, vas-y, ton histoire. Pourquoi on dit *fier comme un pou,* c'est ça ? Attends une bière, ça te dit ? Non, pardon, d'abord ton histoire.

Simon était tellement troublé qu'il finit par dire :

— Non, là vraiment, il m'en faut une. Patrice ! Deux blondes et pas trop moussées. En fait, désolé, je m'en fous. Tu me la raconteras plus tard, ton histoire. Dis-moi comment tu vas plutôt.

— Ça va, répondit automatiquement Sam.

Il hésita. Il ne voulait pas donner une tournure mélodramatique à ses échanges avec Simon. Mais il appréciait la considération que ce dernier lui portait. Sam avait fait du chemin depuis quelques jours. Il choisit cependant de prendre une déviation sans travaux en cours :

— Au fait, ça fait un moment que je me le demande, comment peut-on faire pour t'entendre jouer ?

— Et bah, on fait comme tout le monde, on m'offre ses faveurs… pécuniaires. T'inquiète, je suis très bon marché. Une pinte et je te fais une petite démo, deux et là je te fais le concerto. Mais là, va falloir patienter patiemment. Parce que justement, et c'est marrant que t'en parles, je pars demain pour une semaine. Je fais un festival dans l'Ariège avec une petite tournée dans quelques villages après. Bonne ambiance et bonne boustifaille garanties. La saison redémarre Sam. Le printemps va bientôt revenir !

Sam huma cet entrain. Il se serait presque senti partir sur les routes lui aussi.

— Après, sans faute à mon retour, je te fais un aperçu de ce que je fais. Rien que pour toi.

Simon interpella Patrice qui s'affairait derrière son comptoir :

— Hein Patriciou ! Quand je reviens, je ramène ma cithare dans ce cloître. Et toi, tu sors ta *firebird* de sa cage. Qu'elle puisse un peu chanter !

— On verra. On verra.

Le comptoir freinait net l'enthousiasme apparemment.

— Tu parles, qu'on verra ! Tu vas pas refuser ça à notre ami ?

— Si tu nous ramènes un peu de picaillons pour me la nettoyer ton ardoise, je ramène ma belle pour la faire danser.

— Ça marche. En attendant, griffe-là donc mon ardoise avec deux autres blondes.

Simon se pencha vers Sam :

— Tu verras, notre Patriciou, il est tout discret, mais c'est un bluesman. Un vrai. Sa discothèque, c'est l'Eden du rock et du blues. Muddy Waters, Rory Gallagher, Johnny Winter, Buddy Guy, John Jackson, toute la série des Johnson. Et… Comment elle s'appelle déjà cette incroyable nana ?

— Koko Taylor, répondit la voix derrière le comptoir.

— Non, celle qui a une voix qui te scotche direct.

— Nina Simone, Big Mama Thornton….

— Ah oui Big Mama. Quelle voix !

Big Mama, inconnue pour Sam, Nina Simone, quant à elle, le scotchait lui direct.

— Bref, tu peux t'y balader pendant des heures.

— Je ne savais pas que Patrice était un mélomane. Il n'y a jamais de musique dans son café.

— C'est qu'il veut pas en parler le cachotier. C'est un frustré. La zic d'aujourd'hui. Hein mon Patriciou ?

— J'écoutais pas.

— Tu parles !

— Ce sont des usines qui fabriquent de nouvelles mélodies avec leurs machines à sons. Ils font ça comme s'ils fabriquaient ces foutus plats en barquette. A la chaîne. Insipides. Juste prêts à ingurgiter. Ils te changent l'étiquette, ça restera toujours la même bouffe réchauffée. Et un peu mixée pour être mieux avalée, s'échauffa le comptoir.

Rappelé subitement à ses besoins, le tenancier alla s'expliquer avec ses petits coins.

— C'est vrai que, quand t'écoutes certaines de ces chansons, elles n'ont aucun goût, reprit Simon. Zéro saveur. Rien à voir avec l'ambiance des petits festivals, où je joue. Musicos passionnés et inspirés. Ils te maîtrisent l'art du rissoler, humer et déguster… Ces parfums, ils te font décoller la plèvre. Ah il a raison notre Patriciou, rien ne vaut une musique qui a du goût et qui repaît sans faim.

— Bien sûr qu'il a raison notre Patrice ! s'égosilla Francis, faisant trembler les murs jusqu'au ministère en pleine délibération.

— Fayot ! cria un habitué.

— Bref, notre Patriciou, il est désolé d'entendre les gens parler de certains chanteurs connus comme de grands artistes. Ça l'énerve, alors il garde son petit jardin à l'abri de tout ça.

Simon se rapprocha de Sam pour lui confier :

— Un bon test, tiens. C'est un morceau que tu peux écouter dix ans après et il te fait toujours ce petit quelque chose. Comme s'il ne t'avait pas tout dit, qu'il avait d'autres secrets.

— Je crois que tu m'as encore plus donné envie de vous écouter !

— Ce sera avec plaisir. En plus, tu verras Sam, on a une manière de jouer bien à nous qui n'a pas son pareil. Ça vaut vraiment le coup de tirer l'oreille.

Simon pointa la zone de délibération dans laquelle siégeait toujours Patrice.

— Même notre tôlier, aussi tradi qu'il est, je sais qu'il apprécie, quand on se fait un petit bœuf[3] ensemble.

---

[3] *Faire un bœuf : Quel rapport avec la musique ? Cette expression serait l'héritage d'un cabaret parisien, dans les années 1920, Le bœuf sur le toit, où des musiciens y improvisaient régulièrement des concerts. Ah quand notre langue raconte notre histoire avec ses mots !*

Octobre 2019
Un automne parfumé

Comme convenu, Maxime vint retrouver Camala à Lurèze. Ensemble, ils traversèrent le pont à la sortie du village. Camala découvrit alors le cirque des dolomites[4]. Façonné par la mer et son exode, un vaste palais antique en partie effondré s'érigeait devant eux. Les magnifiques colonnes de pierres marquaient les vestiges d'un art parfait, celui de la Nature. Certaines œuvres portaient le nom de *Sphinx,* d'*Oracle,* de *Cerbère,* de *Lion Couché* ou de *Chameau,* emmenant les curieux dans une fabuleuse odyssée. Alors que d'autres sculptures de cette nature bâtisseuse, telles *la Demoiselle, le Berger, la Tour du Poulailler ou la Tour du Guetteur,* leur contaient la vie d'antan.

— C'est drôle, je me suis promenée dans le village le jour où je suis arrivée. Et je ne me suis pas doutée un instant que juste en traversant ce pont, on pouvait trouver ça.

— La nature aime surprendre.

— On dirait que le sol a eu des hoquets, s'amusa Camala. C'est quoi comme roche exactement pour faire ça ?

— Tu n'es pas une habituée de la garrigue, toi, observa Maxime.

Les taches de rousseur de Camala s'indignèrent :

— On habite sur la côte basque, nous.

— C'est du calcaire. La roche que tu retrouveras un peu partout dans le coin. Et tous ces drôles de petits lutins verts, ce sont les buissons de la garrigue. De loin, on dirait qu'ils sont tous pareils. Mais de près…

Maxime aimait cette végétation, que ce soient les épineux, les duveteux, les efféminés, les rabougris, chaque arbuste avait son

[4] Ce cirque fait référence à un site dolomitique façonné il y a 160 millions d'années par la mer dans le sud de la France. La présence de dolomie, une roche très sensible à l'érosion, a permis la formation de spectaculaires sculptures

caractère et son odeur, et l'idée de faire découvrir cet environnement auquel il tenait tant, aurait pu le contenter avant même de commencer à s'y aventurer.

— T'as vu, il y a plusieurs circuits. On suit lequel ?

Camala pointait le plan à l'entrée du site.

— Si tu veux bien, je serai ton guide en ces lieux. Eux et moi, c'est une vraie histoire d'amitié. Je te propose Demoiselle Camala de voyager. On démarre par un tour sur la Lune et ensuite on jettera un coup d'œil sur Mars.

— Rien que ça ! observa Camala, amusée et impatiente d'explorer l'Espace.

Maxime et Camala déambulèrent dans le labyrinthe de pierres, le jeune homme avec fierté, la jeune fille avec curiosité.

— C'est quoi cette odeur ? Ça sent bon.

Maxime ravi de cette question posée répondit :

— Ah ça ! C'est du thym sauvage Demoiselle. Tiens, c'est cette plante-là. La touffe verte par terre. Celle qui ressemble aux tifs d'un gnome qui joue à cache-cache, fourré dans un trou et resté coincé dedans depuis.

— Le pauvre !

Maxime craqua une petite tige de feuilles, la plaça entre ses deux paumes et la frictionna. En ouvrant ses mains, il offrit à la jeune fille un irrésistible parfum.

— Ce thym sent super bon ! Non, mais vraiment, insista-t-elle.

— Je sais. En plus, tu en trouves partout. Je t'assure, y en a partout par terre. Tu sais le plus drôle c'est que les gens d'ici achètent leur thym séché sous plastique au supermarché, en plus c'est pas donné, alors qu'ils en ont partout. Y a qu'à se baisser pour en trouver. En plus là, c'est du frais, ultra parfumé. D'ailleurs, il faudra vraiment que tu reviennes au printemps. Là, tu auras toutes les fleurs et beaucoup d'autres odeurs.

— Tu sais, je m'y connais pas mal en fleurs, précisa Camala, plus qu'en herbes aromatiques.

Un éclair traversa Maxime. Il regarda autour de lui, fit trois pas de côté, se pencha et rompit délicatement une fine branche sur un arbrisseau.

— Tiens, et celle-là, tu connais ? On l'utilise aussi en cuisine.

— L'odeur oui. C'est sûr. Pour le nom, je sais pas.

— C'est du romarin.

Camala était étonnée. Elle comparait le thym au romarin.

— Qu'est-ce qu'il y a ?

— Rien.

Elle glissa les herbes aromatiques dans sa poche.

— Viens, on va passer par là.

Les colonnes de pierres étaient jonchées de bonsaïs taillés par le vent. La chaleur des pierres et la couleur ambrée des feuilles leur fredonnaient la mélodie de l'Été Indien. Le chemin devenait escarpé. Maxime pointa le tronc d'un arbre qui gardait un autre sentier en amont.

— On va passer par là pour rejoindre la crête.

— Qu'est-ce qui bouge comme ça ?

— Un lézard sans doute. Il y a un mini col. De là-bas, on verra l'ensemble du cirque.

Camala et Maxime, polissons, s'enfoncèrent sous la robe du bois, découvrant son intimité. Une brise légère effleurait leurs jambes. Le chemin devenait pentu.

— C'est vraiment chouette, ces changements de décor.

Camala se serait bien posée pour dessiner ce qu'elle voyait.

— Tu vois cette plante sans feuilles. Si tu reviens au printemps, tu la verras avec des fleurs jaunes. Ce sont des ophrys. Des orchidées sauvages.

Camala apostropha Maxime du regard.

— Tu rigoles là. Le thym, le romarin. Bon ok. Pas courant. Mais ok. Par contre des *ophrys* jaunes ! T'as fait une fiche avant de venir ou quoi ?

Maxime accueillit ces paroles comme un compliment. Pour répondre, il expliqua :

— Ma mère m'a emmené dans ce cirque pour la première fois quand j'avais dix ans. Ici. C'est mon chez-moi. Le meilleur de tous les terrains de jeux. J'y ai construit des châteaux grotesques, franchi les plus incroyables murailles, vaincu d'innombrables monstres de pierres, dompté les plus sauvages et rebelles de toutes les bestioles.

Le chemin continuait de monter et la chaleur devenait étouffante pour la saison, pourtant Camala se sentait bien. Tous les deux peinaient à trouver leur souffle. La couleur écarlate de ses joues s'était propagée sur tout son visage. Des gouttes de sueur serpentaient dessus. Elle en goûta une. Salée.

Maxime ajouta, d'une voix qui devenait haletante :

— Ma mère, fatiguée de m'emmener… m'a rapidement acheté un vélo. Je pouvais y passer des heures. Au début, tout était différent… si grand, si majestueux. Je me sentais dans mon royaume. Un plateau de jeu géant.

Maxime s'arrêta un instant pour attendre Camala, puis poursuivit :

— En grandissant, je trouvais que ça commençait à être pareil. Alors, je me suis intéressé… aux petites choses. Et j'ai découvert une mue de serpent, un nid de lézards. Une fois… j'ai même vu un scorpion tout jaune.

— Je te comprends… je rêverais de rencontrer… petites bêtes qui font tellement rêver…

Les mots commençaient à être distillés, à l'instar des gouttelettes de transpiration qui glissaient une par une sur le front de Maxime et sur la nuque de Camala. Maxime reprit son ascension, dès que Camala arriva à sa hauteur. Soudain, les deux jeunes entendirent un cri dans les airs. Un autre cri suivit en guise de réponse.

— C'est sûrement le couple… de buses du cirque. Je les entends à chaque fois… que je viens. On dirait qu'ils sont les gardiens des lieux… ont toujours été là.

— Et pour… les herbes… aromatiques… comment t'as, t'as fait les… les premières fois… pour les reconnaître ? demanda Camala très essoufflée.

— Facile. J'en ramenais à ma mère… et… si elle connaissait, elle me disait comment ça s'appelait. Ou je faisais… mes recherches sur le net pour en savoir plus. Double plaisir pour moi. Souvent… je retrouvais le fruit de ma cueillette… dans le plat que ma mère nous… faisait le jour suivant.

Le chemin ardu cadençait de plus en plus leur conversation. Maxime et Camala ne parlaient plus qu'en saccades, rythmées par leur respiration rapide.

— J'avais dix ans… j'étais…

Maxime s'arrêta un instant, expira un bon coup et reprit :

— J'étais tout fier de ma contribution au moment du repas. Quand je revenais en Espagne… les odeurs me ramenaient souvent ici. Même aujourd'hui, du thym, du romarin, du jasmin, de la sarriette… et je voyage jusqu'ici.

— Ma… mère aussi… connaît… très bien… plantes. Comme elle.. est fleuriste… m'a proposé… plein de fois de… m'emmener pour… pour m'apprendre. Mais… j'avoue que… m'y suis… On peut pas… faire une pause là ?

Camala venait de s'arrêter, une main posée sur sa hanche, l'autre sur le haut de son genou. Penchée en avant, prête à s'abandonner sur le sol, elle ne relevait plus que sa tête écarlate, non sans mal.

— J'en peux plus ! s'exclama-t-elle.

Maxime ralentit sa respiration tout en l'amplifiant afin de rafraîchir son visage.

— Pas de soucis. Tu vis dans un coin où tout est plat. Je comprends. C'est nouveau pour toi, tout ça.

La pique lancée passa parfaitement au-dessus de la jeune fille qui, toujours penchée à l'équerre, venait de remarquer :

— C'est du thym… ça aussi ?

— Oui.

— Super, je pense… que j'arriverai… à en retrouver… toute seule maintenant.

Les deux jeunes arrivèrent sur la cime du mont Folisson.

— Je suis claquée.

— Quelle sportive !

— T'as pas l'air très frais non plus.

— Tiens, viens par-là, détourna Maxime. Il y a une jolie vue.

Il s'empressa d'ajouter :

— Je t'avais dit qu'on ferait un tour sur la Lune et puis après, qu'on verrait Mars. Regarde. Il y a même de l'eau sur la planète rouge.

— Waouh ! Quel contraste ! commenta Camala.

— Oui et puis regarde où on est. Ici le sol est dur et tout blanc. À moins d'un kilomètre, le sol est mou et tout rouge. C'est hallucinant une telle différence, non ? Pourquoi la terre est si différente entre ici et là-bas, alors qu'on est tout près.

— Tiens oui, pourquoi ? s'amusa Camala. Toi qui connais tout, tu sais toi pourquoi, elle est rouge comme ça ?

— Oui. C'est lié à l'oxyde de fer. J'ai lu que la roche datait de 250 millions d'années. Je ne sais pas si on aura le temps d'aller là-bas après. Mais tu trouves des empreintes de reptiles et pas mal de fossiles. Il y aussi des restes de lave. On s'assoit un peu ?

— Ah ça, c'est une bonne idée ! répondit Camala soulagée à l'idée d'une vraie pause.

— Un petit creux ?

— Soif plutôt.

Camala et Maxime s'assirent sur le grand rocher à tête d'ours dominant la crête, le belvédère préféré de Maxime. Il saisit la gourde sur le côté de son sac pour la tendre à la jeune fille, ainsi que deux barres de céréales. Camala regardait au loin en souriant. Elle avait un très beau sourire qu'elle avait la délicatesse de ne pas cacher. Maxime tendait toujours la gourde à Camala, il essaya d'attirer son attention :

— Camala ?... Ici la salle des contrôles. Youhou t'es toujours là ?

La jeune fille tourna enfin la tête, attrapa la gourde en le remerciant. Mais brusquement ses yeux revinrent sur ceux de Maxime. Camala s'approcha de lui, ne s'arrêtant qu'à quelques centimètres de son visage. Maxime en pressentait déjà la raison.

— Maxime.

— Oui, Demoiselle.

— Tas des drôles d'yeux.

— Oui. Je sais.

Le jeune homme donna une explication maintes fois répétée :

— Je n'ai pas pu me décider entre le vert et le bleu. Du coup, j'ai gardé les deux. Ça plait beaucoup. Et ça a toujours fait plaisir à ma mère.

— C'est pas courant.

— Oui et tellement charmant, détourna le jeune homme.

— Non, c'est juste drôle, observa Camala, dans le genre, bien bizarre quand même.

— Ok. Ça va. J'ai compris.

— Mais, c'est sympa, reprit-elle. Ça te donne un petit côté

spécial. Pas comme les autres.

— Toi, tu ne dois pas délivrer souvent de colis à l'adresse *Compliments*.

Pourtant être différent était pour Camala bel et bien une qualité.

— T'imagines, il y avait des gens qui vivaient juste là, il y a plus de 6000 ans, s'émerveillait inlassablement Maxime.

Ravitaillé et revitalisé, le jeune homme demanda :

— Et ton père ? Qu'est-ce que tu as comme infos sur lui ?

— Pas grand-chose. Juste cinq photos reçues.

— Cinq photos ?

— Oui.

— Juste ça ?

— Oui. Il les a envoyées comme cartes postales à ma mère.

— Vous avez une adresse du coup ?

— Non, rien. On pense juste qu'il vit en Inde. Il a continué à les adresser à la fleuriste chez qui ma mère a travaillé, il y a vingt ans. C'est son ancienne patronne qui les lui transmettait. Aucune adresse d'expédition.

— Ta mère travaillait ici ? demanda Maxime.

— Oui. Elle habitait ici avant. En fait, quelques années après ma naissance, ma mère est partie d'ici pour aller sur la côte basque et ouvrir sa propre boutique. Elle préférait l'océan et le climat du côté atlantique.

— Et vous habitez où ?

— À Capbreton.

— C'est sur la côte *basque* ça, Cap *breton*?

— Oui, je sais. Ça surprend. Et c'est très joli par là-bas, renchérit Camala. On est juste à côté de la mer et entouré des landes.

— Un *cap breton*, manquerait plus que ce soit un village de haute montagne dans les Alpes.

— C'est une ville. Connue.

— Ok. En tout cas, t'as rien d'autre ? Juste ces photos ?

Camala acquiesça.

— C'est génial, c'est comme une enquête. Tu as des indices. Tu vas pouvoir *investiguer*. A partir des photos, retracer les événements et retrouver ton père. Demoiselle, détective et aventurière, je sens que t'as ça en toi.

— Sauf que je ne vois vraiment pas comment je vais le trouver.

— Yes l'Inde ! C'est vrai ! C'est grand. Il a pas choisi la desti la plus simple ton père. Près d'un milliard et demi d'individus, ça n'aide pas. Nord ? Sud ? T'as des pistes ?

— Non. Pareil, juste ces photos.

— Mais la dernière, elle date de quand ? Il y a quoi dessus ? C'est des photos de personnes ? De monuments ? Genre le Taj-ma-dit-quelque-chose ? D'ailleurs, pourquoi il envoyait ces photos à ta mère ? Il ne sait pas que t'existes ?

— Non effectivement, il ne sait pas. Bonne question. Je ne sais pas pourquoi, il lui a envoyé ces photos.

— Peut-être qu'il voulait la faire voyager avec lui. Partager ses découvertes avec elle. Peut-être qu'il espérait qu'elle le rejoindrait. Qu'ils se retrouveraient un jour. Il est peut-être toujours amoureux.

Maxime était tout excité.

— Et ta mère d'ailleurs ? Qu'est-ce qu'elle en pense ? Et tu ne m'as toujours pas dit ce qu'il y avait sur ces cartes-photos ?

— Pour ça, faudrait déjà que tu fasses une pause niveau questions, observa Camala.

— Désolé. C'est vraiment intriguant. Des photos, pas d'adresse, une nouvelle vie, un grand pays, un mystère, un secret peut-être, une quête à accomplir…

Camala haussa les épaules. Plus pragmatique, elle ne voyait

vraiment pas les choses de cette façon. Ce n'était peut-être pas tant une aventurière, qu'une fille se demandant juste qui était son père et espérant pouvoir un jour le rencontrer.

— Et ta mère n'a jamais retrouvé quelqu'un après ton père ?

— Non.

— Pourquoi ?

— Ce n'était pas dans son caractère, je suppose. Pourtant elle a toujours eu pas mal de mecs qui lui couraient après. Mais elle, ça l'intéressait pas.

— Tu penses pas que c'est parce qu'elle l'aimait ?

— Mon père ? Non, je pense qu'elle n'a jamais vraiment ressenti le besoin d'être avec quelqu'un. Elle l'aimait peut-être, c'est ce qu'elle me dit en tout cas. Mais ma mère est comme un oiseau libre.

— Et pour toi alors, tu aurais aimé qu'elle ait quelqu'un ?

— Je sais pas. La connaissant, cela aurait été très bizarre de la voir avec quelqu'un. Juste pour avoir un substitut de père à la maison. Elle est hyper naturelle. La voir heureuse toute seule, ça ne m'a jamais fait bizarre. Ça l'aurait peut-être été, si je l'avais vue triste avec quelqu'un.

— Et tu sais à quoi il ressemble ?

— Mon père ? Oui. Enfin, quand il avait une trentaine d'années. Il a été pris en photo ici à Lurèze. Lors d'une fête, la fête des Mimosas. C'était il y a dix-sept ans.

— Y aurait pas un lien avec ton âge ? s'amusa Maxime. Donc aucune photo de lui sur ces cartes reçues ?

— Non.

— Quand t'y penses ! Tu n'as même jamais entendu sa voix. Moi, j'imaginerais tout de suite sa voix. Je ne peux pas voir un visage sans imaginer une voix.

Maxime s'arrêta de parler un instant, puis ajouta :

— Camala, c'est chouette que tu aies cette aventure à vivre. Ça te donne quelque part de l'espoir. Au moins ton père, il existe.

La jeune fille nota, brusquement, de la tristesse dans les paroles de Maxime.

— Ne bouge plus ! T'as un criquet sur l'épaule, alerta le jeune homme. Ne bouge pas. Sinon il risque de se glisser dans ton tee-shirt, le coquin !

Maxime se pencha vers Camala et au lieu de l'enlever galamment du bout des doigts, comme elle s'y attendait, Maxime lui donna une bonne gifle sur l'épaule propulsant l'insecte dans les airs.

— C'est bon. Il est sur la pierre derrière toi.

— Moi, j'aurais dit une sauterelle plutôt, dit Camala, en l'observant.

— C'est un criquet, j'en suis sûr, affirma Maxime. C'est quoi la différence entre un criquet et une sauterelle pour toi ?

— Tu me la fais genre blague-devinette ? demanda Camala.

Sans attendre de confirmation, elle proposa :

— Je dirais qu'il y en a un qui crie et l'autre qui saute. Non, attends, je sais ! Pour les reconnaître, on cherche une crique-et pour sauter-elle, sortit Camala sans aucune façon.

Maxime mit un certain temps à comprendre.

— Mince. C'est la pire réponse-blague que j'ai jamais entendue. On est d'accord, c'était nul. En passant, c'était une vraie question. Mais là, je ne sais plus quoi dire. Mince. Je l'ai pas vue venir.

Les pommettes de Camala étaient de nouveau rouges, tandis que Maxime se remit de sa stupeur mi-feinte.

— Tu vois, le criquet a des antennes courtes. La sauterelle a des antennes ultra-longues. Lui est herbivore. Et elle dévore tout. Une fois, j'ai vu la mue d'un criquet, c'est super impressionnant. Tu croirais en voir un vrai qui fait juste un simple roupillon.

Après une descente plus courte que la montée, les deux jeunes gens revinrent au village. Le sourire aux lèvres, Maxime continua de faire découvrir à la jeune fille ce village, qu'il appréciait tant. Ils pénétrèrent tous deux dans une rue singulière.

— La *rue des Bras Tendus*. Sympa comme nom, tu trouves pas ?

— Qu'est-ce que tu fais ? demanda Camala.

— Bah, j'essaie !

Maxime avait saisi la main de Camala. Il touchait maintenant la façade de gauche.

— À toi.

— Forcément Maxime ! C'est sûr que si on le fait tous les deux, ensemble, on touche forcément les deux côtés. C'est facile, déclara Camala.

Elle toucha rapidement le mur sur sa droite pour démontrer l'absence d'intérêt. Ni Camala, ni Maxime ne mesurèrent à cet instant la valeur que prit ce geste, qui défiait le temps, les générations et leur propre histoire. Que pourrait-il y avoir d'important à ce que, eux, joignent ces deux murs ?

— Ça te gêne ? demanda Maxime, sa main tenant toujours celle de Camala.

— Non. Pas du tout, répondit la jeune fille, gênée.

Maxime le remarqua et sourit. Camala le vit et fit lâcher d'un coup sec la main de Maxime.

— Alors ce lac ? divertit Camala.

Les deux jeunes gens s'en allèrent, délaissant la rue des *Bras Tendus*, ses deux murs et surtout son passé, que le vent chuchotait avec tendresse, mais dont les mots restaient imperceptibles. Si seulement toutes les rues pouvaient conter leurs histoires. Camala et Maxime regardèrent l'heure et décidèrent de renoncer au lac. Ils continuèrent à faire quelques pas pour rejoindre la maison d'hôtes où séjournait

Camala.

Avant de rentrer, Maxime proposa :

— Tu veux revenir manger chez nous ce soir ?

— Non. C'est gentil. J'aimerais bien profiter un peu du village, prendre l'ambiance…

— Mortelle. Comme idée, je veux dire. Non, je respecte. Tu veux interroger l'état d'âme de ce village.

— Ma mère arrive après-demain.

— Pas de souci.

— Par contre, si ça vous dit, tu peux proposer à ta mère et à ta sœur de venir déjeuner avec moi demain midi, proposa Camala. Ma mère m'a filé de l'argent. Je dois pouvoir vous inviter, au moins pour un pique-nique copieux.

— C'est généreux ça. Je pense, connaissant ces dames, qu'elles en seront enchantées. Je leur transmettrai l'invit. Ma mère connaît très bien le coin. Je lui demanderai où on peut aller pique-niquer.

— On peut revenir ici, si tu veux.

— Il y a suffisamment de coins sympas pour varier.

Le téléphone portable de Camala fit sursauter sa couette. Camala s'était glissée dessous après sa longue marche avec Maxime dans le cirque et sa savoureuse douche chaude de retour dans sa chambre.

— Allô. Oui.

Camala écouta avec attention son interlocutrice.

— Ah, mais vous êtes sûre ? Sinon, c'est pas grave vous savez. Bon tant mieux. Super. Ah non ! C'est moi qui m'occupe de tout. Non. Non, insista Camala, mimant un grommèlement, comme si elle ne devait pas être contrariée, malgré son jeune âge et tout le respect qu'elle portait à son interlocutrice. Je suis désolée, mais non et non. J'y tiens. La dernière fois, c'est vous qui… Bon d'accord, mais juste ça. Rien d'autre.

Et vous êtes sûre que ça vous dérange pas ? Sinon, on reporte. D'accord, j'arrête de vous poser la question. 12h30. Très bien. Moi aussi, je suis ravie. À demain alors. Merci. Vous aussi.

Le 9 mars 2002
La vigueur de l'hiver

— Daniel, c'est ton vrai prénom ? Et ton prénom Sam, ça vient de Samuel ?

Émilie, voilà un autre de ces petits plaisirs matinaux. Son ton toujours léger, Sam remarquait que toutes les discussions avec elle étaient faciles et naturelles. C'était un sentiment agréable.

— C'est Sam, mon vrai prénom. Et non, étrangement, Sam fait référence à samedi.

Émilie sourit.

— Samedi ? Effectivement, c'est étonnant.

Sam expliqua :

— Quelques semaines avant ma naissance, lorsque les médecins ont confirmé que mon arrivée se ferait à la fin du mois, ma mère a parié avec mon père. C'était en 1964, une année bissextile. Elle était persuadée que je choisirais le jour le plus rare pour sortir et que je naîtrais, non pas le jeudi 27 février, comme l'avait annoncé les médecins, mais le samedi 29. J'imagine que comme toutes les mères, elle pensait que son fils serait spécial. Elle a remporté son pari. Trois jours plus tard, mon père est parti et n'est jamais revenu. Ma mère m'a élevée toute seule. Elle s'est mise à utiliser mon deuxième prénom *Daniel.* Après le départ de mon père, elle ne pouvait plus m'appeler *Sam,* j'imagine que ça devait être trop douloureux pour elle. Je crois qu'elle était très amoureuse de mon père.

Émilie fut surprise de cette place prise par de simples mots. Elle calcula ensuite silencieusement.

— D'une certaine manière, tu as 10 ans.

— Joli. C'est ça, goûta Sam.

— Pas encore en fait, rectifia Émilie, mais presque.

— Oui, si on part du principe que mon anniversaire se fête tous les quatre ans. Je fêterai dans deux ans ma première dizaine et rentrerai bientôt dans ma phase de jeune adolescent.

— Tout un programme ! s'amusa Émilie. Je n'avais jamais pensé à ceux, nés un 29 février.

Émilie se leva pour saisir la coupure de presse qu'elle avait conservée depuis le départ précipité de Sam à la Fête du Mimosa. Sa peau était lumineuse, remarqua Sam. L'article relatait un drame familial survenu trois ans plus tôt dans le village de Sunas et présentait la photo d'une jeune mère et de son fils. La carrure imposante de l'homme rencontré ce jour-là avait impressionné Émilie. *Robert,* se souvint-elle. Une véritable sculpture de marbre statuaire, aucune ride ou presque, et une extraordinaire vigueur. On aurait dit que des sédiments de force et de sagesse s'étaient agglutinés au fil des ans, les intempéries n'ayant que parfait ce chef-d'œuvre. Elle avait vu cette manifestation vivante de Périclès lui tendre pourtant ce bout de papier d'une main tremblante. Il avait parlé de Sam comme d'un homme qui était autrefois père de famille et mari et que malheureusement la vie avait fait qu'il n'était plus ni l'un, ni l'autre. Apparemment, Robert avait découpé et gardé précieusement cet article dans son portefeuille depuis sa parution. Les deux pliures médianes de l'imprimé creusaient les mots jusqu'à en faire disparaître l'encre. Probablement n'avait-il jamais rouvert ce morceau de papier après l'avoir ployé. Émilie lui avait demandé si elle pouvait conserver l'article, promettant de le lui rendre par la suite. Après hésitation, l'homme avait accepté. Il avait semblé à la fois troublé et attristé par le départ si soudain de Sam. Émilie revenait vers Sam, quand ce dernier lui demanda :

— Sur le marché, pourquoi as-tu mis une branche de mimosa, attends non, d'acacia, dans mon sac, la première fois ? demanda Sam curieux.

Émilie se retourna et répondit :

— Je ne sais pas. C'est une fleur de saison et elle semblait te correspondre. Ton corps, ton visage, tes yeux étaient tellement accrochés au sol. Pour les fleuristes, chaque fleur a son sens, tu sais. On associe le mimosa à l'endurance d'une âme. C'est aussi une plante qui signifie une purification et une transformation.

Sam considéra avec légèreté que c'était sans doute plus un truc de femmes de trouver des significations mystiques aux plantes et de coller ça à des personnes. Mais il devait reconnaître que c'était approprié. Et, d'une certaine manière, ça correspondait bien à la manière fleurie et bucolique d'Émilie d'aborder les gens. La jeune femme se plaça devant Sam et désigna du regard l'article, un regard qui demandait la permission d'en parler. Sam observa le bout de feuille quadrillé et fatigué d'être resté plié. Il ne lut pas les mots. Il en connaissait déjà le contenu. Il appartenait à ce groupe de personnes heureuses ou malheureuses d'avoir été un jour à la *Une des faits divers*. Il réalisait qu'il avait connu une sorte de longue abscission, pareille à la feuille morte qui tente de se détacher de l'arbre qui la retient, pareille au hurlement d'une mémoire en disgrâce. Sa réponse prit les allures d'une conclusion murmurée :

— C'est simple Émilie. Je ne connaîtrai plus les lendemains partagés.

Sam nota que, comme les mots, ses émotions reprenaient progressivement leur place. Sa douleur s'était exprimée, son corps l'avait poussé à sortir. Sa colère avait été projetée en pleine face du vieil homme qui l'hébergeait. Pauvre monsieur Merhar. Sam y pensait souvent avec honte. Maintenant, toutes deux, sa colère et sa souffrance, laissaient place à d'autres sentiments. Simplement, Sam ne savait pas encore lesquels.

Interpellée par la triste résolution de Sam, Émilie le sondait dans l'attente d'une suite, ses bras écartés, prêts à accueillir d'autres paroles, son regard généreux, son sourire serein, reflétant sa disposition à juste être là. Et cela, Sam pouvait le sentir. La disponibilité d'Émilie, sans attente, sans contraintes, sans jugement, vers laquelle ses mots se sentaient libres de circuler.

— Émilie tu sais, je ne me suis pas arrêté de parler du jour au lendemain. C'est venu bizarrement naturellement. Petit à petit, ça n'avait plus de sens de parler, je n'avais rien à dire, je n'avais plus rien à raconter. Et puis, je ne voyais plus personne. J'avais déménagé. J'étais dans cet appartement, perdu dans un petit quartier d'une ville que je ne connaissais pas. Je crois qu'il me manquait l'envie et le sens des mots.

Le passé remuait Sam et le poussa à extraire quelques souvenirs :

— *« Que j'ai mal pour lui ! J'en pleure. Quand même, il doit sacrément souffrir. Tu le connaissais ? Non, mais ma sœur m'a tout raconté. C'est horrible quand même ».* Après ce qui est arrivé, tout le monde a commencé à s'accaparer ma souffrance, à la comprendre et à me la prendre.

Sam imaginait autant qu'il se rappelait :

— Ou alors, ils banalisaient. *« Ça fait mal, c'est sûr. Mais qu'est-ce que tu veux y faire ? C'est fini pour eux, il pourra pas les ramener. »* Tout à fait. Très juste. Ça ne sert à rien. Bravo. Ça aide. Tout le monde comprend, se met à ma place, m'explique. Et maintenant ? Émilie, je suis pas sûr que ça m'aurait aidé. Ça servait à rien d'en parler. Il n'y avait rien à dire.

Sam s'arrêta un instant de respirer avant d'ajouter :

— Et tu sais ce que ça fait lorsqu'un sombre inconnu, comme dans cet article, raconte la mort des deux personnes que tu aimes plus que tout, comme s'il les avait en face de lui et qu'il les avait, lui, toujours connues ? Rappelant la fois, où mon fils avait fait un bandage à notre chat, après avoir vu celui d'un enfant tombé à l'école. Allant même jusqu'à fouiller dans le passé de ma femme. Son enfance à elle. Dévoilant des choses qui m'étaient inconnues. Que tous ces gens parlent avec impudeur de la vie, de mon fils et de ma femme, de leurs souvenirs, ça me mettait hors de moi.

Émilie écoutait Sam avec attention, elle ne savait que dire, elle préféra se taire.

— Le pire, c'était tous ces sous-entendus.

« Théo était un petit garçon adorable. Son maître parle de lui comme un enfant brillant, créatif. » C'était qu'un pauvre gamin en maternelle ! Mon fils n'était pas brillant à l'école, c'était un enfant de tout juste cinq ans !

« Hélène était une femme dévouée à son métier. Elle était au service des autres. Une femme exceptionnelle. » « Une véritable tragédie pour cette famille très respectable. »

Parce que sinon quoi ? Ça aurait justifié tout ça ? S'ils n'avaient pas été assez bien, ça aurait été moins grave ? C'était une tragédie parce qu'on était une famille respectable ? La vie des gens s'évalue par des appréciations reçues à leur travail ou encore à leur tête ?

Je les ai entendus, tu sais. *« C'est horrible quand même, Hélène était une si belle femme. »* Parce que si elle avait été moche, cela aurait été moins terrible ? Ils l'auraient moins pleurée et moi, ça m'aurait fait moins mal ? Vraiment ? Est-ce que c'est vraiment ça qui comptait ? Est-ce que moi, j'avais envie de parler face à de telles conneries ?

Sam eut envie de régurgiter d'autres propos entendus, mais ils restèrent à l'intérieur :

« Moi j'aurais essayé de résister quand même. Il paraît que la porte de la cave n'était même pas fermée. Il est resté là. Oui, le père. Sans rien faire. Il n'a pas cherché de l'aide. Tu n'imagines pas tout ce qu'ils ont pu faire à sa femme. Tiens, c'est lui, là. C'est horrible. Le pauvre. » Sam garda ce souvenir pour lui.

— Il y a aussi tous ces avis que te donnent les gens sans qu'on leur demande. *« Tu veux mon avis, tu devrais voir quelqu'un. Tu as besoin d'aide... »*

Sam éluda également la partie où les journalistes et les gens l'avaient soupçonné. *Le père abattu. Le mari suspecté. L'homme désespéré.*

— Et cet homme, Robert ? demanda Émilie. Lui, il pouvait sûrement comprendre. C'était sa fille et son petit-fils. Ils étaient aussi sa famille.

— Peut-être. Mais je ne pouvais lui parler de ma souffrance, sans la diminuer.

— Justement, remarqua avec pudeur la fille au doigt.

— Oui, reconnut d'abord Sam agité. Mais je crois que j'avais besoin que cette douleur reste intacte, ajouta-t-il plus posément. Avec la peur qu'elle ne m'appartienne plus, que d'autres continuent de me la prendre, j'avais peur qu'elle ne disparaisse.

— En quelque sorte, c'est cette souffrance qui te rattachait à eux.

— Je ne sais pas. Je crois juste que cette souffrance m'appartient. Elle est là et m'accompagne. On purge notre peine ensemble. Bien à l'abri de tout ça.

Le soir, Sam songea à ces dernières années, emmuré dans son appartement. Quand le silence arrive, il devient cette douleur et cet exutoire, une peine et une paix, il offre une sorte de tranquillité. Il fait mourir et apaise. Quand la traversée devient tourmente, on ne peut plus s'arrêter, pourtant on n'avance pas. Tout n'est alors que mouvement et vivre n'est plus qu'inertie. Ce soir-là resta trouble. Une flamme dans son esprit scintilla timidement. L'instigation provoquait encore de nouvelles résurgences.

Octobre 2019
L'automne mélancolique

— Camala, je te présente mon amie, Catherine et sa mère Félicie.

— Enchantée de te rencontrer jeune fille.

— Moi aussi, répondit Camala.

— Puisque tu as insisté, nous n'avons ramené que ces deux petites choses, expliqua Catherine. Une terrine. Et une bouteille de vin.

— Attention petite. Celle-là, elle te vient de mon domaine, précisa la rayonnante Félicie dont les cheveux si blancs et si fins semblaient former une mantille de soie et dont la courbe ovale du dos rappelait à Camala, celle d'une coquille d'œuf.

Catherine, emballée, ajouta :

— C'est une chouette idée que tu as eue.

— Mille dieux. Oui. Petite, je ne t'en ai pas fait de ces pique-niques depuis… À quoi bon compter ! s'amusa Félicie.

— Je vous sers Félicie.

— Bien sûr. Je suis une vigneronne petite.

Camala versa généreusement du vin dans le verre tendu.

— Oh là, malheureuse ! Je suis vigneronne ! Pas ivrogne ! Ce sont les mêmes lettres certes, mais pas la même signification, s'amusa Félicie. Parfois, j'imagine que ça porte à confusion chez certaines personnes, remarqua Félicie. Depuis la disparition de Jorge, mon défunt mari, c'est Bernard, mon gendre qui s'occupe de notre domaine avec ma fille. Avec Jorge, mon mari, ils passaient des heures dans nos vignes.

Félicie eut un sourire mélancolique. La mère de Maxime et d'Alejandra fut saisie d'un sentiment de grande tristesse, elle aussi. Comme pour distraire ses pensées, qui voulaient remonter dans le passé, elle s'enquit :

— Alors Camala, dis-nous tout, c'était sympa votre sortie avec

Maxime ? Il t'a montré ses petits coins favoris ?

— Oui, très sympa, répondit Camala. Il m'a montré ce cirque avec les pierres géantes.

— Les dolomites.

— C'est ça. Maxime m'a montré aussi plein de plantes.

Alejandra boudait.

— Il en sait des choses ce garçon, observa Catherine. Il ne lui manque plus qu'à savoir ce qu'il veut faire dans la vie, souligna-t-elle.

— Alors comme ça, tu te la découvres notre garrigue ? Ces plantes ont d'incroyables astuces pour survivre, tu sais Petite. Ici, le vent peut être violent, les pluies abondantes, les chaleurs écrasantes, les étincelles incendiaires et les incendies dévastateurs. C'est un sol calcaire. Sec. Alors nos pins et nos cistes, ils se l'utilisent la chaleur, même après les incendies, pour les libérer leurs graines et renaître.

— Qu'est-ce que t'as sœurette ?

— Rien.

— Arrête. Je te connais Alé.

— Bah pourquoi tu m'as pas emmenée ?

La jeune fille, aux cheveux ébènes et à la peau mate questionna avec timidité et jalousie son grand frère.

— C'était pas très sympa effectivement, observa Maxime. C'est vrai. J'aurais pu t'emmener. Désolé. Promis, la prochaine fois, on se fait une sortie rien que nous deux. D'accord ?

— Moi aussi, j'aime bien Camala, tu sais, répondit simplement Alejandra.

L'air se rafraîchissait. Catherine, qui s'inquiétait que sa mère ne prît froid, commença à rassembler leurs affaires.

— C'était délicieux et très agréable. Merci Camala pour ce charmant pique-nique.

— Oui. C'était super bon ! déclara Alejandra.

— Je confirme. Les terrines et la tapenade étaient topissimes, renchérit son frère.

— Je n'y suis pas pour grand-chose. C'est la maison d'hôtes qu'il faudrait remercier. Quand je leur ai parlé du pique-nique, ils ont sorti tout ça pour moi.

— Ta mère arrive demain à quelle heure ? demanda la mère de Maxime.

— Elle arrive vers 15h15 à la gare. Elle m'a dit qu'elle pensait être à Lurèze vers 17h.

— Comment fera-t-elle le trajet jusqu'à Lurèze ?

— Normalement comme moi, en taxi. Il y a bien un bus, mais il part à 17h et met plus d'une heure et demie.

— Camala. C'est idiot. Ta mère ne va pas venir en taxi. On va aller la chercher ensemble.

— C'est gentil. Mais ça ne la dérange pas.

— Mais moi, oui. On ira tous ensemble. Et puis, ça lui fera une jolie surprise de te voir à la gare. Ceci n'est pas discutable, conclut la mère de Maxime.

— D'accord alors. Et puis comme ça, je vous la présenterai.

Tandis que tout le monde s'attelait à ranger le pique-nique, Maxime se rapprocha de Camala pour la taquiner :

— Être présenté à ta mère ? Déjà ? Camala, ça va un peu trop vite pour moi, renchérit-il.

— Maxime. Continue d'essayer, un jour tu seras marrant.

Le 16 mars 2002
L'hiver et son cap

— Bonjour Daniel.

— Bonjour Robert.

— À te voir, tu sembles avoir fait du chemin. Ça n'a pas été facile de te voir partir la dernière fois. Mon Grand Ami a-t-il su te souffler la direction à prendre ?

— Pour tout vous dire, Robert, je crois que cette route, j'hésite toujours à la prendre.

Sam remarqua qu'il avait connu une sacrée turbulence depuis que Robert lui avait fait parvenir ce pli. Il confia :

— Je sais ce que vous avez fait. La clé, c'est vous. C'est vous qui avez racheté le mas ? Au début, je ne comprenais pas. Ça m'a complètement retourné et mis en colère, vous savez. Mais ça y est, je crois que je commence enfin à comprendre pourquoi vous l'avez fait. Je mets toujours un temps à comprendre vos métaphores. Et là, dans votre lettre, Robert, vous vous êtes surpassé, plaisanta avec une douce amertume Sam. Vous savez, récemment, j'ai compris que la *Vie* est une langue universelle. Étrangement tout le monde la parle, mais personne ne la comprend. Et c'est le problème, j'ai vraiment du mal à comprendre tout ça, à la comprendre, *Elle*. Par contre, je crois qu'une partie de moi veut vous dire merci. Enfin, j'imagine. Parce que, Robert, pour être honnête, je ne sais si je suis assez fort ni si j'en ai envie. Vous y avez pensé ? Peut-être que je n'y arriverai pas. Je ne sais pas si je pourrai retourner là-bas. Pour l'instant, je suis bloqué. Ça fait deux mois que je suis ici. Rien à faire. C'est trop dur.

Le visage convaincu de Robert lui répondit que c'était nécessaire. Sam fixa cette allégorie parfaite de force et sagesse que la nature, inspirée, avait façonnée. Il voulait la voir s'animer. Les mots de cet homme comptaient pour lui.

— J'aimerais comprendre. Vous, comment tenez-vous ?

Le vieil homme considéra les paroles de son gendre avec grande empathie. Il formula sa réponse avec grand cœur.

— Quelques jours avant de mourir, la mère d'Hélène m'a parlé des vents faits. Sur le moment, j'avoue que je l'avais écoutée d'une oreille distraite. J'étais trop inquiet par son état de santé qui empirait. Mais elle me connaissait et savait trouver ces mots qui porteraient sens au moment voulu. Les vents faits, ce sont des mouvements d'airs, qui persistent toujours aux mêmes endroits. Ils guident les marins et les aident à retrouver leur cap. À sa mort, j'ai commencé à comprendre ce qu'elle voulait dire. Aujourd'hui, je ne suis pas égaré *dans* le passé, mais je vis *avec* de doux souvenirs. Tu comprends mon Daniel ? Quand Hélène est, elle aussi, partie, endurer une seconde fois ce douloureux événement, c'était insoutenable, au-delà de toutes mes forces. J'aurais dû être le premier à partir. Pas elles. Mais je ne peux ignorer qu'elles ne sont plus là. Je ne peux ignorer ce qui leur est arrivé, sans avoir l'impression que je les perdrais définitivement. Pourtant je ne peux m'entériner dans ce qui n'est plus. Alors chaque matin, je laisse cet Alizé entrer, il amène la délicate senteur de celles que j'ai eu la faveur d'aimer. Le parfum des femmes de ma vie me guide Daniel, il exhale mon quotidien de merveilleux souvenirs, il me guide quand je me sens perdu.

— Mais ça fait si mal.

— Oui. Je sais. Il m'arrive souvent de pleurer en pensant à eux, tu sais.

Robert s'interrompit soudainement. Son regard se remplit alors d'une profonde tristesse.

— Je ne vais pas te mentir. Ça a été plus difficile pour mon petit-fils, reconnut-il. Je crois qu'il reste une partie de moi qui n'a pas accepté son départ et qui ne pourra jamais l'accepter. Comme si au fond, Théo était toujours là, qu'il apparaîtrait un jour devant moi fier et grandi et qu'il me dirait : *« Papi, faut que je te raconte. Je viens de faire un long voyage. Et il m'a fallu du temps pour vous retrouver. »* Même si je sais qu'il n'est plus là, une partie de moi imagine qu'il est toujours en vie et que quelque chose l'empêche de revenir.

Un peu d'acidité remonta par son œsophage, papi Météo se racla vite la gorge.

— Enfin… Même impossible, je crois que j'aime cette idée et elle me donne envie de rêver éveillé.

De nouveau, il marqua un silence. Ses pupilles redevinrent lumineuses et éclaircirent sa voix profonde :

— Tu sais Daniel, La Rochefoucauld disait : *« L'absence diminue les médiocres passions et augmente les grandes, comme le vent éteint les bougies et allume le feu. »* Alors bien sûr, le vent peut abattre, arracher et aussi déporter. Il peut blesser. Mais il sait également agiter, mouvoir et nous transporter plus loin que nous n'aurions pensé et risqué d'aller. Il peut nous faire mal, comme nous sauver. Et puis un jour, moi aussi, je me mélangerai à leur doux parfum.

Sam se crispa d'abord. C'était difficile et encore nouveau pour lui de parler de tout ça. Cependant, les mots de Robert sans savoir lesquels osèrent l'apaiser, ce qui le troubla plus encore. Lorsqu'une larme s'échappa de son œil, Sam dit quelque peu gêné :

— Vous allez me dire que petite pluie abat grand vent ?

Papi Météo rit avec tendresse :

— Oh oui, j'aurais pu te dire quelque chose comme ça.

Sam crut entendre la voix d'Hélène derrière le rire de son père.

— Ah mon cher Daniel, que j'aimerais à nouveau te savoir heureux. J'ai envie de te dire qu'il faut parfois aller au plus près du vent, pour pouvoir le rallier à sa cause.

— Comme dans votre lettre.

— Oui.

Sam vit alors brièvement la silhouette de Théo se dresser devant lui, se rappelant sa manière téméraire de plonger dans ce monde pour tenter d'en saisir les éternels mystères. Il considéra Robert. Il réalisa soudainement, tout ce qu'il avait fait pour lui depuis la mort d'Hélène et de Théo. Robert avait attendu. Il l'avait laissé tranquille, lui, parce qu'il savait que ça aussi, c'était nécessaire. Robert n'avait pas insisté, quand il ne lui avait plus répondu. Il avait respecté son silence. Pourtant, cet homme aurait sûrement aimé pouvoir partager son chagrin. Il avait perdu sa fille et son petit-fils. Il l'admirait encore plus. Ce que Robert avait fait pendant ces années de silence montrait qu'il n'avait cessé de penser à lui, comme à un fils, qu'il ne l'avait jamais abandonné. Bien au contraire.

Sam lui sourit avant de s'éloigner. Il n'entendit pas Robert chuchoter à l'adresse de sa femme et sa fille :

— Mes chéries, on dirait que ce bon vieux Cers[5] s'est enfin arrêté de souffler. Merci !

Et Robert aussi sourit.

---

[5] *Le Cers est un vent sec, soufflant près de la côte méditerranéenne. Il peut parfois être très violent.*

Octobre 2019
Les larmes suspendues de l'automne

Maxime découvrit le petit carnet de Camala, celui sur lequel elle écrivait. Il l'ouvrit et s'arrêta au hasard sur une page. Il commença à lire :

— *Virga, la fille qui vivait sous un nuage…*

— Qu'est-ce que tu fais ?

— Je peux ?

— Euh, je sais pas trop. C'est un peu perso quand même.

— Ah ! C'est intime. Désolé, je ne savais pas.

— Non, c'est pas intime, c'est juste perso. C'est juste des petites histoires que j'invente parfois.

— Très bien, les histoires étant écrites pour être lues.

Et Maxime, sans attendre d'approbation, commença à lire :

« La fille habitait dans un lac. Elle vivait blottie entre sa mère, la Terre et son père, un nuage. Son père veillait sur elle, les protégeant du soleil, elle et son joli lac. Mais un jour, son père disparut. La fille regarda tout au-dessus d'elle, il n'était plus là. Son père était parti. Elle était si triste. Elle ne comprenait pas pourquoi il était parti, pourquoi il l'avait abandonnée.

Le soleil s'approcha de la fille et, la voyant triste, lui demanda :

- Qu'as-tu donc petite ?

La fille avait peur de la boule qui brûle. Mais trop inquiète, elle finit par lui répondre :

- Mon père est parti. Je ne sais pas où. Je suis si triste. L'as-tu vu, toi ?

- Non. Le soleil réfléchit un instant. Petite, je vais t'aider.

Il resta là un moment, sans rien dire. Soudain la température augmenta et la jeune fille, qui était si triste, pleurant sans cesse sous la forte chaleur, s'évapora emportée par ses larmes dans les airs.

- Va demander de l'aide aux autres nuages. Ils sauront peut-être où ton père se trouve.

C'est ce qu'elle fit.

Tous s'attendrirent en écoutant son histoire. Ils décidèrent de l'aider à retrouver son père. Ils la transportèrent, un à un. Elle survola la Terre. Ainsi portée de nuage en nuage, elle découvrit d'incroyables paysages. Parce qu'elle restait avec ses larmes suspendues, les nuages l'appelèrent Virga. Ses larmes ne pouvaient toucher le sol. Elle était triste, mais elle ne pouvait pas pleurer, sans risquer d'inquiéter sa mère la Terre. Durant cet incroyable voyage, elle découvrit de surprenantes montagnes qui tricotaient des couvertures avec leur grande chevelure verte, d'immenses océans remplis de merveilleuses bêtes curieuses, elle rit quand elle vit des poissons géants jouer à la marelle en faisant des bonds, eut envie de danser en entendant les déserts chanter avec leurs bouches de sable. Elle vit des pyramides s'élever pour former des carrés, des volcans exploser de rire avant de boire une gorgée d'eau pour se rafraîchir et de magnifiques enfants de toutes les couleurs prendre la forme d'un visage unique. Tout était si beau. La Terre était si belle. Elle se sentit fière d'être sa fille. Et pourtant, elle était si malheureuse.

Virga savait qu'elle devait trouver son père. Mais elle repensait aussi souvent au lac de son enfance. Il lui manquait. Plus elle parcourait de distance, plus elle contenait de larmes et plus elle grandissait et plus elle se sentait triste. Elle ne savait plus vraiment pourquoi elle était partie. Elle ne comprenait pas pourquoi son père l'avait abandonnée. Après avoir fait le tour de la Terre, elle décida de rentrer pour retrouver le lac de son enfance. Elle remercia les nuages qui l'avaient aidée. Quand elle retrouva son lac, elle découvrit que tout avait changé. C'était horrible. Ses contours, il y avait des routes et des maisons partout. La plupart des fleurs et des animaux avaient disparu. Et il ne restait presque plus d'eau. Virga s'éloigna vite de ce terrible spectacle pour se réfugier au-dessus d'une montagne. Elle se sentait encore plus seule et malheureuse que jamais. Elle ne savait plus rien, ni d'où elle venait, ni où était sa maison. Et le soleil qui l'agressait de ses rayons. C'est alors que toutes ses larmes retenues devinrent si lourdes à porter qu'elle ne put les contenir plus longtemps. Elles finirent par tomber. Sa mère les recueillit. Ces larmes formèrent d'abord une flaque, puis une mare. Virga continua de pleurer jour et nuit durant des semaines. Épuisée, elle finit par s'endormir, mais ses larmes continuèrent de couler, encore et encore. Un matin, elle rouvrit enfin les yeux. La jeune fille découvrit alors un magnifique lac devant elle, il était si grand et beau. Déjà des fleurs le bordaient, déjà des animaux s'y abreuvaient. La jeune fille était gênée par le soleil, qui l'assaillait. Elle chercha un peu d'ombre pour la protéger et de la fraîcheur. Elle se dirigea vers l'ombre qui s'étalait juste à la surface de l'eau, au milieu du lac. Elle s'allongea dans son lac à l'eau fraîche, regarda en l'air, vers le ciel. Et là soudain, elle sourit, heureuse. »

Maxime releva la tête.

— Pourquoi Virga ?

— T'es un curieux toi.

— Normal. Avec ton prénom, je me méfie maintenant. Et puis, Virga, désolé, mais c'est pas courant.

— C'est vrai. En plus Virga, ça pourrait faire penser à…

— Quoi que tu dises, ça ne m'a pas traversé une seconde la tête, mon esprit est resté totalement *vierge* !

Camala ne concéda rien, même pas un sourire, préférant ne pas lui donner satisfaction. Elle commença à expliquer :

— Virga, ça signifie…

— Un doliprane ?

— Je peux ?

— Je t'en prie.

— T'inquiète, c'est une explication simple et rapide. En fait, c'est une précipitation qui a la particularité de …

Maxime sourit.

— Non, mais sérieusement, tiqua la jeune fille. Ok. C'est de la pluie qui reste en l'air.

— Je ne sais pas si j'ai tout compris à ton histoire, mais on dirait que ça parle de ton père… de ce qui s'est passé avec lui.

— Bah pas vraiment. Il ne s'est justement rien passé avec lui. Vu que je ne l'ai pas connu. Ça ne peut pas vraiment parler de lui du coup.

— Oui, mais c'est ce que tu aimerais.

— Peut-être. Des fois, je me dis que si je le connaissais un peu mieux, que je découvrais par moi-même qui il était, même sans jamais le rencontrer, je pourrais regarder derrière moi, en y voyant son histoire plutôt qu'un énorme brouillard.

— Ou un gros nuage, insista Maxime.

Le jeune homme fixait Camala avec l'intensité étrange de ses yeux bleu et vert. Ce qui la troubla. Maxime lui assura :

— Je te comprends Camala. Sincèrement.

— Tu m'en vois ravie, répliqua avec légèreté la jeune fille, alors que ses maudites pommettes s'enflammaient encore.

— Tu devrais écrire dessus.

— Sur quoi ?

— Sur ton père. Mais pas des histoires cette fois, votre histoire. Je t'assure, ça serait inspirant. Tu pourrais écrire sur son absence. Et puis sur ton aventure pour le retrouver. Non, disons plutôt sur son silence. Parce qu'après quand vous vous rencontrerez, qu'il te verra, il te racontera tout. T'imagines, il en aura des choses à dire, il te parlera sûrement pendant des heures sans pouvoir s'arrêter. Vous pourriez vous parler tout un été avec tout ce que vous avez à rattraper.

Tout ce qu'évoquait Maxime, faisait écho dans l'esprit Camala. Elle songea que, plus jeune, ses amis étaient tous dans l'attente des grandes vacances, impatients. C'était le moment des départs en famille. C'était sacré. Et en rentrant chacun racontait ses souvenirs. Dans ces récits, se glissaient des *Avec mon père on a fait plusieurs fois le grand-huit. C'était trop bien !, Tu parles mon père, il est trop nul au mini-golf !*, *Ca y est j'ai battu mon père au Monopoly, il était dégouté.* Camala détestait l'été, cette saison ne lui rappelait pas que l'absence de son père, elle lui rappelait aussi qu'il ne serait jamais là. C'était une saison silencieuse, comme sa voix, qu'elle ne connaissait pas et ne connaitrait jamais.

— … jusqu'à ce que tu lui dises *Tu me saoules Papa* ! poursuivait Maxime. Et même là, il continuerait de parler. Sérieux, c'est une vraie aventure que tu as devant toi. C'est comme chercher un trésor inestimable, sauf qu'il parle, bouge et, plus dur, se déplace.

Camala ne versait aucune larme, pourtant Maxime eut l'envie irrésistible de la consoler. Une envie de recueillir ce qui la remuait là, silencieusement à l'intérieur. Au fond, ils partageaient tous deux, beaucoup de choses au commun. Mais son histoire à lui était beaucoup plus compliquée et malheureusement dénuée de tout espoir.

Maxime la fixa avant de dire avec conviction :

— Si t'y vas, Camala, si tu vas le chercher, je suis sûr que tu le trouveras.

Puis, pour éviter tout mouvement défensif, il fit une diversion gourmande :

— Bon, ça mérite une petite dame blanche tout ça.

— Une dame blanche ? Qu'est-ce que c'est ? demanda la jeune fille intriguée.

— Avec tous tes mots sortis d'on ne sait où, tu ne sais même pas ce qu'est la plus délicieuse et savoureuse gourmandise au monde : une dame blanche.

— Bah non, je ne vois pas.

— C'est un dessert qui enrobe deux boules vanillées avec du chocolat fondant.

— Une glace ?

— Non. C'est un dessert qui enrobe deux boules vanillées avec du chocolat fondant.

— Une glace ? En automne ? Rien ne t'arrête toi ! gela Camala.

— La dame blanche est intemporelle, Demoiselle. Déjà, ça se prépare en moins de deux minutes, ce qui est topissime pour les flemmards comme moi. Et si tu connais en plus la préparation de sa robe chocolatée, elle devient toute craquante la coquine.

— Tu vas me donner faim.

— Pas besoin. C'est le concept, ça fond dans la bouche. Du coup, même quand t'as plus de place, tu peux faire glisser, c'est tellement délicieux. Et quand ça arrive dans l'estomac, y a plus rien.

— Allez, tu m'as convaincue.

— Par contre, aïe, je crois qu'on n'a plus de chocolat.

— Sérieux ? C'est nul comme proposition. Très bas, ajouta Camala en dévisageant Maxime.

— Tant mieux, ça accentue le contraste. T'es ridiculement grande !

Camala pointa le sol et interpella le jeune homme :

— Fais gaffe, t'as perdu quelque chose !

Maxime chercha des yeux par terre. Il regarda Camala interloqué, il ne voyait rien.

— Ton humour. C'était si bon. Dommage ! Avec quoi on va se régaler maintenant ? rempila la jeune fille.

Maxime, n'ayant vu l'embuscade arriver, concéda :

— Respect Demoiselle. Je ne saurais que rajouter.

Puis Maxime l'embrassa sur la joue. Camala aurait détesté l'avouer, mais le regard étrange de Maxime la perçait et l'agitait. Comme s'il voyait plus et comprenait mieux qu'elle-même.

Le 21 mars 2002
Le printemps et son rendez-vous

Sam avait rendez-vous dans une demi-heure avec Émilie. Ils se retrouvaient désormais le midi pour déjeuner ensemble. Alors qu'il était assis sur la terrasse de Chez Patrice, Sam vit deux mouches copuler sur la rubrique *Culture - Les événements à ne pas manquer*. Il tourna la page. Bien décidées, elles se posèrent de nouveau sur le journal de Sam. *Querelles de slips !* titrait l'article s'intéressant à la marque Dim et à son célèbre shorty pour homme, qui aurait été un ersatz d'un slip marseillais d'une autre marque, facilitant par son ouverture la sortie du pénis. Sam, distrait par ses deux mouches lubriques, n'insista pas. Il referma le journal d'une main moite, régla son café et se leva pour marcher en direction du parc. En chemin, il aperçut Émilie de l'autre côté de la rue. Elle quittait la rue de l'Acacia pour rejoindre celle de la Fontanelle. Sam accéléra le pas pour retrouver cette fille au doigt, qui, un doux matin, l'avait réveillé. Quand Sam la vit en pleine action, il ne résista pas à la tentation de l'observer. Émilie se plaçait devant des badauds, touchait aléatoirement un nez de son index délicat et lui souhaitait une *Bonne journée.* Sam se surprit à sourire. Les réactions étaient drôles vues de l'extérieur. Roquentin grimaceux ou vieux malicieux, rombière ou femme sportive, grand ballot ou adolescent fleuri, jeune fille alerte ou bébé joufflu, tous pouvaient être touchés par la grâce de cette jeune femme. Ils restaient pour la plupart ahuris, alors que les quelques habitués tendaient volontiers leur nez. Avec toujours ce même effet, un sourire, qu'il fut gêné, amusé, surpris ou même attendu. Ils appréciaient sans doute cette idée pointant le bout de leur nez. *Oui, pourquoi pas passer une bonne journée ?*

Sam était surpris de voir comment ces mots étaient accueillis. Émilie parlait toujours de choses simples avec une délicate attention et une charmante intention. S'il lui prenait l'idée de faire la même chose, sans doute se prendrait-il un *poing* d'interrogation dans la figure au lieu d'un sourire. Soudain la question, qui ne l'avait été jusqu'alors, se posa.

Il se décida à rejoindre Émilie. Il s'accorda sur son allure et, ensemble, ils se dirigèrent vers le parc. C'est à ce moment, que Sam finit par lui demander :

— Pourquoi ?

La fille au doigt comprit rapidement le sujet de cette question. Elle lui confia :

— Oh ça remonte. Mon parrain faisait ça quand j'étais petite. Il s'approchait de moi, pointait son énorme doigt et touchait tout doucement mon nez. Il me chatouillait de doux mots : *« Une belle journée, ma chérie. Une douce nuit, cachée dans tes jolis rêves. »* Comme je passais toujours de bons moments avec lui, c'est que ça marchait plutôt bien. À tel point que le bonheur arrivait par là. J'en étais sûre. Par mon nez. Je me souviens que quand j'étais triste ou contrariée, je ne regardais jamais en l'air ou au loin en espérant que tout aille mieux. Je louchais sur mon nez et lui confiais mes folles envies.

Chatoyante, remarqua Sam. La peau d'Émilie batifolait avec la lumière. Elle étincelait juste là, sous les yeux ravis de Sam.

— Après c'est devenu un jeu. Je lui touchais le nez par surprise à n'importe quelle occasion. C'était un défi, pour moi. Il était grand et du haut de mon petit mètre vingt, j'essayais de saisir le meilleur moment pour le surprendre. Puis, je l'ai fait aux autres adultes et enfants. Moi ça m'amusait. Eux, aussi.

Pudique. Le regard de la fille au doigt était pudique. Une sincère déférence l'animait. Si vifs, ces yeux portaient surtout un profond respect de l'autre. Mais autre chose. Il y avait autre chose, se dit Sam.

— En grandissant, j'ai arrêté. En arrivant au collège, je crois. Une période durant laquelle je suis devenue triste. Je continuais à voir mes amis d'enfance, on allait au même collège. Des amis d'enfance qui n'en étaient plus vraiment. Comme si aucun souvenir n'avait jamais été partagé. Comme si on était des inconnus et que rien n'avait existé. Quant à mes nouveaux amis, ils n'en étaient pas vraiment. Plus un enfant médisait sur un autre, mieux il était vu et respecté. Je me sentais perdue là-dedans. Tout était apparence. Et je suis devenue une de ces gamines désabusées, de voir que ce qui était si facile, aller vers les autres, partager, rire, était devenu si compliqué…

Incorruptible, songea Sam. Son sourire était incorruptible. Pas de mensonge. Joie, colère, hésitation... ce sourire n'exprimait que ce qu'Émilie ressentait. Là, il y voyait la déception.

— Bref, je me suis renfermée. À cette époque, tout le monde semblait savoir qui j'étais, alors que je ne le savais plus très bien moi-même. Je finissais par être la marionnette qui disait ce que les autres écrivaient. Au repas de famille : *« Non, Émilie n'en prendra pas. Tu sais bien, elle n'aime pas le poisson ».* Pourtant j'en mangeais depuis quatre ans et j'adorais ça. Mes goûts avaient évolué, mais pas le souvenir qu'ils avaient laissé. On avait écrit ma fiche d'identité à mes douze ans, on allait me la relire jusqu'à ma mort. Au lycée, tout est allé mieux. Chacun semblait être reconnu pour ce qu'il était, sa personnalité, et non pour ce qu'il portait. Et hop, à seize ans, j'ai eu ce déclic. L'envie de prendre le large. À dix-sept, je suis partie voyager. J'ai parcouru un bout de Terre. Seule. J'ai traversé d'abord l'Amérique du Sud. Seule… et pourtant, jamais aussi incroyablement accompagnée. Avec un étonnant sentiment d'espace et de possibles. C'est là-bas que je me suis de nouveau amusée à le faire. Quand tu voyages, tu peux t'autoriser à être qui tu es, au moment où tu es, selon une envie instinctive. Et c'est là que j'ai retrouvé ce que j'avais perdu…

Enivrante. Non, ce n'était pas vraiment ça. *Captivante.* Ou plutôt *Retentissante.* Sa voix pénétrait dans les oreilles de Sam, comme si elles s'en voulaient l'écho.

— … mon étonnement. Ce voyage m'a offert une sacrée aventure et d'extraordinaires rencontres. C'était tellement chouette. Les gens s'amusaient, ils venaient vers moi, curieux. Les hommes vivent souvent à travers les autres, pour être reconnus. Ils s'emprisonnent dans leurs regards. Mais lorsqu'ils se découvrent eux-mêmes, ils deviennent vivants, libres de partager et surtout d'être. Ici, beaucoup se sont habitués, reconnut Émilie. C'est un jeu. Mais la toute première fois, cette rencontre reste unique. Ce regard de surprise, d'inattendu. Tu ne peux pas le feindre. Et tu ne peux pas le reproduire. C'est un moment rare d'une totale spontanéité. Sam, il y a alors quelque chose dans le regard des gens de vraiment saisissant.

Émilie s'arrêta à leur table de pique-nique qui se trouvait au bord de la rivière, sous les bois. Sam remonta la fermeture Eclair de sa veste, pour ne plus sentir le vent se glisser de sa nuque vers sa poitrine. Émilie ouvrit le sac cabas, faisant frissonner sa peau sous le regard de Sam. Elle y avait placé quelques bons plats de la brasserie, dans laquelle elle travaillait quatre soirs par semaine.

— Je me rappelle d'ailleurs très bien tu sais, quand nous nous sommes rencontrés. La première fois.

— Au marché ? tenta Sam.

— Non. Bien avant.

Le nez et les yeux de Sam voulurent lui confier : *Nous aussi. Si tu savais.* Comment auraient-ils pu oublier cette première rencontre ?

— J'ai vu ton visage s'exprimer. Je pense avant même que tu ne voies le mien.

Sam n'avait pas pu le voir du tout même, le doigt d'Émilie l'avait surpris. Et puis, elle était si soudainement partie.

— L'envie, je dirais. Tu portais une incroyable envie enfouie dans ces yeux perdus. Je ne sais pas trop laquelle. Tu avais ce regard silencieux. Mais en te touchant, ton visage a changé, ton regard s'est animé. Il avait faim. Comme, si resté longtemps endormi, tu te réveillais la faim au ventre. Je n'avais jamais vu un tel regard auparavant. C'était fort.

Émilie bifurqua naturellement :

— Les gens imaginent souvent. Ils projettent aussi beaucoup. Ils m'imaginent toujours joyeuse par exemple. Alors quand il me voit pleurer, ils se disent que je suis fragile en fait. Je n'ai juste pas peur de pleurer. Emue, triste comme heureuse, je peux pleurer autant que je souris. C'est quand même génial que notre corps puisse s'accorder aussi parfaitement avec nos ressentis. Ce n'est pas une faiblesse, mais une force pour moi. Je me sens bien parce que je suis en accord avec mes émotions. Et ça déstabilise souvent les gens, qui ont été habitués à les cacher ou les taire.

La jeune femme commença à manger. Sam, lui, préférait la regarder. Après une bouchée, elle poursuivit :

— On apprend tous ces tours de passe-passe tellement tôt. Un parent qui cache à son enfant sa tristesse parce qu'il s'est disputé avec quelqu'un ou parce qu'un proche est gravement malade. Il a beau faire semblant, ne rien montrer et ne pas en parler, son enfant, il sent bien que quelque chose ne va pas, il ne sait juste pas quoi. C'est ce qui est le plus difficile. Cet enfant grandit en apprenant à son tour à garder pour lui ce qu'il ressent, sa colère, ses peurs, ses doutes. À l'adolescence, c'est devenu un art. Il y a cette drôle d'idée dans notre société de vouloir soit ignorer, soit contrôler ses émotions. Pour moi, il m'a toujours semblé plus simple de les écouter pour se sentir bien avec. Tu sais Sam, la spontanéité, l'innocence, l'envie, on croit parfois les avoir perdues, mais tout est encore là. Alors je vais à la rencontre des petits nez. Je n'ai pas peur de me prendre des portes dans la figure. En réalité, j'ai plus peur de ne pas les ouvrir, remarqua Émilie.

Naïve et sibylline. Mystérieuse et subtile. Perspicace et lumineuse.

— Sam, j'ai beau parlé seule depuis un moment, tu verrais tes yeux justement. Et tout ce qu'ils racontent, s'amusa Émilie.

Entraînante. Récréative. Touchante. Retentissante. Féerique. Généreuse. Ravissante. Pragmatique. Essentielle.

Émilie était ...

— C'est déstabilisant d'avoir quelqu'un qui s'approche de toi, sans savoir pourquoi, ni ce qu'il va faire. Et c'est amusant. Je pense que c'est important de continuer à s'étonner. Tiens, tu me demandais *pourquoi*, je crois que c'est pour ça. Pour l'étonnement. Ton étonnement. Mon étonnement. C'est comme sentir pour la première fois la langue râpeuse d'un chat lécher notre joue, ses moustaches nous chatouiller. Ou comme un bébé, qui découvre pour la première fois comment faire des bulles avec sa bouche. Ou quand on s'émerveille d'entendre les gouttes de pluie tomber, de les voir glisser le long de la vitre d'un train, dessinant cet extraordinaire chemin éphémère. Tout est étonnant. L'étonnement est un sentiment de vie incroyable. Pouvoir encore s'étonner de tout, à tout instant. C'est être...

... *Libre*, conclut Sam.

Octobre 2019
L'automne et son incroyable visage

— C'est elle ! Elle arrive ! Maman !

Camala courut vers sa mère, ses cheveux roux virevoltant gaiement. Lorsqu'elle rejoignit sa mère, Camala s'exclama :

— Bienvenue ma petite Maman !

Sa mère voulut l'embrasser. Mais Camala, trop impatiente de lui faire le récit de son arrivée à Lurèze, empoigna sa mère, ne manquant pas de la faire trébucher, pour lui présenter ses nouveaux amis.

— Maman, je te présente Mme Suriana.

— Hélène.

— Oui pardon. Hélène. Hélène, je vous présente ma mère, Émilie.

— Ravie, déclara Hélène. Votre fille est délicieusement charmante. Une belle rencontre pour notre famille.

Émilie se figea brusquement, serrant la poignée de sa valise, probablement sans que personne ne le remarque. Elle connaissait ce visage. Il avait vieilli certes, mais le visage d'Hélène lui était familier. Il avait gardé les mêmes traits.

Sa fille continua naturellement les présentations :

— Là, tu as Alejandra et là, Maxime.

— Mes deux enfants, indiqua Hélène.

— Enchanté ! s'empressa de dire Maxime, avant d'ajouter à voix basse, belle-maman.

Camala, parée de sa chevelure rousse, grimaça et raya les mots de Maxime d'un trait percutant de l'arête du coude, ce qui, plus que souffrir, le fit rire. Émilie, elle, n'écoutait pas sa fille, ne s'intéressait pas non plus aux deux jeunes gens. Seul l'incroyable visage de la femme aux cheveux poivre et sel, en face d'elle, attirait son attention. Elle restait prostrée. Elle seule savait. Comment était-ce possible ? Hélène !

Le 26 mars 2002
Un printemps irremplaçable

— Tu m'accompagnes…, suggéra gaiement plus que questionna Émilie. Il faut que je récupère des créations chez Alex, un ami artisan ferronnier qui se trouve à Frémont. Je vais avoir besoin d'aide pour tout transporter. On nous a commandé une série de compositions florales pour un mariage. C'est Alex, qui en fabrique les supports. Il nous a montré un modèle il y a un mois. C'est splendide.

Tandis qu'ils roulaient dans la petite fourgonnette du magasin de fleurs, Sam commença à confier naturellement à Émilie :

— Il y a beaucoup de choses qui me rongent à l'intérieur.

Sam semblait relancer une conversation, restée en suspens. Plus Émilie se dévoilait à lui, comme elle l'avait fait la dernière fois, plus il avait envie de se mettre à nu aussi. Que cela devait être délicieux d'être nu à ses côtés ! osèrent ses pensées.

Émilie ne marquant aucune réaction, Sam poursuivit :

— Je n'ai pas su répondre. Peut-être que si j'avais parlé, si j'avais su quoi dire…

— À quel moment ?

— Quand ces hommes m'ont questionné pour l'argent. Peut-être que si j'avais dit ce qu'il fallait, tout ça… enfin je ne sais pas. Peut-être que si j'avais parlé ou répondu tout de suite, au lieu de réfléchir.

Sam tenta d'éclaircir ses idées. Plusieurs minutes s'écoulèrent dans un silence habité, le temps pour sa pensée de s'organiser. Sam posa sa main sur l'avant-bras de la jeune femme, il y déposa ses doutes.

— Enfin non, c'est pas vraiment ça. Ça vient d'autre chose. Sam continuait de parler tout en cherchant, mais ses idées demeuraient confuses.

— Mon fils avait ses mots… ses mots à lui. Comment expliquer cela ? Toi et moi, nous parlons. Nous utilisons un même langage. Déjà défini.

Émilie acquiesça.

— Mais Théo, lui, j'avais l'impression qu'il racontait comme personne. Il me racontait le monde, il nous disait *Regardez !*

Sam prit le soin d'ordonner toutes les impressions accumulées durant ces trop courtes années passées auprès de son fils, avant qu'elles ne soient transpercées par cet indicible chaos. Les impressions de Sam devaient dépeindre un portrait juste. C'était sa chair, c'était son fils. C'était important pour lui. Sam parvint à façonner un petit bout de chemin dans sa tête avec ces morceaux irréguliers, le faisant ressembler à un opus incertum, avec ses fragments de pierres assemblés :

— Oui, c'est ça. Nous, nos mots sont des mots d'adultes. On les emprunte à d'autres. Parfois même, on les vole ou on les salit par l'usage que nous en faisons. Mais Théo, lui, voyageait au-delà de ces frontières, des limites du connu et de la convenance. Il partait tous les jours en quête de nouveaux mots. C'est comme si mon fils naviguait dans un monde de friandises, qu'il semblait parcourir avec gourmandise. Un incroyable voyage. Il ne connaissait pas les règles de grammaire et de langage. Toutes ces frontières que nous apprenons et que nous nous évertuons à ne pas dépasser. Peu importe, Théo, lui, les inventait avec cette incroyable finesse et cette magnifique ingénuité. Sam puisa son inspiration et ses exemples dans de doux souvenirs.

— Il faisait du *dessinage* comme on fait du *coloriage*. Si un garçon était un *voyou*… alors les filles étaient des *voyelles*. Pour lui, on ne pouvait pas dire qu'on *tomberait*, parce qu'on ne pouvait pas savoir à l'avance si on allait vraiment tomber.

Les souvenirs de Sam étaient tout excités de pouvoir parler.

Un triangle, ce n'était finalement qu'*un carré pointu*. *Pour aller dans l'espace*, il fallait *un wc spécial*, rapporta encore Sam amusé. Et pour mon fils, *le talent*, tu sais ce que c'était Émilie ?

Émilie remarqua que Sam s'enthousiasmait pour la première fois. Elle était heureuse de voir cette danse des mots entraînante emmener Sam au cœur de souvenirs heureux et reprendre vie.

Sam poursuivit :

— *Le talent*[6]*, c'est ce qu'on a au pied... ça nous aide à avancer !* La voile de Théo ne s'arrêtait pas. Elle parcourait son imaginaire, s'amusant des vagues et des mots soufflés par le vent. Le vent. Tiens, oui, le vent. À son grand-père, un jour de rafale, il pouvait dire : *Papi, tu crois que quelqu'un a oublié de fermer les portes du ciel ?* Et j'imaginais les immenses portes d'un palais, restées ouvertes par inadvertance. Sa pensée voguait partout et partageait avec nous ses découvertes à travers ses mots. Elle nous montrait ses trésors. Oui, je crois que la petite tête de mon garçon était nourrie d'infini.

Et moi, je corrigeais mon fils sans trop savoir pourquoi. Qu'y avait-il de mal dans le fait de raconter notre monde autrement ?

Je ne sais pas si tu as déjà eu le sentiment qu'une personne t'offre quelque chose, durant un instant et sans qu'elle s'en rende compte, de précieux. Un moment unique et irremplaçable… Juste par ce que cette personne dit ou par ce qu'elle est et ce qu'elle transmet. Avec Théo, c'était ça. Nous vivions dans le quotidien où tout se ressemblait, où tout semblait figé. Et notre fils pouvait brusquement nous plonger dans des eaux *extra-ordinaires*. Émilie, un enfant, que ce soit le sien ou pas, c'est quand même un sacré cadeau ! Aujourd'hui, je suis rongé par cette absence. Mais il y a aussi son étonnante magie qui a disparu.

Sam resta silencieux. Un autre souvenir venait de jaillir. Ses yeux absorbés par le passé, sa bouche s'ouvrit pour partager ce souvenir avec Émilie, comme si Sam y était :

---

[6] *Théo confondait le talent et le talon, en découla cette belle métaphore*

— Théo vient vers moi, il a à peine trois ans : *Je t'aime comme la route Papa !* Je réfléchis, mais je ne vois pas pourquoi *comme la route.* Je cherche encore. Je voulais deviner tout seul. Quel lien étonnant avait-il encore trouvé ? Mais, rien à faire, je ne trouve pas pourquoi il m'aime « *comme la route* ». C'est banal une route. Ça transporte des gens, des marchandises. Il y en a vraiment partout des routes, elles sont quelconques. Qu'est-ce que ces yeux voyaient, que je ne voyais pas ? Mon fils m'explique simplement : *Je t'aime comme la route, Papa, parce qu'elle aussi, elle ne s'arrête jamais !* ajouta Sam, troublé. Oui, je crois que c'est ça. Théo me réapprenait chaque jour à voir le monde. Avec lui, j'envisageais des liens que je ne voyais pas, je m'étonnais des évidences et surtout, je pouvais en rire… *Papa, comment on peut lire l'heure, les chiffres changent tout le temps !* Mais aussi en être très ému… Je me rappelle qu'une fois, Théo dessinait une carte pour trouver un trésor. Je lui demande : C'est quoi le plus grand de tous les trésors pour toi ? Le trésor que tu rêverais de trouver un jour ? Je pensais qu'il me dirait un jouet qu'il désirait plus que tout ou parlerait de pièces d'or comme dans les histoires de pirates. Et là, Théo regarde sa carte aux trésors et me répond cette évidence : *Mamie, bien sûr !* Et il ajoute : *Mais tu vois Papa, elle est cachée dans les nuages. Alors, c'est compliqué. Mais un jour, j'achèterai un avion ou une fusée et je la retrouverai.*
Une larme formée par ce souvenir coula lentement sur la joue de Sam pour le caresser.

— Plus personne ne partage cette magie, aucun mot ne me surprend. Aujourd'hui, toute parole n'est que l'écho de son terrible silence. Mon fils n'est plus là et je dois vivre avec ça.

Émilie gara la fourgonnette. Ils en descendirent et marchèrent en direction de l'atelier de l'artisan. Elle finit par demander :

— Est-ce que c'est pour ça que tu t'es arrêté de parler ? La dernière fois, tu disais que c'était parce que cela n'avait plus de sens. Était-ce une sorte de manière de respecter ou d'honorer la mémoire de ton fils ?

— Oui, peut-être… peut-être, oui… Ça et surtout de la culpabilité, j'imagine. C'est moi, tu sais, qui l'ai ouverte, cette foutue…

Sam et Émilie arrivèrent devant la porte du ferronnier.

— Mince, il est sorti, observa Émilie.

— Il est marqué qu'il rouvre à 13h, remarqua Sam.

— 12h20. Très bien. On va en profiter pour manger, nous aussi. Je t'invite. Le bistro de ce village sert de délicieuses souris d'agneau, se rappela la jeune femme.

Installés sur la terrasse, Émilie sirotait une menthe à l'eau, qu'elle avait diluée, tandis que Sam réfléchissait. Il reprit :

— Non, c'est lié à autre chose. En fait, je crois que je suis bouffé et bloqué parce que j'arrive pas à m'en rappeler. Je ne l'ai pas gardé. Je l'ai laissé partir.

— Qu'est-ce que tu n'as pas gardé ?

— Le dernier mot de Théo. Le dernier mot de mon fils, je l'ai oublié. Et ça me dévore. Chaque soir, je prends un papier et je tente de me rappeler ce mot. Et chaque soir, je note à la place le nombre de jours depuis leur disparition, en espérant pouvoir mettre un mot à la place de ces chiffres. Ça fait 1065 jours, Émilie, que je l'ai oublié. Et après tout ce temps, j'attends toujours que ce mot me revienne. C'est ça qui est terrible. Je sais que ces derniers instants m'ont été dérobés par ces hommes, mais ce mot, cette magie, c'est moi qu'il l'ait fait disparaître.

— Tu sembles te rappeler de tellement de choses déjà, tempéra Émilie. Il reviendra probablement en temps voulu.

— Mais je voulais garder ce cadeau. Sa magie des mots, c'était lui.

Sam continuait de réfléchir à haute voix :

— Je pense que c'est ça… Au fond, j'ai eu peur qu'en remettant des mots, sur celui-là, sur le dernier mot de Théo, je ne puisse plus jamais me le rappeler, que je le recouvre et l'enterre, sans qu'il n'ait existé. J'ai eu peur de moi. C'est idiot, mais le dernier mot de mon fils, je pense que c'est mon point d'accroche, c'est lui, ma fissure. Je tremble toujours sur cette putain de corde. J'en ai besoin pour avancer. Je pense que je comprends ce que voulait dire Robert, expliqua Sam en se parlant de plus en plus à lui-même. Pour moi, je méritais d'avoir mal. Mais je ne voulais pas avoir mal, à cause d'eux, parce que je pensais à eux. Robert avait raison, en ne voulant plus jamais y penser, au fond, on fait disparaître tout ce qui a existé. On peut vivre *avec* son passé, sans vivre *dans* le passé. On ne peut pas choisir ce dont on se rappelle et ce que ça va provoquer comme émotion. Tout est relié. Pas facile de se rappeler un moment drôle avec eux et de pouvoir juste en rire, alors que je ne pouvais que pleurer, parce qu'irrémédiablement ça me rappelait leur absence et leur mort. Et là, à force de m'évertuer à oublier, de m'interdire d'y penser, de me taire, tout a disparu. Je n'ai plus accès à ces souvenirs. J'ai l'impression de les avoir perdus deux fois. C'est pire, conclut Sam.

Ce soir-là fut une nuit différente. Une bise nocturne traversa la chambre, embrassa la joue de Sam, cajola son oreille, câlina ses pensées et l'emmaillota dans un doux sommeil. Sam céda alors au réconfort d'une nuit partagée.

Octobre 2019
Amertume et envie à l'automne

« Le vent ne prend pas de ligne droite pour aller des anticyclones vers les dépressions. Notre Grand Ami est dévié par une force invisible, qu'on appelle la force de Coriolis. Cette force dévie les nuages et pourtant... »

Papi Météo

Hélène, la mère de Maxime et d'Alejandra, était assise sur un fauteuil confortable, mais vieillissant, jaunissant un peu plus chaque année. Tandis qu'Émilie, la mère de la jeune fille aux cheveux roux et au nez busqué, lui faisait face, assise sur un canapé convertible, au mécanisme usé par l'inactivité. Elles échangeaient dans l'intimité du salon, pour l'instant. Émilie expliqua à Hélène qu'elle connaissait son histoire. Elle avait encore du mal à y croire. Comment se pouvait-il que ce soit bien elle ? Émilie commença par parler à Hélène de la coupure de presse que lui avait remise un vieil homme vigoureux, Robert, dix-sept ans plus tôt. Le père d'Hélène. Sur cet article, il y avait une photo. Les visages de la femme et du jeune garçon, dont parlait l'article, l'avaient profondément marquée. Et voilà qu'aujourd'hui, les traits de la femme de l'article se superposaient au visage devant elle. C'était troublant. Hélène, elle, restait imperturbable, comme si elle savait.

Les mots prirent petit à petit leur place dans la pièce. À son tour, Hélène expliqua :

— Quand Camala m'a parlé de son père qui était parti avant sa naissance en Inde, de cette quête de son passé, de vous, sa mère, qui teniez une boutique de fleurs, je vous avoue que quelque chose en moi a commencé à résonner, sans trop savoir quoi. J'ai juste eu une envie irrépressible de la connaître mieux. Ce n'était pas que je savais ou même suspectais que Camala était la fille de Daniel. Mais j'avais comme une intuition, sans savoir quoi, quelque chose qui m'attirait vers elle. Et lorsque je vous ai vue me dévisager à la gare, comme si vous aviez vu un fantôme, j'ai compris.

Hélène but une gorgée.

— J'ai compris que c'était vous. C'était vous, cette femme que Daniel avait rencontrée et aimée, continua Hélène. En revenant ici, à Barnes, pour la première fois, il y a onze ans maintenant, j'ai appris que Daniel avait survécu aux deux balles, qu'il avait reçues. J'ai appris aussi qu'après un long silence, il était revenu dans notre mas à Sunas. De mon côté, après ce premier retour en 2008, j'ai décidé de retourner chaque année ici, dans la maison de mes parents. J'allais de temps en temps à Lurèze, surtout pour Maxime qui aimait y passer du temps, depuis qu'il avait découvert le cirque de Murèze. Et un jour, j'ai entendu parler, moi aussi, de votre histoire. Mais vous étiez déjà partis tous les deux, depuis tellement longtemps. Maxime était heureux. Ma famille était heureuse. J'ai compris que tout ça, au fond, c'était une autre vie, à laquelle je n'appartenais plus.

Hélène continua son récit. Des bruits de tasses levées, puis reposées, articulaient et ponctuaient les échanges, tandis que quatre jeunes oreilles écoutaient désormais attentivement la conversation, qui se faufilait à travers les fentes de la porte du couloir.

— Il croyait que j'étais une femme qui gérait, qui était forte. Une femme solide. C'est de cette manière que Daniel me voyait, qu'ils me voyaient tous d'ailleurs…

— De quoi, elles parlent ?

— Chut. Attends.

— … préservée jusque-là. Entourée, aimée, soutenue, je montrais la force qu'on me donnait, mais pas celle des épreuves traversées. Je n'en avais pas vraiment connu avant.

— Avant ce soir-là ?

— Non. Avant la naissance de Théo, expliqua Hélène. J'avais toujours connu une vie paisible, j'avais rencontré Daniel, nous étions heureux. Il adorait mes parents. Daniel n'avait pas de famille, il n'avait que sa mère, qui est malheureusement décédée avant la naissance de Théo. Il était très attaché à mes parents et réciproquement. Quand je suis tombée enceinte de Théo.

— *C'est qui, ce Théo ?* chuchota Camala à Maxime.

— *Attends.*

— … j'étais pleinement consciente que j'allais devenir maman. Avec Daniel, nous avions voulu et attendu cet enfant. Je l'avais dans le ventre et dans la peau. Je passais des heures à lui raconter mes journées, mes doutes en tant que maman et mon impatience à le voir naître.

— C'est vrai que c'est un moment de vie à part. La grossesse de Camala m'a amené un sacré paquet de doutes, avoua Émilie, en écho aux paroles d'Hélène. Mais quand on réalise qu'on porte la vie, c'est une expérience unique, une rencontre à part.

— Oui. C'est vrai. Mais Émilie, vous savez, pour moi, ça a été différent. Cette naissance a été un cauchemar. Théo est né sans cri. Je ne l'ai ni vu ni entendu. Quand j'ai accouché, ils l'ont juste emmené et puis plus rien. J'ai cru qu'il était mort.

— *Maxime, pourquoi ta mère dit-elle ça ?* continua de questionner Camala, qui ne comprenait rien à la conversation et s'impatientait.

— *Je crois que c'est par rapport à mon frère… Attends, chut !*

— … clair et définitif. Je ne voulais pas revivre l'angoisse de voir mon bébé mort. J'ai été traumatisée par la naissance de Théo, personne ne l'a vu ou ne l'a compris. Encore moins Daniel, qui me croyait forte. Mais moi, je me demandais comment je pouvais être une bonne mère. C'était ma faute si Théo était né prématurément. Je gardais cette colère en moi, une colère contre moi. Je me détestais.

Hélène marqua une pause avant de poursuivre :

— Je savais que mon mari aimait Théo, peut-être encore plus, après sa difficile entrée dans le monde. Ils avaient comme tissé entre eux un lien spécial. Pour Daniel, c'était le contraire. Quand il regardait Théo, son regard s'attendrissait. On aurait dit qu'il buvait chaque mot de son fils, comme si Théo le fascinait.

— C'était sans doute normal. Vous aviez tous les deux souffert de cette naissance. Son papa, lui, réparait différemment.

— Oui. Mais j'étais jalouse, terriblement jalouse. Tous les deux ensemble, ils riaient si souvent. Je faisais, comme si j'étais une bonne mère, mais je ne savais pas. Je ne savais pas, si j'aimais mon fils. À chaque fois que je le voyais, je ressentais de l'amertume. On m'avait enlevé ce moment magique et tant attendu. À chaque regard que mon fils me portait avec tendresse, j'avais de l'envie, une envie de l'aimer, mais l'impression de ne pas y arriver, de faire semblant et ce goût âpre revenait.

— Maxime, c'est qui ce Théo ? Tu dis que c'est ton frère, mais ta mère a eu un autre fils ? Qu'est-ce qui lui est arrivé ? insista Camala.

— Camala, tes cheveux sentent la tapenade tu sais.

Camala recula brusquement, elle s'exclama en chuchotant :

— Ça va pas Maxime ! Pourquoi tu me dis ça ? Ça veut rien dire là !

Les cordes vocales de Camala étaient serrées, son souffle retenu, ses sourcils roux, désormais froncés, faisaient guise de cri.

— Parce que je les ai dans la figure depuis cinq minutes et qu'ils gesticulent dans tous les sens. Et que ça sent comme les sardines et les olives que mon père adore manger en Espagne à l'apéro. Tu te les laves à quoi franchement ?

— T'es nul Maxime. C'est normal que je te demande. Pourquoi

tu m'expliques pas ?

Camala feignit de tendre l'oreille.

— *Tiens bizarre, ta mère vient de parler d'un hématome rétro-pla-je-sais-pas-quoi.*

— *Oui. Tu sais ce que c'est toi ?* questionna à son tour Maxime.

— *Tout à fait. C'est quand une jolie main embrasse d'un coup sec ta joue et qu'après t'as un gros hématome rétro-bien-placé-quoi,* définit avec froideur Camala.

— *Ok. Pardon. Mais faut qu'on écoute pour pouvoir comprendre, non ?*

— *D'accord. Mais après tu m'expliques.*

— … très tard pour Maxime.

— *Attends. Sérieusement. On se tait là. Elle parle de moi.*

— J'apprenais que j'étais enceinte… tout ça dépassait mon entendement. Ça a été un coup de massue. Je ne pouvais pas y croire. Je ne voulais pas d'autre enfant. Je me suis sentie de nouveau trahie. Mon corps savait, que je ne voulais pas. Je ne pouvais pas. Je ne me sentais déjà pas mère avec Théo. J'ai vraiment eu l'impression que tout s'écroulait. Je n'arrivais pas à m'imaginer à nouveau à l'hôpital, accoucher, pas après ce que j'avais connu avec Théo. C'était impossible. Inentendable.

— *Merde. Elle parle de toi là !*

— … que des hypothèses, parce que pour être honnête, au fond je n'en sais rien. Mais d'un coup, on m'a parlé de grossesse et de déni…

— *Aie ! Camala ! C'est pas vrai fais gaffe,* s'exclama à mi-voix Maxime, ses orteils meurtris par un écrasement très soudain. *Pardon je rectifie : Aie Alé ! Qu'est-ce que tu fiches sœurette ? On t'a pas dit de rester dans ta chambre ?*

— … de nouveau terriblement culpabilisant. On se sent responsable. Pourquoi je ne l'ai pas vu ? Comment j'ai fait pour ne pas voir ou sentir que j'étais enceinte. J'étais déjà une mauvaise mère. Et là, y avait un enfant dans mon corps et je ne le savais pas.

— Si la vie elle-même reste silencieuse, comment auriez-vous pu savoir ? Vous n'aviez pas de signes de grossesse ? observa Emilie

— Pas vraiment. Surtout des maux de ventre. Je prenais la pilule, nous avions peu de rapports à cette époque-là. Et mon ventre restait inchangé. De l'extérieur, personne n'avait rien remarqué non plus. Mais une mère, une vraie, sait ces choses-là.

— Combien de mois, quand tu l'as appris ?

Émilie se mit naturellement à tutoyer Hélène, comme si en se dévoilant, cette femme lui devenait familière.

— Huit.

Émilie, la mère de Camala, reposa sa tasse de café, étonnée.

— C'est fou. Sam… Pardon, Daniel, n'en a jamais parlé.

Hélène marqua un long silence.

— Il ne l'a jamais su. Ce soir où ces deux hommes sont entrés...

— *De quoi, elles parlent ?* interrogea Alejandra, la fille d'Hélène aux cheveux ébène.

— *Bah c'est pas facile à suivre,* remarqua Camala.

— *Va savoir pourquoi,* ironisa Maxime. *Sœurette, maman raconte ce qui s'est passé avant notre naissance, avec son ancienne famille. Tu te rappelles, elle nous avait parlé d'eux. Tu le savais peut-être pas, mais c'était à cause d'un cambriolage, je crois. Allez maintenant, plus un mot, on écoute.*

— … quand Daniel a vu Théo à terre, immobile, il est devenu fou de rage. Il s'est jeté sur celui qui avait une sorte de tuyau et les a affolés. L'autre lui a tiré dessus à deux reprises. Daniel s'est effondré net. J'ai vu ces deux amours que je chérissais, étalés sur le sol, sans vie. Les voleurs étaient paniqués, complètement perdus. Ils n'arrêtaient pas de faire des va-et-vient en criant dans la pièce : *Putain, ils sont morts !*

Putain, ils sont morts ! Émilie, ça va vous paraître étrange, mais c'était comme si à ce moment-là, on m'avait fait assister à une scène de film. Je n'étais pas dedans. Je voyais tout ce qui se passait, mais je ne ressentais rien. C'était peut-être trop irréel. Même encore aujourd'hui, je revois la scène, je m'en rappelle en détail, je peux la décrire, mais je ne ressens rien. C'est comme si c'est quelqu'un d'autre qui avait été là-bas à ma place.

— *Tu savais ?* demanda Alejandra à son frère.

— *Pas plus que toi. Je savais juste qu'ils étaient morts, c'est tout.*

— *Bon je crois qu'on va aller demander des explications là.*

— *Attendez... Chut. Ça fait flipper.*

— ... tiré leur corps. Ils ne bougeaient plus. Deux corps vides. Le premier homme a emmené Daniel en bas, dans la cave. L'autre a hésité puis a pris les pieds de Théo et a fait pareil. Je les ai vus inertes et sans vie, traînés au sol, déplacés comme du bétail. Tout paraissait effroyable. Tout était si irréel. Avec le recul, Émilie, je ne sais même pas ce que ces hommes essayaient de faire. Et je crois qu'eux non plus. Peut-être qu'ils voulaient les cacher, les cacher au moins de leur vue. Quand leurs corps sont partis, mes yeux ne savaient plus où regarder. L'un des deux hommes suggéra de brûler la maison pour enlever les traces et faire passer tout ça pour un accident. Mais ils n'y croyaient pas. Et surtout, ils ne savaient pas quoi faire de moi. Ils avaient frappé par erreur. Et tiré par peur.

Hélène marqua un temps avant d'ajouter :

— Ils me répétaient sans cesse qu'ils n'avaient pas voulu les tuer. Sans doute, mais ils l'avaient fait. Et ils m'assuraient qu'ils ne voulaient pas me tuer. Peut-être, mais ça aussi ils l'avaient fait. Pour moi, tout était fini. Cette vie était finie. Et je m'imaginais déjà les rejoindre. J'attendais. Oui, j'attendais. Ça allait être mon tour. Ce n'était qu'une question de minutes, peut-être quelques heures. Mais ce serait mon tour. Et au fond, j'en étais presque soulagée.

Les enfants demeuraient silencieux désormais. Maxime et Alejandra, qui venaient d'écouter leur mère parler, savaient avec horreur que leur mère n'avait pas été qu'une simple spectatrice comme elle le disait, mais que c'était son histoire, leur histoire même. Et cette histoire-là, ils l'entendaient pour la première fois.

Le 27 mars 2002
L'arôme du printemps

« ... cette force de Coriolis est une force étonnante. Elle est là, dévie les trajectoires de nos vies. Et pourtant, elle n'existe pas en réalité. Cette force naît et n'est que par le regard que nous portons sur ce qui nous entoure. Et elle n'apparait qu'en fonction d'où nous sommes.

Et toi, où en es-tu maintenant mon garçon ? Que vois-tu ? »

Papi Météo

Au matin, Sam s'était réveillé avec une sensation nouvelle, il faisait plus frais. Il avait l'impression étrange et agréable qu'il avait retrouvé quelque chose qu'il avait perdu : *l'Envie*, cette compagne stimulante. Il avait partagé sa couche pendant trois ans avec *l'Ennui*. Alors naturellement il se mit à douter. Était-ce juste une sensation fugace ? Oui, ça ne durerait sans doute pas. Ce n'était qu'une sonnerie de carillon tumultueuse, un gai matin. Sam gratta l'écorce de cette sensation, mais l'Envie paraissait bien seriner sa force. Cet appel était mélodieux et diffus. Quelle sensation étrange que celle de l'Envie, l'envie de dire, de sourire et… Sam réfléchit, l'envie d'être là. Il eut des frissons. Bonheur ? Appréhension ? Qu'importe ! Soudainement, sa bouche saliva. Une autre envie ? Mais quelle était-elle ? Sam se dirigea vers la cuisine, comme un hier étrenné et pourtant les odeurs oubliées revenaient, telle une invitation. Il avait envie d'un café. Oui, c'est ça, un bon café lui faisait envie. Il chercha d'abord dans les placards, mais découvrit rapidement qu'Émilie plaçait le café dans un bac du réfrigérateur, sans doute pour en conserver l'arôme. Un réfrigérateur aux étagères attrayantes, généreusement remplies et agréablement bigarrées, si loin de ce morne réfrigérateur qu'il avait chez lui.

Une brume ascendante défilait devant les yeux de Sam. Il

observait avec plaisir cette fumée, tandis que son nez chatouilleux riait de bon cœur en humant cet Arabica. La vapeur flattait ses joues. Son index rythmait une danse raffinée sur le bord de la tasse, orchestrée par cet instant d'évasion plaisant. Chaque gorgée abreuvait sa nouvelle amie, l'Envie. Oui, mais quelle Envie ? Celle de rester ou celle de partir ? Son désir d'explorer remontait en lui. Il refaisait surface. Mais qu'avait-il envie de découvrir ? Explorer le monde surprenant et savoureux de cette femme. Ou explorer le monde mystérieux d'un ailleurs. Depuis longtemps, il rêvait d'aventures, de faire la route des épices et de la soie. Une envie viscérale de voyager. Étrange, aucune voix pour le harponner et le ramener vers le fond, aucun silence pour l'engloutir et le noyer dans un désespoir sans goût ni odeur. Que c'était étrange… d'avoir juste envie !

Sam retourna dans la chambre. Il ouvrit la fenêtre, laissant une légère bise se faufiler. La douceur singulière de la peau d'Émilie, rafraîchie par cette bise coquine, le suc de son parfum fleuri, la fantaisie de ses cheveux torsadés, l'audace de ses courbes, tout en elle lui donnait faim. Elle était là, à ses côtés. Difficile de deviner où cette rencontre pouvait l'emmener. Mais il se sentait en sécurité. Ces jambes formaient cet accord parfait, pensa Sam. Une phrase ponctuée. Il l'observait encore et encore. Il aurait pu se sentir coupable de la dévisager ainsi, se sentir coupable de s'ouvrir à cette femme qu'il connaissait si peu. Mais à cet instant, il voulait juste apprécier, ressentir ce calme, cet apaisement. Pourtant, il ne put s'empêcher de vérifier, il posa sa main sur son ventre pour voir, si ses intestins le rongeaient à l'intérieur, si sa bile le remuait toujours. Mais ces eaux habituellement turbulentes étaient parfaitement calmes. Pas de goût amer. Aucun arrière-goût en fait. C'était agréable. C'était reposant. Il venait de passer une nuit délicieuse.

Émilie se réveilla. Elle sourit d'abord puis toucha à son tour le ventre de Sam.

— C'est deux belles cicatrices que tu as là.

— Oui, un trou pour chacune.

— Chacune… des balles ? demanda timidement Émilie.

Chacune des tombes voulut rectifier Sam. Les balles avaient creusé deux tombes dans son corps, une pour sa femme et une pour son fils. Mais il se retint :

— Ce sont des balles utilisées pour faire effondrer les bêtes avant de les achever d'une balle dans la tête. Elles se sont logées dans mon péritoine. Heureusement, il paraît.

Malheureusement, avait-il toujours pensé. Émilie se releva pour s'asseoir près de lui, son corps magnifié par toutes ses naturelles imperfections. Sa poitrine tombait légèrement, alors que ses deux tétons, eux, se dressaient fièrement, l'un plus que l'autre, s'amusa Sam. Elle avait de fines marques brunes sur ses bras, ses épaules et même sa nuque. Elles dansaient avec engouement sur sa peau laiteuse.

Émilie l'interrompit dans ses pensées :

— Et Hélène ? Dans l'article, ils parlaient de sa disparition.

Sam fut troublé par cette question tant il pensait à Émilie à cet instant. Il enfila son tee-shirt comme pour couvrir ses pensées charnelles et s'assit sur la chaise de l'autre côté de la chambre. Il hésita un peu et finalement répondit à la jeune femme restée nue :

— Au début, j'étais persuadé qu'elle était en vie. Ils l'avaient emmenée. Mais à chaque fois que je pensais à elle, je craignais le pire. Qui sait ce qu'ils avaient pu lui faire ? Et un jour, les gendarmes nous ont appelés pour nous convoquer.

— Nous ?

— Son père, l'homme que tu as rencontré lors de la fête du Mimosa, et moi.

— Ah oui… Robert, c'est ça ?

— Oui. En arrivant dans la gendarmerie, je savais déjà que ce n'était pas une bonne nouvelle. Au fond de moi, je ne voulais pas y croire, mais je me doutais déjà de la raison pour laquelle nous étions convoqués. Hélène avait disparu depuis plus de deux mois. À ce moment, j'ai réalisé que je ne voulais pas. Je ne voulais surtout pas savoir ni les entendre dire *C'est fini Monsieur*. On nous avait dit que Théo n'avait pas souffert. Sans doute, était-ce une maigre consolation, même si je ne pouvais ne serait-ce qu'y penser. Pas eu le temps d'avoir mal, de souffrir. Mais Hélène, qui sait ce qu'ils avaient pu lui faire subir ? Je ne voulais pas que ces hommes en uniforme me racontent. Je ne voulais rien savoir. Malheureusement, on ne choisit pas dans ces cas-là.

Sam caressa sa cicatrice, celle qu'il dédiait à sa femme.

— Quand nous étions à la gendarmerie avec Robert, les flics nous ont expliqué qu'ils nous avaient convoqués, parce qu'ils avaient retrouvé la voiture. Elle avait été abandonnée à environ trois cents bornes d'ici, de l'autre côté de la frontière, en Espagne et n'avait sans doute pas bougé depuis. Et puis les flics se sont tus. Comme s'ils ne savaient pas comment nous dire, ce qu'ils devaient pourtant nous dire. L'un d'eux s'est alors approché pour nous expliquer que la banquette arrière de la voiture avait malheureusement été retrouvée recouverte du sang de ma femme. Ça, ça a été horrible à entendre. Et pire à voir. Ils nous ont montré des photos. Ces deux monstres n'avaient qu'à peine essayé de faire disparaître l'horreur. On voyait d'innombrables taches, qui avaient été simplement essuyées. Il y en avait partout Émilie. Partout. La connaissant, elle n'avait pas dû se laisser faire. Tu sais Émilie, Hélène faisait partie de ces femmes fortes, que rien n'ébranlait. Mais là, en voyant cette foutue photo, je me suis mis à avoir une affreuse idée en tête, qui revenait sans cesse, elle tentant de… et eux… À tout moment, cette image crépitait dans ma tête, la journée, la nuit. Comme un écran allumé, qui grésille, qu'on voudrait éteindre, mais qu'on ne peut pas, sans savoir pourquoi. Je voulais m'arracher la tête. Je voulais juste croire qu'ils n'avaient rien pu lui faire avant que tout ne s'arrête. Mais après avoir vu ces images, c'était plus possible. Ça avait été un ridicule espoir. Je n'étais qu'un idiot. Une si belle personne, comme disaient les gens. Au fond, c'est vrai, tu ne pouvais pas imaginer qu'on puisse lui faire le pire, la salir comme ça.

Est-ce qu'un simple regard pouvait vraiment réconforter une âme blessée ? se demanda Sam, en voyant celui porté par Émilie en sa direction, empli de bienveillance.

— Et c'est là, que les gendarmes ont ajouté ces mots qu'on avait déjà devinés, en guise de couperet : *C'est fini Monsieur.* Comme pour s'assurer qu'on ne garderait pas cette minuscule lueur d'espoir, qu'on n'aurait pas la folie d'y croire encore. Je me souviens que leurs confrères ont quand même cherché son corps pendant quelques semaines après avoir retrouvé la voiture. Et puis un jour, tout s'est arrêté. Une partie de moi aurait vraiment préféré ne rien savoir. Ça aurait sans doute mieux valu. En même temps, je ne sais pas trop. Peut-être que s'ils ne m'avaient rien dit. Enfin, je sais pas...

— Et les voleurs ?

— Les meurtriers. Tous les flics ont continué à les chercher. Ils avaient relevé des empreintes. Pas de casier. Pas de signalement. Ils n'avaient que moi, qui ne leur servais à rien depuis le début. Je n'avais rien remarqué qui avait pu les aider. *La couleur de leur veste ? Marron, je crois. Non, c'était le pantalon, je pense. Avec un tee-shirt noir peut-être.* J'avais tellement de mal à me rappeler. Ça aussi, c'était terrible. Je voulais qu'ils les retrouvent pour qu'ils la retrouvent. C'était important. Et paradoxalement, je pense qu'une partie de moi ne voulait pas. Je sais, c'est bizarre, ajouta Sam, l'air contrit.

Sam repassa silencieusement le dernier entretien avec les enquêteurs. Il revit ces scènes gravées s'animer dans sa tête. Émilie, quant à elle, ne vit que les grimaces qui se dessinèrent sur le visage de

Sam au fur et à mesure.

« — Non, désolés, on a rien.

— Il y a bien quelque chose ? N'importe quoi. Une minuscule information. Ces hommes n'ont pas disparu quand même.

— Non rien. Vous le savez bien. Dès le soir de votre libération, on a passé des appels à témoins. Et dès que nos collègues espagnols ont retrouvé la voiture de votre femme, avec l'aide de la police locale, on a de nouveau fait des appels à témoin dans un rayon de cent kilomètres autour de la voiture. On a fait notre possible. Dans chaque village, chaque station-service, chaque boulangerie, chaque épicerie... Personne n'avait vu d'hommes suspects, portant d'éventuelles traces de lutte ni de femme blessée ou ... »

L'inspecteur s'était tu par respect, se souvint Sam.

— Qu'y a-t-il ? demanda Émilie devant le regard troublé de Sam.

— Je me souviens qu'ils m'ont dit que la voiture ayant été retrouvée de l'autre côté de la frontière espagnole, les voleurs étaient sans doute à l'étranger. Sans signalement, malgré leurs efforts, les flics se retrouvaient coincés. Sûrement pour nous apaiser, ils ont ajouté que, par leur expérience, ces hommes seraient sûrement pris pour une autre affaire. Ils seraient pris un jour. Sans doute était-ce aussi pour se rassurer eux. Et nous, il fallait que nous fassions notre deuil avec… rien.

Octobre 2019
L'automne et sa fragilité

Les enfants avaient rejoint leur maman. La jeune fille à la chevelure rousse serra fort sa maman, tout en regardant intriguée, Hélène, la mère de Maxime et d'Alejandra. Elle aussi serrait fort ses deux enfants.

Le récit d'Hélène reprit :

— Quand Maxime est né, j'ai pleuré… tellement pleuré. Émilie, j'ai compris quand j'ai vu Maxime, à quel point j'avais aimé mon premier enfant… tout ce que j'avais retenu toutes ces années, cet amour pour Théo. Cette nouvelle naissance me libérait. J'ai enfin compris. Je m'étais sentie si coupable pendant des années parce que je l'aimais. Je me suis trompée durant tant d'années. Les enfants nous apprennent et nous, nous ignorons ce qu'ils savent. Théo savait que je l'aimais. J'étais sa mère et mes doutes à moi ne faisaient que remplir cette certitude à lui.

Hélène se tourna vers son fils.

— Mon chéri, je vais parler de toi. Je ne sais pas si tu as envie d'entendre tout ça. Je sais que tu es un jeune homme maintenant. Et tu m'as déjà montré que tu avais compris plus que ce que je n'aurais jamais su t'expliquer. Mais ce n'est pas facile, il y a beaucoup de choses, que je ne t'ai jamais dites…

— T'inquiète ma petite maman, j'ai les oreilles solides, la rassura Maxime.

Hélène l'embrassa tendrement et se tourna vers Émilie :

— Oui, c'est bien plus tard que j'ai compris. C'est sans doute absurde, quand j'y repense… Mais les yeux de Théo venaient de se fermer. Il était parti. J'avais perdu mon fils, une nouvelle fois. Sauf que cette fois, c'était réel. Et puis, au fil des semaines, j'ai vu quelque chose changer dans les yeux de Maxime. Vous avez remarqué comment ils sont ?

— Oui, ils sont vairons, observa Émilie.

— Oui. Au début ils étaient bleus comme pour tous les bébés. Puis, au bout de trois semaines, un des yeux de Maxime prenait cette teinte bleu-de-minuit, mais l'autre devenait vert. Théo avait des yeux de ce magnifique vert. C'est étrange, mais quand je voyais mon bébé - Hélène regarda Maxime - j'y voyais mes trois amours et tout d'à coup, j'avais ce sentiment de paix. J'avais pleinement vécu la grossesse de Théo, mais pas sa naissance. Pour Maxime, je ne savais pas et je n'ai pas vécu sa grossesse. Il ne pouvait pas exister, parce que j'avais peur. Mais il s'est finalement imposé à un moment où la vie était perdante et où elle n'avait plus de sens pour moi. Avec Maxime, sans le vouloir, je me suis réconciliée avec mon corps. J'ai enfin vu la naissance de mon enfant. J'ai pu m'en occuper.

— Et quand tu as su que Sam, enfin Daniel, était en vie.

Hélène semblait gênée par cette question.

Émilie ne sut si cette gêne montrait de la honte ou de la culpabilité. Mais, elle en était persuadée Hélène ne disait pas tout.

— J'ai vu mourir mon mari. Abattu par deux balles. Il m'a fallu neuf ans avant de réussir à regarder en arrière.

Hélène glissa à nouveau un regard tendre à l'adresse de son fils.

— Au début, je n'avais que Maxime. On était que tous les deux. Et puis sans que je m'en aperçoive, ma vie avait recommencé. J'ai rencontré le père de mon Alejandra. Nous habitions dans un village, où je me sentais accueillie. Je fus enfin prête à regarder derrière moi, lorsque je suis tombée enceinte d'Alejandra. Et ma première pensée fut pour mon père. Je m'en voulais de l'avoir abandonné, mais mon père, c'était cette force tranquille. Il savait traverser les années et les défier avec humilité. Il me manquait, mais je savais qu'on se retrouverait.

Oui, une étonnante force et une touchante fragilité, pensa Émilie, qui se souvenait parfaitement de leur rencontre, lors de la fête du Mimosa, cette année 2002.

Hélène continuait de raviver ses souvenirs :

— Je pensais très souvent à mon père. Alejandra était dans mon ventre et j'avais cette envie irrésistible de l'appeler. Neuf ans après la naissance de Maxime, j'avais enfin fait mon deuil. Et je pouvais me reconnecter avec mon passé. Je voulais aussi que mes enfants connaissent leur grand-père. Je ne savais pas trop quel chemin prendre et comment construire un pont entre ces deux vies pour leur donner du sens… pour que toi Maxime, tu puisses comprendre. Mais, pour la première fois, j'étais prête à regarder le passé.

Hélène, qui était restée debout depuis que les enfants étaient entrés, se rassit sur le fauteuil vieillissant.

— Si j'avais cette envie, je n'y arrivais pas. Finalement, après la naissance de ma fille, je me suis décidée. Il fallait que je partage ce moment de joie avec lui, c'était trop précieux. Je l'ai appelé. Mais dès que j'ai entendu sa voix, je suis restée muette. Il disait : *"Oui ? Allô ? C'est qui ?"* avec une voix si frêle, lui, mon père. Émilie, mon père était pour moi intemporel. Jamais je n'aurais pu imaginer qu'il puisse vraiment vieillir. Mais sa voix avait changé. Je n'ai pas réussi à lui répondre. J'avais choisi d'enterrer une vie qui n'avait plus de sens en ne revenant pas. Mais je réalisais soudainement, que je l'avais aussi enterré, lui, alors qu'il était toujours en vie. J'ai gardé le combiné à l'oreille, jusqu'à ce qu'il raccroche. Quelques jours plus tard, je l'ai rappelé, mais je ne pouvais toujours pas lui parler. Je ne savais pas par où commencer. Il m'avait enterrée aussi après tout. Seulement, j'aimais entendre sa voix ! Elle restait encore si chaleureuse. Et cela me faisait terriblement mal. Plus je l'appelais, plus il me manquait. Au bout de quatre, cinq appels, j'en ai parlé à mon mari. Il m'a poussée à aller le voir, à venir ici, il me disait que ce serait peut-être plus facile. Moi, je pensais le contraire. Un soir, je l'ai de nouveau appelé, bien décidée à lui parler cette fois-ci. Déterminée, probablement comme toutes les autres fois, avant d'être désarçonnée par sa voix et de, finalement, attendre qu'il raccroche. Mais ce soir-là, il n'a pas répondu. Ni le soir suivant. Il n'a plus jamais répondu. Avec mon mari, nous avons fait garder les enfants et nous sommes partis pour Barnes. On m'a dit qu'il était décédé deux semaines plus tôt. Il était très proche de Félicie, la mère de Catherine, une amie. Depuis, chaque fois que je viens à Barnes, j'aime aller les voir. J'échange beaucoup avec Félicie, c'est important pour moi. Elle comble les moments de la vie de mon père que j'ai manqués, une partie de son histoire. Ouh là, pardon.

Hélène, très émue, se leva brusquement. Sa main essuya les larmes qui lui piquaient les yeux, balayant également d'un geste une émotion douloureuse, sans doute la frange de ses regrets. Hélène remarqua ensuite dans le regard d'Émilie toutes ses interrogations.

— Je les ai crus tous les deux morts. Daniel et mon fils, ils étaient morts. J'avais un bébé dans les bras, dont personne ne connaissait l'existence. Je n'ai pas pu rentrer, Émilie. Je ne savais pas comment gérer, je crois que je ne pouvais pas. Il y avait ce petit bout de vie qui me regardait. C'était trop. Je voulais le préserver de tout ça. Naître le jour, où son père et son frère sont morts. C'était trop lourd pour lui. Et pour moi, revenir avec un bébé et affronter les regards d'incompréhension, le désarroi. Ne pas pouvoir ressentir et partager cette joie, parce que tout le monde serait accablé par la peine, moi y compris. C'était trop lourd pour nous. Je suis partie. J'ai roulé le plus loin possible et je me suis retrouvée en Espagne. J'aimais mon père plus que tout Émilie. Je l'aimais si fort. Mais je ne pouvais pas rentrer. C'était impossible pour moi. Je voulais… je devais m'occuper de Maxime. C'était tout ce qui comptait.

Elle ajouta :

— On fait un paquet d'erreurs, pensant que la vie nous laissera du temps pour les rattraper.

Camala était perdue. Elle questionna Hélène :

— Je suis désolée, mais j'ai vraiment du mal à comprendre. Vous dites que vous ne saviez pas que vous étiez enceinte de Maxime. Mais comment est-ce possible ? Ça se voit pourtant. Personne ne l'avait remarqué ?

Hélène comprit que les enfants n'avaient pas dû tout entendre ou comprendre, qu'ils avaient besoin de plus d'explications. Son regard fouilla le passé et elle tenta d'expliquer, ce qu'elle-même ne comprenait pas vraiment :

— Sans doute ma belle, parce que ce n'est pas facile à imaginer et sans doute moins à expliquer. Ce n'est pas quelque chose que j'ai décidé, je l'ai subi. Je pense que quelque part, c'était lié à Théo.

Hélène se mit à expliquer aux trois enfants :

— Théo était mon premier enfant. Il est né prématurément. J'avais vécu une belle grossesse. Il bougeait, je le caressais tendrement à travers ma peau. Tandis qu'il grandissait en moi, je discutais avec lui, en attendant notre grande rencontre. Mais malheureusement, j'ai eu un souci de santé et Théo est arrivé bien plus tôt que prévu. Lorsqu'ils l'ont sorti de mon ventre à l'hôpital, il n'a pas crié, ils l'ont tout de suite emmené, je n'ai pas réussi à le voir. J'ai cru qu'il était mort. Tout le monde s'affairait au mieux pour la survie de notre enfant et les personnes qui s'occupaient de moi me parlaient avec une sincère gentillesse, mais aucune de leurs paroles ne portait de sens face à mes questions. Il me fallait des soins et on me préservait à travers une espèce d'ignorance qui me dévastait. Rapidement, j'ai réalisé que toutes les personnes autour de moi se taisaient, parce qu'elles ne pouvaient pas me dire *Il va mourir* et qu'elles ne pouvaient pas non plus me dire *Il va vivre*. On m'a emmenée dans un désert dépourvu de réponses et j'ai fait cette traversée, seule, jusqu'à en devenir folle, consumée par des tas de questions et d'angoisses. J'aurais juste aimé entendre *Il vit*. Rien de plus. *Votre enfant est en vie*. C'était ça, l'essentiel. Ce n'était pas les quelques minutes d'après qui importaient, c'était déjà là, maintenant, qui comptait. Cela peut paraître infime, mais les quelques secondes, durant lesquelles cette idée de mort vous envahit, suffisent à vous anéantir.

Hélène se tourna de nouveau vers Émilie, c'était plus facile de raconter ce souvenir en la regardant, elle :

— Les secondes et les minutes sans savoir se sont transformées en heures. Théo était sous assistance respiratoire. Un enfant qui ne respire pas, est-ce qu'il est en vie ? Ne jamais laisser une mère, ne serait-ce que quelques minutes, dans l'incertitude. Puis ces heures, sans pouvoir le voir ni le toucher, sont devenues des jours. Des jours pour tout imaginer. Un instant, je craignais qu'il soit mort cérébralement, l'autre, je l'imaginais avec une peau violacée, inerte, sur une table froide. Tout ce temps avait créé une faille en moi, une fissure qu'on ne pouvait pas réparer. Je n'ai jamais pu l'exprimer. Mais ce séjour en néonat, ça a été ma cellule, ma condamnation pour une faute commise. Mon jugement avait été rendu. Mon fils était né sans mère. Une couveuse s'occupait de lui. Je n'étais pas capable de le faire. J'étais une mère défaillante. C'est ce que j'entendais durant toute cette attente, impuissante. Je ne servais à rien.

— Mais tout ça, ce n'était pas de ta faute.

Hélène marqua une pause.

— Pour moi si. C'est cet hématome qui avait précipité l'accouchement et avait failli tuer mon fils. Cet hématome, il venait de moi. On me disait, que je n'y étais pour rien. Mais comment ne pas se sentir responsable ? Il n'était pas arrivé par hasard. Je ne pouvais m'empêcher de me dire que j'avais dû le provoquer, ne pas être assez prudente. Je travaillais beaucoup, j'aidais des personnes âgées à se relever, je portais des charges lourdes, dans des positions parfois inconfortables. J'avais continué à jouer au badminton avec les copines. Je n'aurais peut-être pas dû. À cause de moi, dès que Théo est né, il s'est retrouvé avec un tube dans la bouche et dans le ventre. Il a vomi pendant des mois. L'alimenter a été un enfer. Bref, j'étais censée être sa mère, le protéger et dès sa naissance, on me l'enlevait, parce que mon corps l'avait mis en danger. Quand je souriais en le regardant, au fond, je pleurais. C'est un sentiment violent et difficile à décrire. Mais j'ai dû vivre avec. Puis Théo est rentré un jeudi à la maison, poursuivit Hélène. Comme pour tourner la page, j'ai décidé de célébrer ce jour. Je voulais qu'on soit heureux. Ça devait être un jour de joie, ce retour à la maison, cette vie de famille. Mais en réalité, je me forçais chaque semaine. Ça me perçait les entrailles et me dévorait l'esprit. Personne n'était disponible pour entendre ça. Je m'infligeais cette célébration, parce que j'aurais dû ressentir ce bonheur. Je ne l'ai jamais ressenti. Petit à petit, je suis finalement rentrée dans le jeu et nous avons vécu cette vie normale. Elle me plaisait de plus en plus. Elle m'a plu. Et surtout les rires de Théo pansaient progressivement et délicatement certaines blessures. C'est une sensation incroyable que celle d'un enfant qui vous aime. Mais je me sentais toujours aussi coupable. Et je ne pouvais pas avoir un autre enfant. Je n'aurais pas pu revivre tout ça. Avec le temps, on a beau y repenser, essayer d'y mettre du sens, au fond, comprendre pourquoi ne fait que donner à manger à de nouvelles questions. Je sais juste qu'avoir un autre enfant, pour moi, c'était impossible.

Hélène se retourna vers la jeune fille rousse :

— Tu vois Camala, ce bébé qui est arrivé là, dans mon ventre, il le savait lui que je n'étais pas prête. Il s'est mis debout et a attendu. Et quand, ce jour-là, dans la voiture, il est sorti et il est né, j'ai su. J'ai pleuré. J'étais perdue. Je pensais être seule et d'un coup, je ne l'étais plus et une vie entière dépendait de moi. J'ai pleuré de joie, d'amour, de tristesse. Ça faisait beaucoup d'un coup. Mais ça faisait du bien ! Les doutes ont été remplacés par une certitude, une nécessité : être là pour cet enfant.

— Et ceux qui vous avaient enlevée ?

— Après être partis de la maison, j'ai commencé à avoir des contractions dans la voiture. Je criais et pleurais en même temps, vu ce qui venait de se passer, ces hommes ne se sont pas doutés. On roulait depuis une heure, lorsque les contractions ont commencé à se rapprocher. J'ai compris que j'allais accoucher. Mon ventre s'est arrondi d'un coup. Lorsqu'ils ont finalement réalisé, ils ont paniqué. Ils ont garé la voiture dans un bois. Ils m'ont laissée là et ils se sont enfuis. J'ai accouché dans la voiture. Ça a été compliqué et en même temps tout est allé très vite. J'étais épuisée émotionnellement, mais mon corps a pris le relai. Les gestes de soins sont venus comme des évidences, peut-être par mon métier ou juste parce que je n'avais pas le choix. Je n'ai pas eu à réfléchir, tout a été rapide et instinctif. j'ai roulé ensuite. Je ne savais pas où aller. Dans ma tête, il fallait juste que je m'éloigne, que je puisse prendre soin de mon bébé. Finalement, j'ai passé la frontière espagnole. Et plus loin, dans un village du Nord de l'Espagne, une vieille femme m'a prise sous son aile. Chez elle, j'ai pu me reposer et veiller pleinement sur mon bébé.

Hélène prit un temps, non pas pour se rappeler, tout était encore clair dans son esprit, malgré les années écoulées. Ce silence lui permettait de ressentir de la gratitude pour ce souvenir heureux, où elle s'est sentie bien, malgré l'horreur qui venait de frapper sa vie. Elle tenta de le partager :

— A la naissance de Maxime, d'avoir un bébé qui respire... pouvoir le poser contre ma peau... lui donner le sein... goûter ses yeux merveilleux, découvrir sa chaleur, son odeur et son minuscule cœur qui bat... Je ne pourrais pas décrire à quel point, pour moi, tout ça a été important et précieux. Au fond, c'était tout ce que, moi, je n'avais jamais connu. Ces toutes premières minutes avec mon bébé, à pouvoir prendre soin de lui, c'était enfin une réponse de la Vie, un oubli de sa part qu'elle avait voulu réparer, ajouta Hélène d'une voix fébrile.

Hélène s'arrêta. Elle avait raconté jusque-là un pan de sa vie avec une certaine distance et lucidité, marquant ses réflexions silencieuses au cours des années. Brusquement, elle conclut émue avec une voix d'une déchirante clarté :

— J'étais sa maman.

Maxime et Alejandra, émus de voir leur mère, pourtant si forte, s'effondrer devant leurs yeux, vinrent vite l'enlacer. Hélène les embrassa en retour, les serrant contre elle, avant d'essuyer pudiquement ses larmes. Puis, avec une voix plus apaisée, elle termina :

— J'ai déclaré la naissance de Maxime sur le sol espagnol, ensuite notre vie a naturellement pris sa place. Et je ne suis plus jamais repartie de là-bas, jusqu'à la naissance de ma fille, ma chérie, Alejandra.

Dans le salon, tous étaient à la fois fascinés et abasourdis par ce récit. Une histoire que personne n'aurait jamais soupçonnée, en apercevant cette dame aux cheveux poivre et sel commander ses paupiettes de veau au boucher de Lurèze.

Le 3 avril 2002
Le printemps catégorique

Émilie déjeunait avec Sam sur la terrasse du Café. De jeunes quadragénaires de passage dans le village occupaient la table d'à-côté :

— Qu'est-ce que vous prendrez, messieurs, dames ?

— Je vais prendre un porto.

— Un pastis pour moi.

— Deux.

— Et moi, un jus de tomate.

— Vous avez des *cacahuètes* ?

Émilie vit soudainement le visage de Sam se transformer. Ses mains se crispèrent brusquement sur les accoudoirs de sa chaise. Un flot de larmes semblait prêt à jaillir. Sam était dans un état second, comme bouleversé. Son corps tremblait, affolé, et pourtant aucune brindille de ses cheveux ne prit le risque de bouger, sa nuque catégorique restait figée. Émilie tenta de l'interpeller, mais elle n'était plus là pour Sam. Quelque chose venait de le transpercer de manière irréversible. Sam ne dit mot, se leva, porta ses yeux un ridicule instant sur Émilie, son visage était grimaçant. Il s'en alla une nouvelle fois. Une dernière fois, elle le savait.

Octobre 2019
La tristesse de l'automne

Hélène sortit une boîte, puis la présenta à son fils.

— Tiens mon chéri, c'est ce que j'ai retrouvé quand je suis retournée au Mas.

Une boîte... de leur père ? Camala et Maxime se regardèrent, ils étaient visiblement tout excités.

Maxime ouvrit la boîte. Camala se rapprocha pour voir ce qu'il y avait dedans, impatiente. Mais tous deux furent rapidement déçus. La boîte était simplement remplie de post-it. Ils regardèrent la mère de Maxime étonnés.

Hélène expliqua :

— Quand j'ai hérité de cette maison mon chéri, celle de tes grands-parents, j'ai aussi hérité du mas. Ton grand-père l'avait racheté. Il avait été vendu aux enchères par notre banque, après notre disparition. L'assurance devait prendre en charge les échéances du prêt, mais Daniel avait refusé ou bien n'avait pas retourné les papiers nécessaires, je ne sais pas trop. Ton grand-père avait appris pour l'enchère et l'avait racheté. Le montant était ridicule, vu le drame associé à la maison. Il a fait ça, sans que je sache pour quelle raison. Quelle idée, il avait eue mon cher Papa ? Je ne le saurai jamais, ajouta Hélène avec tristesse.

Maxime la regarda :

— Tu y es retourné quand, Maman ?

Le 3 avril 2002
Le printemps libéré

Daniel remercia le chauffeur. Il était arrivé à Sunas, il était devant la grille du Mas, inquiet. La grille était entrouverte. Il avança, il était maintenant dans cette allée, celle qu'il avait tant aimée. Il découvrit sur chacun des pieds de vigne du mas, un fanion, déposé en mémoire de sa femme et son fils. Des centaines de banderoles de toutes les couleurs, semblables à des fleurs écloses au printemps, frétillaient dans l'air. Ces banderoles clamaient leur joie de ce retour, après trois années d'attente. Daniel se sentit comme libéré d'un poids. Celui de l'oubli. Les bruits, les parfums, les sensations revenaient progressivement à lui.

Octobre 2019
Un automne différent

— Quand j'y suis retournée, en novembre 2008, cela faisait neuf ans que j'étais partie et six ans que Daniel était revenu, raconta Hélène d'une douce voix. Le mas était différent, les couleurs, les parfums, les sensations, tout était différent, comme si les lieux avaient été dépossédés. À l'extérieur, il y avait des banderoles pastel décolorées par le soleil, attachées aux vignes. A l'intérieur, il ne restait plus qu'un simple courant d'air et ces post-it, se rappela Hélène.

Hélène embrassa son fils, posa sa main délicatement sur l'épaule de Camala avant de quitter la chambre. Les deux jeunes se précipitèrent pour regarder les post-it de la boîte de plus près.

— Pourquoi des post-it ? s'étonna Camala.

Soudain, elle se souvint :

— Ma mère m'a raconté comment mon père s'exprimait par des post-it au début. Ça l'avait rendu intrigant et l'avait aussi sûrement séduite.

— Ça fait bizarre quand même, remarqua Maxime.

— Quoi ? s'empressa de questionner Camala.

— Non rien.

— Si vas-y !

— Bah tu dis *mon* père. Mais…

— Oui, c'est vrai Maxime. Désolée. Faut juste que je m'y habitue. C'est tellement fou ! J'ai du mal à réaliser. Alors qu'est-ce qu'il y a sur ces post-it ? ajouta Camala, curieuse.

Le 3 avril 2002
L'au revoir et sa route

Sam sortit son bloc de post-it. Il prit aussi l'enveloppe reçue. Il ne lui suffisait pas d'aller de l'avant, l'avant il l'avait connu et il l'avait vu s'effacer comme un son s'efface au fur et à mesure qu'il parcourt l'espace. Il était temps, temps de dire au revoir. Et Robert avait raison, c'était d'ici et maintenant qu'il devait le faire. Sam ouvrit l'enveloppe. La lettre avait pour en-tête une Rose des Vents. Une clé y était attachée à l'aide de deux bandes de scotch et une inscription était notée :

« La Vie est une route que tout le monde emprunte. Mais personne n'en connaît les escales ni la destination. Trouve ta route, mon garçon, et avance, même dans l'obscurité. C'est à ce moment, tu verras, que la Vie te surprendra. »

Daniel voulut frapper à la porte. Sa main hésitait à demander l'autorisation de rentrer. C'est par ce geste que tout avait commencé et que tout s'était arrêté en même temps.

Octobre 2019
La fleur de l'automne

— T'es pas en colère ? demanda Camala.

Maxime ne répondit pas.

— Ta mère t'a menti, reprit Camala.

Maxime ne disait toujours rien. Il finit par répondre :

— Je peux me dire qu'en ne nous disant pas tout, elle a pensé qu'à elle. Ou je peux me dire qu'elle voulait me protéger. Je peux me dire qu'elle s'est bien merdée en me laissant croire que mon père était mort. Ou qu'elle est juste plus fragile que ce que je pensais moi aussi et qu'elle en a sacrément bavé. Un instant, je crois que je la déteste, celui d'après, j'ai l'impression que je la comprends. Mais je crois surtout que je m'en fous. Même si je suis en colère, je suis surtout très excité. Tu sais Camala, j'ai toujours senti un vide, comme toi. Mais moi, il avait un goût de fini, de néant. C'était comme ça.

Maxime s'assit par terre, réfléchit, puis partagea un autre sentiment ancré depuis des années, mais, jusque-là, jamais partagé :

— Ça a toujours été compliqué pour moi de dormir. J'avais peur. Tu as déjà eu l'impression d'entendre des bruits, la nuit ?

Maxime n'attendit pas de réponse :

— Un peu comme s'il y avait un escalier qui menait à un grenier inhabité et qui grinçait. Ces bruits, j'avais l'impression qu'ils voulaient m'expliquer ce que je ne comprenais pas, qu'il y avait des histoires que je ne connaissais pas. Mais en même temps, j'avais peur de les écouter. Dans ma tête, c'était pas clair. J'avais envie d'en savoir plus sur mon passé, mais j'avais peur, tu comprends... parce que je n'avais pas d'espoir, moi. Je savais qu'il n'y avait qu'une fin, mon père était mort, alors à quoi bon. Et tous les matins en me réveillant, j'avais cette espèce de goût amer dans la bouche. Là, Camala, pour la toute première fois, ce matin, je n'ai pas eu de goût amer et je veux entendre ces bruits du passé, écouter ces histoires parce qu'elles font partie de moi, elles ne me font plus peur maintenant.

Camala comprenait et se sentit encore plus proche de Maxime. Elle s'assit à ses côtés, puis saisit la boîte remplie de post-it blanchis par les années. Elle les cueillit délicatement, tel un pétale qu'on détache prudemment d'une fleur, de crainte de l'abîmer.

Elle lit le premier post-it : *C'est bon des Bernard-Marmittes ?*

Sur le second : *Chut Papa, la pâte à crêpe se repose !*

Puis vinrent : *Vite, ta crème glacée va refroidir !*

T'as vu l'étoile d'araignée ?

Les nuages sont tout bleus aujourd'hui !

Oh chouette, un homme tout en chocolat.

Monsieur, vous étiez triste quand vos cheveux se sont envolés ?

Les dates, Papa, ça pousse sur les calendriers ?

J'aime le rouge à rêves de maman.

Maman, elle est toute moelleuse !

Attends Papa, je tire la flaque d'eau.

Papa, quand on meurt, c'est pour la Vie ?

Je ne peux pas lire l'heure, les chiffres changent tout le temps !

Maman, regarde j'ai une lumière au pied !

Attends, je mets mon impénétrable, parce qu'il pleut.

J'ai réussi, je suis un vrai champignon !

T'as les cheveux en pétales ce matin, Papa.

Il y en avait des centaines, observa Camala. *Partagés, blessés, retrouvés et maintenant ranimés,* pensa-t-elle en regardant ces mots. Soudain, elle vit un post-it différent, il était tout gondolé, comme si de l'eau avait ruisselé dessus. Des larmes, beaucoup de larmes, se dit aussitôt Camala. Elle imagina son père, *leur* père, pleurer. Elle se sentait si triste à cette idée. Elle reposa ce papier sur ses genoux. Cette tristesse qui l'envahit, cette souffrance qu'elle perçut à travers ce papier gondolé, Camala réalisa qu'en touchant ce bout de papier jaune, ses doigts venaient de le toucher, lui.

Quand elle en eut le courage, elle tenta de lire le mot à demi effacé, sans comprendre. *Pourquoi celui-là ?* Les autres étaient différents, ils étaient détournés par l'imagination d'un enfant, mais... *Pourquoi ce mot-là ?*

— Qu'est-ce qui est marqué ? demanda Maxime en voyant l'étonnement de Camala.

— Tiens regarde. C'est bizarre. Il y a juste marqué *Cacahuètes.*

Avril 2002
Les saisons et leur voyage

Daniel resta trois jours dans la maison. Au quatrième jour, il se leva et referma la porte du mas. Certains diraient qu'il venait de faire son deuil, qu'il s'était enfin pardonné et était prêt à vivre de nouveau. D'autres diraient qu'il venait de refermer la porte du passé en gardant toujours une part de souffrance ancrée en lui. Mais la terre, elle, savait que, désormais, elle n'était plus écrasée par ses pas.

En partant, un Grand Ami souffla à Daniel une nouvelle direction, celle d'un grand voyage.

Épilogue

J'ai réalisé que ce n'était pas un seul bruit qui me terrorisait,
mais tous ceux qui n'existeraient jamais sans toi, Papa.

Je compris alors comment finir ces pages,
à la fin de tous ces mots,
il y aurait inexorablement un point.

Un point d'interrogation,
parce que ce n'était pas l'histoire de mon père à écrire,
mais ma vie à commencer.

Te chercher avec ma sœur pour te rencontrer
et pourquoi pas, vivre enfin ensemble ce bel été ?

Maxime

Résilience (partie 1)

Maxime partit avec Camala en Inde l'été suivant...

Chère lectrice, Cher lecteur,

Je tenais à te partager ma joie. Lire un livre de fiction, c'est donner vie à une histoire et à ses personnages. C'est sans doute le plus beau des cadeaux pour une jeune autrice. Je te remercie pour ce magnifique présent.

Ce roman parle des rencontres étonnantes. Alors avant de nous dire aurevoir, j'ai envie de t'inviter à vivre un grand rallye littéraire et humain en faisant voyager ce roman autour de toi, à travers les saisons, jusqu'à ce qu'un jour, peut-être, son voyage l'amène jusqu'à la Rochefourchat et que tous ses habitants découvrent alors cette histoire. Pourquoi ce village français ? Parce qu'il est à l'image de la Vie, unique et surprenant. Et en partageant cette histoire, ne sait-on jamais, tu pourrais faire de belles rencontres…

- *Un rêve* unique *se vit à* plusieurs -

Avec ma gratitude, chaleureusement,

Sophie Vannier

Printed in France by Amazon
Brétigny-sur-Orge, FR

14706976R00161